# कातर बेला

*(उपन्यास)*

# कातर बेला

देवेश ठाकुर

वाणी प्रकाशन

**वाणी प्रकाशन**

*4695, 21-ए, दरियागंज, नयी दिल्ली 110 002*

शाखा

*अशोक राजपथ, पटना 800 004*

फ़ोन: +91 11 23273167 फ़ैक्स: +91 11 23275710

www.vaniprakashan.in

vaniprakashan@gmail.com

KAATAR BELA

*by* Devesh Thakur

ISBN : 81-8143-271-1

Novel



संस्करण 2005

आवृत्ति 2012

मूल्य : ₹ 200



*मेहरा ऑफ़सेट, नयी दिल्ली-110002 में मुद्रित*

*वाणी प्रकाशन का लोगो मक़बूल फ़िदा हुसेन की कूची से*

एक

# अमर चौधरी

(आयु : 28 वर्ष; लम्बाई : 5 फुट 7 इंच; सांवला छरहरा शरीर; आँखों पर मोटे फ्रेम का चश्मा; तीखे नाक नक्श)

**अक्टूबर 14, 1959**

तो यह राजकोट है

कभी सोचा भी नहीं था कि यहाँ आना पड़ेगा। यहाँ आकर रहना पड़ेगा। सरकारी नौकरी की यही एक बड़ी विडंबना है।

पिछले हफ़्ते तक बम्बई में था। अच्छा-खासा जमने लगा था। चार साल हो गए थे। सरकारी क्वार्टर मिलने की उम्मीद हो चली थी। सोचने लगा था, क्वार्टर मिलते ही अपने परिवार वालों को भी बंबई बुला लूँगा। एक साथ रहेंगे तो खर्चा भी कम होगा। और फिर अपने बारे में सोचूँगा....यानी अपनी शादी के बारे में।

लेकिन इंसान का सोचा कब, कितना हो पाता है। वह सोचता ही रह जाता है और उसका सोचा नदी में बहाई हड्डियों की तरह न जाने कहाँ गुम हो जाता है। अक्सर ऐसा ही होता है।

कॉलेज में टर्मिनल परीक्षाएँ चल रही थीं। उस दिन मैं एक क्लास में सुपरवाइज़ कर रहा था। अभी करीब आधा घंटा बाकी था। तभी चपरासी ने आकर बतलाया—आपको छुट्टी के बाद प्रिंसिपल साहब ने बुलाया है। मैंने सर हिला दिया था। चपरासी वापिस लौट गया था।

उत्तर-पुस्तिकाएं सीनियर सुपरवाइजर को थमाकर जब मैं प्रिंसिपल मर्चेंट के चैम्बर में पहुँचा तो उन्होंने एक ब्राउन लिफाफा मेरे हाथ में थमाते हुए कहा—'प्रोफेसर चौधरी, यू आर ट्रांसफ़र्ड टु राजकोट'। फिर वे कुछ-कुछ कहते रहे—बँटवारा। गुजरात-महाराष्ट्र। महाराष्ट्र के कुछ प्रोफ़ेसरों का गुजरात स्टेट में ट्रांसफर। सिस्टम और प्रशासन की सुविधा। ऐसा करना पड़ता है। मजबूरी होती है....।'

मैं पूरा सुन नहीं पा रहा था। प्रिंसिपल मर्चेंट के शब्दों के साथ-साथ मुझे अपना कॉलेज, अपनी केबिन, अपने विद्यार्थी, अपने सहयोगी और कॉलेज के पास ही बहता

हुआ अपार सागर – सब पराए लगने लगे थे। पूरी बम्बई ही बेगानी लगने लगी थी। पिछले डेढ़-दो सालों से इस शहर से कुछ जुड़ाव होने लगा था लेकिन एक छोटे से बादामी कागज ने सब कुछ तितर-बितर कर दिया। एक ही पल में सब कुछ उलट-पलट हो गया। राजकोट जाना ही पड़ेगा। न चाहूँ, तो भी। और कोई चारा नहीं है। कभी-कभी विकल्प के अभाव में इंसान कितना छोटा और विवश हो जाता है।

मैं कुर्सी से उठने लगा तो प्रिंसिपल मर्चेंट बोले–प्रोफ़ेसर चौधरी, यू हैव टू ज्वाइन सौराष्ट्र कॉलेज बिफोर द टर्म एन्ड्स।' मैंने अविश्वासी आँखों से प्रिंसिपल की ओर देखा।

– इसका मतलब यह हुआ सर कि मुझे हफ्ते भर के भीतर यहाँ से चल देना होगा।'

–देट्स राइट!' उन्होंने मेज पर से अपना चश्मा उठाते हुए कहा और एक फाइल को उठा लिया।

अपनी केबिन में आकर मैंने पंखा पूरी स्पीड पर चला दिया। लाइट ऑफ कर दी और आँखें बंद करके इजी चेयर पर लधर गया। मेरी बंद आँखों के सामने लाल-पीले-काले गोले बनने लगे। बीच-बीच में कभी घर के लोग दिखने लगते। याद आने लगता कि छुट्टियों में देहरादून जाने का प्रोग्राम बनाया था। माँ-बाप के साथ कुछ दिन रह लूँगा। अपने पुराने दोस्तों से मिल लूँगा। कुछ इधर-उधर घूम-फिर लूँगा। देहरादून में अक्टूबर का महीना वैसे भी बड़ा सुहाना और मादक होता है। लेकिन....

सरकारी पत्र की इबारत को दो-तीन बार पढ़ गया। सभी अक्षर अपनी जगह पर स्थिर थे। मैं एक क्षण के लिए रुआंसा हो गया। तभी दरवाजे पर नॉक हुई।

बेमन से सीधा होकर बोला–एस, कम इन।'

तब तक प्रो. (मिस) विश्वनाथन कमरे के भीतर आ चुकी थीं। आते ही बोलीं–व्हाट हैपन्ड प्रोफेसर चौधरी। अंधेरे में क्यों बैठा है। आर यू नॉट फीलिंग वैल?'

–नहीं, मैं ठीक हूँ : 'आई एम ऑल राइट। आइए, बैठिए। अभी सुपरविज़न करके आया हूँ।'

मिस विश्वनाथन पास की कुर्सी खिसका कर धम्म से बैठ गयीं।

–यू आर लुकिंग समव्हाट डिस्टर्ब्ड। क्या बात है?'

–कुछ खास नहीं मैडम। बस, आपका साथ छूट रहा है।' मैंने वातावरण को हल्का बनाने के इरादे से कहा।

–क्या मतलब?'

–मेरा ट्रांसफर हो गया है। राजकोट जा रहा हूँ।'

–ओह नो....। ....रियली?'

–यस मैडम....।' मैंने वह ब्राउन लिफाफा उनके हाथ में पकड़ा दिया।

उन्होंने पहले लिफाफे को उलट-पुलट कर देखा। फिर उसमें से पत्र निकालते हुए

बोलीं—अच्छा, डाइरेक्टर ऑफ एज्यूकेशन के यहाँ से आया है....फिर तो ठीक है....तुम्हें मालूम है मैन, आई मीन प्रोफ़ेसर चौधरी, प्रोफ़ेसर लिमये को भी भावनगर में फेंक दिया है....कल स्टाफ़ रूम में लोग बोलता था। और....।' मिस विश्वनाथन धीरे से मेज पर झुक कर बोलीं : प्रो. प्रधान को भी। उनका पोस्टिंग मालूम नहीं, कहाँ हुआ है।' ....सुना है प्रोफ़ेसर; प्रोफेसर प्रधान रिजाइन करने को बोलता है। यू नो, ही कैन....।'

—लेकिन मैं तो रिजाइन नहीं कर सकता न। मिड-टर्म में नौकरी कहाँ मिलेगी।'

—सो तो है....।' मिस विश्वनाथन मुझ पर दया करती-सी बोली....—तुम्हारा कम्पनी हम बहुत 'मिस' करेगा।'

फिर थोड़ा रुक कर बोली—प्रोफ़ेसर चौधरी, कैंटीन चलेगा। एक कप कॉफी हो जाये।'

—थैंक्स मैडम। आई थिंक, यू वोन्ट माइन्ड।'

—इट्स ऑल राइट।' फिर वे उठती हुई बोली थीं—वैल, कब तक जाएगा।'

—अभी हूँ, दो चार दिन। मिड टर्म वैकेशन से पहले ज्वाइन करना है....।'

—तो, सी यू टुमॉरो।'

—थैंक यू मैडम।'

मिस प्रोफेसर विश्वनाथन के जाने के बाद मुझे लगा कि मैं एक अच्छी कम्पनी मिस कर रहा हूँ। चार साल पहले हम दोनों ने एक ही दिन कॉलेज ज्वाइन किया था। वह इंग्लिश पढ़ाती थीं। मैं हिंदी। संयोग से हमें केबिंस भी आमने-सामने मिली थीं। सो, दिन भर में एक-दो चाय-कॉफी उनके साथ हो जाती थीं। एक चाय की प्याली में वे मुझे चॉसर से लेकर ईलियट तक पढ़ा जाती थीं। इन दस-पंद्रह मिनटों के अरसे में वे पांच बार अपने आधे कटे बालों को झटका देतीं, दो बार अपनी रिस्ट वॉच देखतीं और कम से कम एक बार मेरी आँखों में आँखें डाल कर, अपनी तर्जनी को गाल के बड़े से तिल पर रखते हुए यह अवश्य कहतीं—-सो, प्रोफेसर चौधरी, इट सो हैपन्ड.....।'

पिछले तीन सालों से, जब से मुझसे उनका परिचय बढ़ा था, वे 'इट सो हैपन्ड' कहती आ रही थीं। लेकिन अभी तक कुछ हो नहीं पाया था। उनके लिए मुझसे जुड़ने का एक कारण यह भी था कि मैं उनकी हर बात को मुस्करा कर अपनी स्वीकृति दे देता था जब कि दूसरे 'कलीग' उन्हें 'स्नॉबिश' समझते थे। उन लोगों को लगता था कि मिस विश्वनाथन अपने आप को बहुत सुंदर, बहुत आकर्षक, सभ्य, शालीन और जीनियंस समझती हैं। स्टुडैंट्स पर भी उनका कोई कंट्रोल नहीं था। एक बार तो किसी स्टुडेंट ने उनके क्लास में जाने से पहले उनकी मेज़ पर कुर्सी रख दी थी और कुर्सी पर जमादार की झाड़ू और टोकरी। उस दिन वे पहली बार बहुत डिस्टर्ब हो गयी थीं और उनकी आँखों में पानी भर आया था।

लेकिन मैंने प्रोफ़ेसर मिस विश्वनाथन को हमेशा इज्जत की आँखों से देखा था। उस दिन भी, मैंने उनका मन हल्का करने की कोशिश की थी। उनके लिए उनकी ही

केबिन में कॉफी मंगवाई थी और उनसे कहा था—मैडम, यह तो चलता रहता है। आज तुम्हारे साथ ऐसा हुआ है, हो सकता है कि कल मेरे साथ भी ऐसा हो। इस कॉलेज में बड़े बाप के बेटे पढ़ते हैं। उनके लिए प्रोफ़ेसर कोई इज्जत और सम्मान जतलाने की चीज़ नहीं होती। वे तो यह मानकर चलते हैं कि वे फीस देते हैं और प्रोफेसर उन्हें पढ़ाता है। उनके तो संस्कार ही ऐसे हैं। आप इसे सीरियसली मत लीजिए। प्लीज।' और उस दिन बहुत समझाने-बुझाने के बाद ही वे कुछ नॉर्मल हो पाई थीं। तब से हम दोनों और पास आ गए थे।

उस शाम कितने सारे स्टुडैंट्स 'सौराष्ट्र मेल' पर मुझे 'सी-ऑफ' करने आए। हरलालका, सेक्सरिया, रूंगटा, पोद्दार, जुगल शाह, विश्वकर्मा और पिन्टो तथा ज्योति मलकानी और भारती भी। गहगहे फूलों की मालाएँ। छोटे-बड़े गिफ़्ट्स। बड़े आदर भरे बोल। शुभकामनाएँ। ज्योति मलकानी ने कहा था—सर, विश टू सी यू अगेन इन बॉम्बे।' और उसकी इस बात पर मैं उदास हंसी हंस रहा था। पिन्टो, जिसका कद 6 फुट 3 इंच था, मेरा हाथ थाम कर बोला था—सर, आप हमें बहुत याद आएँगे। कभी बम्बई आएँ तो जरूर इन्फॉर्म कर दें; हम मिलने आएँगे। वह इंसीडेंट मुझे हमेशा याद रहेगा।'

इन बच्चों के इतने स्नेह से मेरा मन भर आया था। उस दिन पहली बार मुझे अपना महत्व महसूस हो रहा था। साथ ही, भीतर ही भीतर एक करुण अवसाद की छाया भी घिरती जा रही थी कि थोड़ी ही देर में मेरे ये विद्यार्थी, यह शहर, यहाँ के साथी-संगी सब छूट जाएँगे। सब छूट जाएगा और मुझे नए अनजान शहर में फिर से अपने आप को जमाने के लिए एक नयी कोशिश करनी होगी। नए शहर और नए लोगों के बीच में घुल-मिल सकूँ, इसके लिए अवचेतन में मैं अपने भीतर ताकत इकट्ठी कर रहा था।

गाड़ी तीसरी सीटी देकर प्लेटफॉर्म पर सरकने लगी तो बच्चों के दसियों हाथों ने मुझे विदा दी। ज्योति मलकानी गाड़ी के साथ-साथ चलती हुई बोल रही थी—सर, आइ विल मिस यू मोस्ट। अपना ख्याल रखिए।'

पिन्टो ने खिड़की के बाहर निकले हुए मेरे हाथ को थामकर कहा था—सर....।' आगे वह बोल नहीं पाया था। उसकी आँखों से आँसू झरने लगे थे। मेरी आँखें भी गीली हो आई थीं।

दादर निकल गया था। मैंने अपना सामान सहेज लिया था। सामान क्या था। टीन का एक बड़ा ट्रंक। एक पुरानी चादर में लपेटी हुई कुछ किताबें। और एक शोल्डर बैग। बस....।

मैं बढ़ते हुए अंधेरे में खिड़की के पास निर्विकार भाव से बैठा बिजली के खम्भों से झरती रोशनी को देखता जा रहा था। नियोन लाइट्स। छोटे-बड़े होर्डिंग्स। बिल्डिगों

की कतारें और लोकल स्टेशनों पर लोगों का हजूम। बम्बई सरकती जा रही थी। पहले धीरे-धीरे, फिर तेज-तेज।

तभी गाड़ी अंधेरी स्टेशन से गुजरी....सहसा प्रो. विश्वनाथन मेरी आँखों के सामने आकर खड़ी हो गयी थीं। वे यहीं अंधेरी में रहती थीं। मध्यम कद। साँवला शरीर। चेहरे पर एक आब और कपड़ों से निकलती किसी सेंट की गंध। और उनका तकिया कलाम—'इट सो हैपन्ड।' मेरे होंठों पर अनजाने ही एक रूखी मुस्कान फैल गयी।

खचाखच भरी हुई गाड़ी में एक किनारे पर भिंच कर बैठे हुए भी मुझे लगा कि कॉलेज की केबिन के एकांत में प्रोफेसर मिस विश्वनाथन मेरे सामने बैठी हैं। मैं मेज पर कोहनी टिकाए बैठा हूँ और विश्वनाथन की देह से निकलती सैंट की खुशबू का आनंद ले रहा हूँ। सामने रखे, कॉफी के प्यालों से भाप निकल रही है और मिस विश्वनाथन एक छोटी सी घूँट भरती हुई मुझसे कह रही हैं—प्रोफेसर चौधरी, पुअर कीट्स का भी कोई जिंदगी था? उसका जीनियस यों ही चला गया। ग़रक हो गया वह। अगर उसका हाइट पाँच फीट हाफ इंच की जगह पाँच फीट आठ इंच होता तो जानते हो, इंग्लिश लिट्रेचर का हिस्ट्री ही दूसरा होता।' और यह कहती हुई प्रोफ़ेसर मिस विश्वनाथन कीट्स के प्रति बहुत करुण होकर गहरे अवसाद में डूब गयी थीं।

मुझे बॉम्बे सेंट्रल स्टेशन का वह नजारा भी याद आने लगा जब मुझे सी-ऑफ करने आए बच्चे पास के डिब्बे के पास खड़ी एन. सी. सी. की गर्ल्स कैडेट्स से हंसी-मजाक करने लगे थे। तभी लड़कियों की प्रोफ़ेसर ने मेरे बच्चों से न जाने क्या कह दिया था कि वहाँ अच्छा-खासा बवाल हो जाता, अगर मैंने उससे अपने लड़कों की तरफ से माफी न मांग ली होती। इस परह वह—मिस या मिसेज, पता नहीं क्या—थोड़ा तुनक कर गुजराती अंग्रेजी में बोली थी—दिस इज ओल राइट। बट, सी द बिहेवियर ओफ दीज सिली—ब्याइज।' बात आई गयी हो गयी थी। लेकिन मैंने यह अनुभव किया था कि मेरे माफी मांगने से लड़के कुछ असंतुष्ट हो गए थे। तभी गाड़ी ने पहली सीटी दे दी थी और मैं डिब्बे में जाकर अपनी सीट पर बैठ गया था।

सुबह से पहले मिचमिचाती आँखों से जब मैंने बाहर झाँका तो लगा महाराष्ट्र की सीमाओं को छोड़कर मैं गाँधी जी के प्रदेश में आ गया हूँ। मेरा सोचना सच निकला। थोड़ी ही देर बाद गाड़ी आनंद स्टेशन पर आकर खड़ी हो गयी। चायवाला मेरी खिड़की के सामने खड़ा था। मैंने चाय वाले से एक प्याली चाय ले ली। चाय लेने के बाद मैंने अच्छी तरह आँखें खोलकर उसकी तरफ देखा। उसका मुँह खुला हुआ था। जो शायद हमेशा खुला रहता था। और सामने के बड़े-बड़े पीले दाँत बाहर को निकले हुए थे। उसकी ओर देखकर चाय पीने मजा ही किरकिरा हो गया। बीतती रात की ठंडी हवा ने मन-प्राणों में जो ताजगी-सी भर दी थी, वह जैसे हवा हो गयी। मन खिन्न हो उठा। उसी

खिन्नता में मैंने जैसे ही चाय की एक घूंट भरी तो जैसे सारा मुख खारे गरम पानी से भर गया। मैं मुँह की चाय का कुल्ला करने ही वाला था तो एकाएक दिमाग में ख्याल आया–अरे, यह तो गांधी जी के देश की पहली सौगात है। इसका मान रखना ही चाहिए। और न चाहते हुए भी मैंने वह गरम घूंट हलक के नीचे उतार ली। आनंद में बकरी के दूध की चाय बेची जाती है। शायद यह भी बापू के सिद्धांतों के प्रचार का एक नमूना हो।

कल दोपहर राजकोट पहुंच गया था। कॉलेज के पास ही जागनाथ प्लाट के इस 'जयकांत' होटल में ठहर गया हूँ। अच्छा, साफ होटल हैं। शहर छोटा मालूम नहीं होता। होटल के इस कमरे को देखकर देहरादून के उस कमरे की याद हो आई जहाँ मैंने अपनी पढ़ाई के अंतिम चार साल बिताए थे। निपट आर्थिक परेशानियाँ। लेकिन जल्दी ही कुछ अच्छे मित्रों का संग-साथ। फिर भी बहुत दिनों तक यह अहसास हुए बिना नहीं रहता था कि इस घाटी के हरियाये संसार में मेरी स्थिति खेत के बीच खड़े किए गये किसी पुतले से ज्यादा नहीं है। सार्थक होते हुए भी अपने आप में निरर्थक। कुछ ऐसा ही कमरा था वह भी, जहाँ कंबल को सर तक ओढ़े हुए रात भर तकिए को आंसुओं से गीला करता हुआ मैं सोचा करता था–इस चुपचाप रोने में भी कितना सुख है।....चढ़ती उम्र का वह पहर बीत गया है। आज तो....

बाथरूम में बाल्टी रखने की आवाज हुई है। शायद नौकर ने मेरे नहाने का पानी रख दिया है। जल्दी से नहा लूँ। फिर प्रिंसिपल से मिलने जाना है। उन्हें इन्फॉर्म तो कर दूँ कि मैं आ गया हूँ।

दो

# सोनल मेहता

(आयु 35 वर्ष; गौर वर्ण, कद पाँच फुट पाँच इंच; आकर्षक और प्रभावी व्यक्तित्व; आँखें हल्की भूरी और पतले तराशे गए से होंठ)

**8 नवम्बर 1959**

छुट्टियाँ बीत रही हैं। सारी छुट्टियाँ यों ही ज़ाया हो गयीं। न चाहते हुए भी एन. सी. सी. की लड़कियों को लेकर कैम्प में जाना पड़ा। सोचा था, इस बार रूपल के पास बंबई चली जाऊँगी। लेकिन नहीं जा पाई। पिछले दो सालों से वह बुला रही है। पिछले पत्र में लिखा था—दीदी, यहाँ आ जाओ छुट्टियों में। राजकोट में ऐसा क्या रखा है कि तुम वहाँ चिपक कर रह गयी हो। प्रशांत पूछता रहता है—मौसी कब आएगी।' प्रज्ञा भी बड़ी हो रही है। अगले साल थर्ड स्टैंडर्ड में जाएगी। मैं तो इन बच्चों के कारण यहाँ से निकल ही नहीं पाती। पापा यहाँ आते रहते हैं। अपने होटल में ही ठहरते हैं। कभी मुझे फोन करते हैं तो मैं मिलने चली जाती हूँ। मम्मा के बारे में ज्यादा बात नहीं करते। तुम जामनगर जाती रहा करो मम्मा को देखने। देखने के अलावा और किया भी जा सकता है। बेचारी अपंग मम्मा। मुझे उन पर कभी-कभी बड़ा तरस आता है। पिछली बार पापा के सामने मेरे मुँह से परेश का नाम निकल गया था। पापा ने आंखें तरेर कर मेरी तरफ देखा और बोले—रूपा....तुम अभी तक परेश को नहीं भूली हो?' कहकर वे उठ गए थे और अपना पाइप निकाल कर उसमें तम्बाकू भरने लगे थे। उनका चेहरा तमतमा आया था। मैं सिहर कर रह गयी थी।

दीदी, कोई अपने एकमात्र भाई को यों ही भूल सकता है क्या। पंद्रह साल का ही तो था वह, जब उसकी मौत हुई थी। कितनी दर्दनाक मौत हुई थी उसकी। आज भी सोच कर रोंगटे खड़े हो जाते हैं। लेकिन पापा ने उसकी मौत के बाद उसका नाम अपनी जबान से नहीं लिया और न ही हमें लेने दिया। मम्मा को भी नहीं। कितने कठोर हैं पापा। कभी-कभी उनके बारे में सोचकर बहत डर लगने लगता है। लेकिन तुम्हें लेकर वे बहुत सॉफ्ट हैं। ऐसा क्यों होता है दीदी कि एक ही पिता अपनी अलग-अलग संतानों से अलग-अलग व्यवहार करे।

इस बार गर्मियों की छुट्टियों में तुम्हें आना ही पड़ेगा। फिर हम साउथ का टूर

बनाएँगे। विवेकानन्द रॉक देखने की बड़ी इच्छा है मेरी। तुम्हें भी अच्छा लगेगा। सुकांत तुम्हें नमस्कार भेज रहे हैं। उनका बिजनेस ठीक चल रहा है।'

रूपल ने ठीक ही लिखा है, पापा मुझे बहुत प्यार करते हैं। लेकिन वे मेरे खालीपन और अकेलेपन को क्यों नहीं महसूस करते। मैं अभी तक उनके व्यवहार को समझ नहीं पाई।

उस दिन कैम्प में डिनर के दौरान मेजर माणिक शाह ने अपनी नशीली आँखों से मेरी तरफ देख कर मुस्करा दिया था। तो मैं बिखर-सी क्यों गयी थी। क्या और क्यों हो जाता है ऐसा मेरे साथ। दूसरे दिन भी मैं शाह से आँख नहीं मिला सकी थी। और रात में भी सोते हुए मुझे ऐसा लगता रहा था कि जैसे मेरे कपड़े मेरे शरीर से खिसक कर पलंग से नीचे गिर पड़े हों। ठीक है, मेजर शाह की पर्सनैलिटी बहुत अच्छी है। उनकी आवाज भी प्रभावशाली और गंभीर है। कोई भी उनके प्रति आकर्षित हो सकता है। लेकिन.....लेकिन मैं.....उस क्षण को याद करके अभी भी शरीर ऐंठने लगता है। सर भारी हो जाता है। पसलियाँ चरमराती-सी महसूस होती हैं। ओह, आज कितनी सर्दी है।

उस दिन के बाद कैम्प में मैं जबर्दस्ती बिजी होने की कोशिश करती रही। अपनी अकेली--हाँ एक तरह से अकेली जिंदगी में नासूरों का सा दर्द महसूस करती रही। सोचती रही अपने अकेलेपन के बारे में। क्या मेरे साथ यही होना था। क्या मुझे यही मिलना था। अग्नि और मंत्रोच्चारों के सम्मुख किसी एक पुरुष को हमेशा के लिए अपना शरीर सौंपने की सौगंध नहीं खा पाई मैं, क्या इसीलिए इस बिखरन का संताप मुझे सहना पड़ रहा है।

वैसे मेरे पास क्या नहीं है। इतना बड़ा खुला हुआ बंगला। कार। नौकरानी। कॉलेज की नौकरी। पैसा। मन बहलाव के लिए क्लब। दोस्त। एन. सी. सी. की मेजर। और...और दिलशाद खांडवाल की इन्टीमेट फ्रेंडशिप....क्या नहीं है। सब कुछ तो है। फिर वक्त बेवक्त यह खालीपन क्यों घेर लेता है मुझे।

बेचारा खांडवाला। उसने मेरे लिए अपना घर उजड़ जाने दिया। खांड-सी मीठी और सलोनी पत्नी को उपेक्षा के अंधेरे में झोंक दिया। अपनी प्यारी-प्यारी बेटियों तक से एक तरह से नाता तोड़ लिया। कभी-कभी उस पर बड़ा तरस आने लगता है। वह तो अपना सब कुछ दे बैठा। लेकिन मैं....मैं उसे शरीर ही तो दे पाई, मन तो आज भी उसके स्पर्श से अछूता ही है। बैंक का मैनेजर मन की गहराइयों को, उसकी इच्छाओं को क्या समझेगा। वह तो हिसाब-किताब ही करता रहेगा। कभी-कभी लगता है, मैं इस शहर में ही क्यों टिकी रह गयी। बस, पापा की इच्छा के सामने मुझसे बोला नहीं गया। वैसे मैं माँ के पास जामनगर भी जा सकती थी; बंबई में सैटिल हो सकती थी। लेकिन पापा चाहते थे कि मैं यही सैटिल होऊँ। और पापा की बात को कौन नकार सकता है।

कम से कम मैं तो उनकी इच्छा के खिलाफ कुछ नहीं कर सकती। मैं रूपल नहीं बन सकती। मैं पापा से विद्रोह नहीं कर सकती। मैं पापा के लिए बहुत कमजोर जो हूँ। रूपल नहीं है। वह विद्रोह कर सकती है। पापा के सामने भी बोल सकती है। खुल कर बोल सकती है। वह अपनी बात कहना जानती है। मैं ऐसा नहीं कर सकती। शायद राजकोट के इस परिवेश ने मुझे ऐसा बना दिया है। कभी-कभी सोचने लगती हूँ, इस राजकोट से बम्बई कितनी अच्छी है। जिंदगी के वे कुछ साल कितने अच्छे थे जब मैं और रूपल बंबई में गर्ल्स हॉस्टल में रहते थे। वहीं पहली बार जाना था कि जिंदगी में बेफ़िक्री का क्या सुख होता है।

कितनी स्वतंत्र जिंदगी थी वह। सुबह 7 बजे तक उठना। 10 बजे तक यूनिवर्सिटी पहुँच जाना। दो-ढाई बजे लौटना। शाम को कोई पिक्चर देख लेना। रात को सोने से पहले कुछ पढ़ लेना। और फिर रूपल के साथ सो जाना।

रूपल मुझसे बस दो साल ही तो छोटी है। बहिन की अपेक्षा मैं उसे अपना दोस्त ही अधिक मानती आई हूँ। लेकिन जिंदगी की दौड़ में वह मुझसे कितना आगे निकल गयी है। पापा के विरोध के बावजूद उसने सुकांत बनर्जी से प्रेम-विवाह कर लिया। आज वह दो प्यारे-प्यारे बच्चों की माँ है। एक बड़े व्यवसायी की पत्नी है। उसके पास भी तो सभी कुछ है। अपने आप अर्जित किया हुआ। मुझसे कहती है—दीदी, जिंदगी जीने के लिए आखिर कितना पैसा चाहिए। पैसे को ही अपना लक्ष्य बना लो तो इंसानियत हाथ से निकल जाती है। पैसे के लिए कितने सही-गलत समझौते करने पड़ते हैं। तब आप अपनी शर्त पर नहीं जी सकते। आपके स्वाभिमान को बार-बार ठोकर लगती है। इंसान, इंसान नहीं, पैसा कमाने की मशीन बनकर रह जाता है। उसकी जिंदगी में सुख-संतोष जैसी कोई चीज नहीं रहती। मैं भाग्यशाली हूँ कि सुकांत भी ऐसा ही मानते हैं।.....

'दीदी, एक बात कहूँ। बहिन के नाते न सही, एक दोस्त के नाते। अब तुम भी कहीं सैटिल हो जाओ। पापा की मन्शा को कब तक ढोती रहोगी। कब तक अपने अकेलेपन को लेकर यों बिखरती रहोगी। कब तक पापा के निर्देशों पर अपनी जिंदगी जीती रहोगी। पता नहीं, पापा तुम्हारी शादी में कोई रुचि क्यों नहीं लेते। पता नहीं, उनके मन में क्या चलता है। सुख-सुविधाएँ भी तभी अच्छी लगती हैं जब अपनी जिंदगी के सार्थक होने का अहसास हो। अन्यथा सब बेकार और बकवास है।'

और मैंने हर बार उसे टाल दिया है। मैं जानती हूँ कि रूपल ठीक ही कहती है। मेरे भले के लिए कहती है। मम्मा भी, जब भी मैं जामनगर जाती हूँ, घुमा-फिराकर यही मुद्दा उठा लेती है। फिर उसका भाषण शुरू हो जाता है। मैं चुपचाप सुनती रहती हूँ। लेकिन कह कुछ नहीं पाती। मम्मा को आश्वासन भी नहीं दे पाती। झूठा आश्वासन भी नहीं। बस, यही मेरी मजबूरी है। और जब मम्मा के पास से लौटती हूँ तो उसके शब्द मुझे बींधने लगते हैं। अपने आप से कहती हूँ—मैं इतनी कमजोर क्यों हूँ। हर साल उम्र बढ़ती जा रही है। उम्र बढ़ने के साथ-साथ किसी व्यक्ति को पाने की संभावनाएँ भी कम

होती जाती हैं। तब खांडवाला के बारे में सोचने लगती हूँ। लेकिन....

खांडवाला को मैं पति के रूप में नहीं अपना सकती। वह सिर्फ शरीर है। उसे समर्पित होना भी एक मजबूरी ही थी—मजबूरी कह लो या मेरी बेवकूफी और कमजोरी। शुरू-शुरू में ज्यादा बुरा नहीं लगता था। बाद में यह रूटीन बनता चला गया। तब से इसी तरह चल रहा है। और मैं चलने दे रही हूँ।

पापा के बारे में सोचती हूँ तो क्या-क्या सोचने लगती हूँ। एक ओर घर और बाहर पापा का दबदबा। उनके शब्द अंतिम शब्द। सभी जगह और सभी अवसरों पर उनकी निर्णायक की भूमिका। दूसरी तरफ मेरे प्रति इतना लाड़। प्रत्येक नए व्यक्ति के सम्मुख मेरी प्रशंसा और शेष परिवार वालों से एक प्रकार की निस्संगता। उस हादसे के बाद वे शायद ही कभी मम्मा के पास बैठे हों; उनसे दो-चार बातें की हों। मम्मा को डॉक्टरों और नर्सों पर छोड़ दिया गया और मान लिया कि उन्होंने अपना फ़र्ज पूरा कर दिया है। मैंने पापा को कभी हसंते-खिलखिलाते हुए भी नहीं देखा। गंभीर चेहरा बनाए वे हमेशा तने-से रहते हैं। मैं सोच नहीं पाती, उनके बारे में क्या सोचूँ। उनके बारे में अपनी क्या राय बनाऊँ। रूपल ने तो राय बना ली है। वह कहती है कि पापा अव्वल दर्जे के डिक्टेटर हैं। वे समझते हैं कि जो कुछ वे सोचते और कहते हैं, वही सही है। दूसरों के बारे में सोचने की उन्हें जरूरत नहीं पड़ती। उनका मानना है कि अगर आगे आना है तो अपने बारे में सोचो, सिर्फ़ अपने बारे में। अगर नहीं सोचोगे तो लोग भी तुम्हारे बारे में सोचना बंद कर देंगे। पापा का यह तर्क भी मुझे अजीब लगता है कि 'छोटों को रौंद कर ही बड़ा बना जा सकता है। इसलिए रौंदने की आदत डालो।'

मेरी आदतें तो पापा से एकदम उलट हैं। मैं किसी को रौंद क्या, कुछ कठोर तक नहीं कह सकती। कभी-कभी अकेले में बैठी हुई अपने बारे में सोचती हूँ तो लगता है कि मैं ही दूसरों से रौंदी गयी हूँ। मैं किसी को क्या रौदूँगी। मेजर सैम से लेकर खांडवाला तक जो जिंदगी मैंने जी है, उसे लोग रौंदना नहीं तो और क्या कहेंगे। हालाँकि मैं जानती हूँ कि लोगों की नजर में मैं सब तरह से समर्थ हूँ। एक संभ्रांत परिवार। ठोस बैकग्राउंड। सम्माननीय प्राध्यापकी—जिसे मैं अपना वक्त बिताने के लिए कर रही हूँ। इससे एक सक्रियता बनी रहती है और अपने विशिष्ट होने की आश्वस्ति होती है। लेकिन लोग मेरा बाह्य ही देख पाते हैं। अकेली सुनसान रातों में मेरे अन्दर अपने खालीपन और अकेलेपन को लेकर जो बवंडर उठता है, उसे कोई नहीं जानता। सुबह उठकर मैं भी नहीं जानना चाहती कि रातभर में कौन-से नरक को जीती रही हूँ। लेकिन इससे मेरे भीतर उगे हुए नरक की सच्चाई तो समाप्त नहीं हो जाती। वह तो जैसे मन की भीतरी तहों में स्थिर हो गयी है।

छुट्टियों में हफ़्ते भर के लिए जामनगर चली गयी थी। मम्मा से मिले काफी अरसा

हो गया था। वैसे भी मम्मा मेरे आने की राह देखती रहती है। हर हफ़्ते फ़ोन करके मेरी कुशल-क्षेम पूछ लेती है कभी जब पापा से कहती हूँ—पापा, आप मुझे इतना प्यार करते हैं लेकिन फ़ोन करके कभी यह नहीं पूछते कि मैं कैसी हूँ। तो उनका उत्तर होता है—मेरी सोनल को क्या हो सकता है। मुझे पता है कि वह खुश और स्वस्थ है और रहेगी। तब फ़ोन करने की क्या जरूरत है।' उनके इस जवाब से मैं चुप रह जाती हूँ। और मन ही मन कहती हूँ कि जब वे पिछले इतने सालों से पलंग और व्हील चेयर से लगी मम्मा को ही फोन नहीं करते और उनसे मिलने तक को टाल देते हैं तो फिर मैं कैसे उम्मीद करूँ कि वे मुझे फोन करें। सच, मैं भी कितनी भोली और नादान हूँ।

इस बार मम्मा ने मुझसे ढेर सारी बातें की। हम शाम को लॉन में बैठे थे। मम्मा हमेशा की तरह व्हील चेयर पर थी। बोली—तू कैसी है सोनल?'

उनके इस सवाल से मैं अचकचा गयी थी। बोली—मैं ठीक हूँ। बिल्कुल ठीक हूँ। आखिर तुमने ऐसा क्यों पूछा?'

—इसीलिए कि तू ठीक दीखती है। लेकिन ठीक है नहीं। तेरी आँखों के नीचे झाइयां पड़ने लगी हैं।....तू हमेशा सोचती रहती है....। क्या सोचती है तू.....?'

—कुछ भी तो नहीं।' मैंने हंसते हुए कहा।

—तेरे हँसने में भी रुलाई फूटती है।'

—तुम्हें क्या हो गया मम्मा। कैसी-कैसी बातें कर रही हो।'

--तू समझती है, मैं कुछ समझती नहीं।'

—क्या समझती हो....तुम क्या समझती हो मम्मा।'

—मैं समझती हूँ, तू सुखी नहीं है। सुविधाएँ पाने से इन्सान सुखी तो नहीं हो जाता।' मैं मम्मा का चेहरा देखती रही। उनके मन के भावों को पढ़ने की कोशिश करती रही। लेकिन मम्मा का चेहरा सपाट था। वहाँ कोई भाव था ही नहीं। कुछ रुक कर मम्मा बोली—सोनल, अब तू अपना घर बसा ले। किसी के साथ भी बसा ले। मैं तेरी माँग भरी देखना चाहती हूँ। उसके बिना मेरे प्राण नहीं निकलेंगे। निकलेंगे भी तो मेरी आत्मा भटकती रहेगी।....।'

—आज तुम्हें क्या हो गया है मम्मा? मैं ऐसे ही अच्छी-भली तो हूँ। शादी करके भी क्या होगा।....तुम्हें क्या मिला शादी करके....।'

—तू मिली न।' फिर कुछ सोचते हुए बोली—हर पुरुष तेरे पापा जैसा नहीं होता। उनकी जीभ पर पैसे का स्वाद लग गया है। और पैसे के साथ जुड़ी हुई सारी बुराइयों का स्वाद। शादी के पहले क्या थे शंकर? एक टेलर के बेटे ही न। इनके पिता हमारे खानदान के कपड़े सीते थे। ईमानदार आदमी थे। तेरे नाना की बड़ी इज्जत करते थे। नाना ने उन्हें अपने यहाँ मुंशी रख लिया। फिर अपनी ईमानदारी और मेहनत के बल पर वे बढ़ते गए। दीवान के सेक्रेटरी बन गये। तेरे नाना को शंकर अच्छे लगते थे। पढ़ने में तेज थे। उन्होंने उन्हें कानून की पढ़ाई के लिए इंग्लैंड भेज दिया। शंकर वहाँ से डिग्री

लेकर लौटे तो उनके व्यवहार से तेरे नाना प्रभावित हो उठे। उनके साथ मेरी शादी कर दी। बिरादरी में कानाफूसी भी हुई। लेकिन तेरे नाना दबंग इंसान थे। उन्होंने एक दिन शहर के बड़े लोगों को दावत दी और कह दिया—मैं जाति-बिरादरी को नहीं मानता। इंसान अच्छा और काबिल होना चाहिए। बस। है कोई इतना पढ़ा-लिखा जामनगर में। है किसी में इतनी काबलियत। मैं सोचता हूँ कि मेरी इकलौती बेटी के लिए शंकर भाई ही सही इंसान है।...लोगों के मुँह बंद हो गए। फिर एक दिन तेरे नाना ने राजा साहब से कहा—महाराज, मेरे बाद शंकर भाई का ध्यान रखिए। राजा साहब तेरे नाना की बड़ी इज्जत करते थे। पूरी रियासत को नाना ने ही संभाल रखा था। और जब नाना की मौत हुई तो राजा साहब ने घोषणा कर दी कि शंकर भाई ही जामनगर के अगले दीवान होंगे।.....।' कहते-कहते मम्मा खामोश हो गयी।

कुछ साल अच्छे बीते। तेरे नाना काफी बड़ी जागीर और पैसा छोड़ गए हैं। उनके कहने पर ही तेरे पापा ने तुझे पढ़ने के लिए मसूरी के एक कान्वेंट में भेजा। वहाँ से इंट्रेंस पास करके आई तो बंबई के विल्सन कॉलेज में डाल दिया। रूपल के लिए और परेश के लिए उन्होंने इतना नहीं किया। हाँ, रूपल ने कॉलेज के कुछ साल तेरे साथ बंबई में बिताए जरूर। और परेश....।' कहते-कहते मम्मा रुक गयी और उनका गला रुंध गया...।'

—तुम शांत हो जाओ मम्मा।'

मैंने मम्मा की व्हील चेयर को थोड़ा आगे खिसका लिया। नैपकिन से अपनी आँखों के कोर पोंछती हुई वह बोली – मैं भी क्या किस्सा ले बैठी। तुझसे कहना कुछ चाहती थी और क्या कहने लगी....।'

—मम्मा तुम क्या कहना चाहती थीं?'

—वही तो, वही तो याद करने की कोशिश कर रही हूँ।'

तभी भीतर बंगले से नर्स आती दिखाई दी। उसके हाथ में एक छोटी-सी ट्रे थी। और ट्रे में दवाई की शीशी और शीशे के गिलास में पानी था।

नर्स ने मेरी तरफ मुस्कराकर देखते हुए मम्मा की हथेली में दो गोलियाँ रख दीं और पानी का गिलास पकड़ा दिया।

मम्मा ने दवाई लेकर नैपकिन से अपने होंठ पोंछ लिए; ठीक वैसे ही, जैसे अपने अच्छे दिनों से वे डिनर के बाद पोंछती थी धीरे-से, ताकि होंठों की लिपस्टिक न पुंछ जाये।

अब तो कई सालों से मम्मा ने लिपस्टिक ही नहीं लगाई।

—मैडम।' नर्स धीरे से बोली।

मम्मा ने उसकी तरफ देखा। वह बोली—मैंने तुम्हारे को बतलाया था ना कि धारवाड़ में मेरी बहिन का शादी है। एक हफ़्ते के लिए जाने का है।'

—हाँ, हाँ याद आया मैसी। कब जायेगी।'

—परसों शाम को मैडम।'

मम्मा ने मेरी तरफ देखा। बोली—सोनल, तुम यहाँ कब तक हो।'

—अभी तो काफी छुट्टियाँ पड़ी हैं मम्मा। तुम जब तक कहोगी, रह जाऊँगी। राजकोट में जाकर भी क्या करूँगी।'

—तो ठीक है।' मम्मा बोली—और तो कुछ नहीं, मैसी के जाने से मैं अकेली पड़ जाऊँगी। आई कैन टॉक टू हर ओनली। हू एल्स इस देयर।....अच्छा। ठीक है मैसी.. ..चली जाना।'

—जी....।' मैसी कोठी की तरफ लौट गयी।

थोड़ी देर हम दोनों के बीच खामोशी आ गयी। फिर मम्मा ने ही बात शुरू की—हाँ, याद आया। मैं तुझसे क्या कहना चाहती थी।'

—क्या मम्मा'

—अरे कहना क्या है। बस तू शादी कर ले। तू कहती होगी, जब भी मैं यहाँ आती हूँ, मम्मा मेरी शादी को लेकर बैठ जाती है। लेकिन तेरा अकेलापन मुझसे नहीं देखा जाता। मैं जानती हूँ, अकेलेपन की मार कितना दर्द देती है। आज नहीं तो कल, तू इस अकेलेपन का अहसास करने लगेगी। उम्र के बढ़ने के साथ-साथ लोगों का संग-साथ कम होता जाता है और इंसान भी अपने में सिमटने लगता है।....मैं नहीं कहती कि तू किसी राजकुमार से ही शादी कर—जैसे तेरे पापा कहते हैं। वे तो सालों से तेरे लिए राजकुमार खोज रहे हैं। लेकिन मैं जानती हूँ, वे कुछ नहीं करेंगे। वे करना ही नहीं चाहते।'

फिर मम्मा कुछ देर के लिए बढ़ती हुई शाम में शून्य की ओर ताकती रही। पेड़ों की परछाइयाँ लम्बी हो चली थीं। गमलों के पौधे उदास से लगने लगे थे और बाउंड्री वॉल के पेड़ों के पास पक्षियों की चहचाहट बढ़ने लगी थी। मैं भी खामोश रहकर मम्मा के बारे में सोचती रही कि वह मेरे बारे में कितना सोचती है। क्या-क्या सोचती रहती है।

—देख सोनू बेटे, अकेले रहना कोई बुरी बात नहीं है। लेकिन एक उम्र के बाद यानी उम्र बढ़ने पर अपना अकेलापन अपने को ही काटने लगता है। नौकर और कुत्ते-बिल्लियों के सहारे अकेलापन नहीं कटता। तब कोई बिल्कुल अपना चाहिए। बातें करने के लिए। अपने दुःख-सुख बाँटने के लिए, थोड़ी बहुत नोंक-झोंक करने के लिए। अकेले इंसान में चाहे वह औरत हो या मर्द—धीरे-धीरे कुंठा पैदा होने लगती है। उसे सब जगह सब कुछ गलत ही लगने लगता है।....और तब.....।'

—मम्मा, सब के साथ तो ऐसा नहीं होता होगा।'

—सब के साथ होता है। बस, उसके रूप अलग-अलग होते हैं। तेरी रिश्ते की मौसी थी एक रमा बेन। उसके आदमी ने दूसरी शादी कर ली और उसके साथ दूसरे घर में रहने लगा। रमा बेन अकेली हो गयी। धीरे-धीरे उसका दिमाग फिरने लगा। उसे

सब जगह गंदगी ही महसूस होती। दिन के आधे वक्त वह घर को धोती रहती....बोलती कुछ नहीं। तीन-चार साल बाद एक दिन गीले फर्श पर फिसल गयी। बिस्तर से लग गयी। कमर की हड्डी टूट गयी थी। फिर वह उठी नहीं। पचास-पचपन साल की उम्र में ही चल बसी।'

—तुम भी मम्मा, कहाँ की बात कहाँ ले बैठी।'

—मैं सच कहती हूँ सोनल। मैं जो जिंदा हूँ तो इस अहसास से जिंदा हूँ कि तू है, रूपल है। नहीं तो यह भी कोई जिंदगी है।'

—मम्मा....।'

—कोई भी सच्चा, ईमानदार, लड़का ढूँढ़ ले। वक्त तेजी से बीत रहा है। तू सैटिल हो जाएगी तो मैं शांति से मर सकूँगी। सोनू, अपनी अपंग माँ के लिए इतना भी नहीं करेगी क्या?' कहते-कहते मम्मा की आँखें भर आई थीं।

—करूँगी मम्मा, जरूर करूँगी।'

—प्रॉमिज़?'

—प्रॉमिज़। अब जरा मुस्करा दो मम्मा।....तुम जब मुस्कराती हो तो कितनी अच्छी लगती हो....।'

राजकोट लौटी तो मन बड़ा अशांत था। किसी काम में मन नहीं लग रहा था। मम्मा की बातों ने भीतर कहीं हलचल पैदा कर दी थी। सोचती रही थी कि प्रौढ़ि की देहरी पर पाँव रखते हुए अब कौन मुझे वरेगा। मैं कहाँ किसे खोजूँ। एक-दो दिन बड़ी उदास रही। खांडवाला पहले की तरह मेरे पास आता रहा। बाहर के सारे काम वही करता। एक दिन शाम को अपनी ड्रिंक बनाते हुए वह मुझसे पूछ बैठा—सोनल, जब से तुम जामनगर से वापिस आई हो, कुछ थकी-थकी सी रहती हो। व्हाट इज़ द मैटर। कैन आई हैल्प यू?'

मैंने उसकी तरफ देखा। प्लेट से चुटकी भर नमकीन उठाते हुए मैं बोली—कोई खास बात नहीं है....। बस यों ही।'

वह चुप हो गया। रात हो गयी। हमने खाना-खाया। बिंदिया चौका-बरतन करके अपने घर चली गयी थी। खांडवाला बैड-रूम में आ गया। पहली बार, हाँ पहली बार उसका बैडरूम में आना मुझे अच्छा नहीं लगा। अनायास ही एक प्रश्न मेरे मन-प्राणों को झकझोर गया। क्या यहाँ तक आने के लिए वह मेरे लिए इतना सब कुछ करता है। क्या इसीलिए धीरे-धीरे बड़े ही महीन केलकुलेशन के साथ वह मेरे बैडरूम और मेरे शरीर तक नहीं पहुँचा। उस दिन पहली बार बैडरूम के उस गुदगुदे पलंग पर मैंने अपने में ठंडापन महसूस किया। और जब उसने मेरी कमर में हाथ डालकर मुझे अपनी तरफ खींचना चाहा, मैं छिटक कर उससे अलग हो गयी।

–सोनल।' वह भौंचक्का-सा होकर बोला।

–तेरी तबियत ठीक नहीं है मिस्टर खांडवाला।'

उसने घूरकर मेरी तरफ देखा। उसकी आँखों की लाली उसके भीतर की हवस और गुस्सा जता रही थीं।

–आज तुम बड़ी फॉर्मल हो रही हो। उसने मेरी ओर सरकते हुए पास आने की कोशिश करते हुए कहा। –तुमने पहले तो कभी इतना फॉर्मल बिहेवियर नहीं किया। व्हाट इज द मैटर।'

–कुछ नहीं, मिस्टर खांडवाला। मैं आज अकेली रहना चाहती हूँ।' कहकर मैंने तकिए के नीचे से सिगरेट का पैकेट उठाया और उसे जलाने के लिए लाइटर टटोलने लगी। तभी खांडवाला ने अपने लाइटर से मेरी सिगरेट सुलगा दी।

–थैंक्स....।' कश लगाते हुए मैंने कहा।–नाउ यू कैन गो। प्लीज।'

खांडवाला खड़ा हो गया।–ठीक है। गुड नाइट....।' वह दरवाजे की ओर बढ़ा और थोड़ी ही देर में उसकी कार के स्टार्ट होने की आवाज सुनाई दी।

वह सचमुच चला गया था। उसके जाने के बाद मैं अपने को बिल्कुल अकेला महसूस करने लगी। मैंने अपना ध्यान बँटाने के लिए सामने टंगे कलैंडर की ओर देखा।

–आज आठ नवम्बर है। ग्यारह नवम्बर को कॉलेज खुल जायेगा। बीच में बस दो ही दिन बाकी हैं।

मैंने सिगरेट को मसल कर बुझा दिया। और सीधी लेट कर सोने की कोशिश करने लगी। लेकिन नींद नहीं आई तो नहीं आई। आंखों के सामने अपना पहला पुरुष घूमने लगा। बहुत दिनों बाद उसकी याद आई। मेजर सैम कूपर। आज की रात अपनी जिंदगी को, अपने संबंधों को, अपने प्रथम पुरुष को याद करने की रात है शायद।

मैंने एक और सिगरेट सुलगा ली है और ऊपर धुँआ छोड़ते हुए छत की ओर देखने लगी हूँ। पंखा मध्यम स्पीड से घूम रहा है। मैं भी अपने विचारों के भँवर में घूम रही हूँ गोल-गोल। आँखें पंखे के गोल सैंटर पर गड़ी हैं। पंखे के ब्लैड्स घूम रहे हैं। मेरी अपनी जिंदगी के केन्द्र में भी कूपर घूम रहा है। पंखे के ब्लेड्स की तरह। शायद यही उसकी नियति थी। शायद यही मेरी नियति है।

तीन

# अमर चौधरी

**18 नवम्बर, 1959**

कॉलेज खुले हफ़्ता भर हो गया है।

मजेदार शहर और उससे भी मजेदार है यह कॉलेज। उस दिन प्रिन्सिपल देशमुख के बंगले पर चला गया था, अपने आने की खबर देने के लिए।

प्रिंसिपल देशमुख सज्जन व्यक्ति लगे। बम्बई के प्रिंसिपल मर्चेंट से एकदम अलग। मुझे स्नेह से बिठाया। बम्बई के हाल-चाल पूछे। बताया कि वे भी पहले बम्बई में ही प्रोफ़ेसर थे। 14 साल पहले उनका ट्रांसफर हुआ था। प्रोमोशन पर—तब से यहीं हैं।

बंबईवाले यहाँ रह नहीं पाते।' उन्होंने कहा था।

मेरी आँखों में प्रश्न देखकर बोले थे—यहाँ की जिन्दगी बहुत स्लो है। पढ़ने-पढ़ाने का कोई माहौल नहीं। बहुत टुच्ची किस्म की गुटबाजी चलती रहती है अध्यापकों के बीच। अपनी लड़ाई में लड़कों को भी खींच लाते हैं। मुझे पहले बहुत तकलीफ हुई। बाद में धीरे-धीरे आदत पड़ गयी। अब तो बस चार साल और रह गए हैं। वे भी कट जाएँगे।'

तभी नौकर मेरे सामने पानी का गिलास और चाय रख गया।

—और उसके बाद सर।' मैंने यों ही पूछ लिया।

—उसके बाद पूना चला जाऊँगा। अपना मकान है। वाइफ एक स्कूल में हेड मिस्ट्रेस है। बच्चे सैटिल हो गए हैं।'

फिर कुछ रुक कर पूछा—बम्बई में कितने साल रहे।'

—चार साल से कुछ ज्यादा ही हो गए थे सर। अब वहाँ मन लगने लगा था तो यहाँ आना पड़ गया। पी-एच. डी. के लिए काम कर रहा था, अब पता नहीं कब शुरू होगा।'

—तुम विपिन भाई को अपना ज्वाइनिंग लैटर दे दो। हैड क्लर्क हैं। ठहरे हुए कहाँ हो?

मैं इस विषय पर खुद प्रिंसिपल देशमुख से बात करना चाह रहा था। धीरे से

बोला—अभी तो कॉलेज के सामने के होटल 'जयकांत' मैं ठहरा हूँ। लाँग रन में वह तो काफी महंगा पड़ेगा।'

—वह तो है। मैं विपिन भाई को एक नोट लिख देता हूँ। वह तुम्हारे लिए होस्टल में रहने का इन्तजाम कर देंगे। ठीक है न....।'

—थैंक यू सर।' मैंने चाय पूरी करके कप मेज़ पर रख दिया। और अपनी फाइल उठाकर खड़ा हो गया। प्रिंसिपल देशमुख ने एक छोटा-सा नोट लिखकर मेरे हाथ में पकड़ा दिया।

प्रिंसिपल देशमुख के बंगले से निकल कर मैं कॉलेज चला आया। बिल्कुल पास ही है। कॉलेज के गेट पर दो-तीन चपरासी बैठे पत्ते खेल रहे हैं। उनसे पूछा—बड़े बाबू कहाँ बैठते हैं?'

एक चपरासी ने मुझे गौर से देखते हुए ऊपर पहली मंजिल की तरफ इशारा कर दिया और बँटते हुए पत्तों पर निगाह गड़ाए सुरती मलने लगा।

मैं ऊपर जाने के लिए बढ़ा। पुराने जमाने की पुरानी सी बिल्डिंग। छुट्टियों के कारण क्लासेस बंद पड़ी थीं। बरामदे में धूल ही धूल थी। कोने पर टॉयलट था। मैंने सोचा, पहले हलका हो जाऊँ, तब विपिन भाई के पास जाऊँगा।

टॉयलट बम्बई के पेशाबघरों जैसा ही गंदा और बदबूदार था। महीनों से शायद ही कभी साफ किया गया हो। टॉयलट से निपट कर वाश-बेसिन पर हाथ धोने गया तो पाया, सिंक टूटा पड़ा था। नल की टोंटी नदारद थी। खैर, रूमाल से हाथ पोंछकर कमरे के बाहर लटकी तख्तियों को पढ़ता हुआ चलने गला। दायीं ओर की एक गैलरी के अंतिम छोर एक तख्ती पर लिखा था—'ऑफिस। अन्दर गया तो देखा, दो-चार क्लर्क बैठे थे। एक से विपिन भाई के बारे में पूछा तो उसने पीछे कोने की मेज पर बैठे एक अधेड़ से व्यक्ति की ओर इशारा करते हुए गुजराती में कहा—'वो बैठे हैं।''

मैं उनकी ओर बढ़ने लगा। बड़ी सी मेज़ पर रखी छोटी सी तख़्ती पर अंग्रेजी में लिखा था : श्री विपिन शाह, बी. ए.। हैड क्लर्क।

मैं जाकर उनके सामने खड़ा हो गया। कुछ देर यों ही खड़ा रहा। इस इंतजार में कि मेरी ओर देखें तो बात करूँ। लेकिन 5-6 मिनट बीत गए, उस पट्ठे ने मेरी ओर देखा ही नहीं।

तब हारकर मुझे ही बोलना पड़ा—मिस्टर शाह।'

—हूँ....।' अपनी नजरें नीचे किए ही उसने हुँकारा भरा।

—मैं, प्रोफ़ेसर चौधरी। बम्बई से आया हूँ।'

—हूँ....क्या काम है?'

—मैं ट्रांसफर पर आया हूँ।'

अब पहली बार शाह ने मेरी ओर देखा—बैसो, बैसो।' मैं पास रखी कुर्सी पर बैठ गया। बैठकर अपना ट्रांसफर लैटर दिखलाया। और बोला—मैं ज्वाइन करने आया हूँ।'

शाह ने मेज पर रखा अपना चश्मा चढ़ाया। मेरा ट्रांसफर लैटर पढ़ा और बोले—ठीक है।' फिर घड़ी की तरफ देखते हुए बोले—बारह बज कर पच्चीस मिनट। ठीक है। हो गया।' और उन्होंने वह लैटर लापरवाही से अपनी मेज़ की दराज में डाल दिया। कुछ देर तक सोचते रहने के बाद बोले—बंबई तो बड़ा शहर है साहब।'

—हाँ, बड़ा तो है।'

—वहाँ तो बड़े-बड़े होटल, बड़ी-बड़ी इमारतें, बड़े-बड़े क्लब भी हैं। मैंने सुना है....।' अब शाह हल्के मूड में आ गए थे।

—हाँ, हैं तो....।'

—मैंने सुना है कि क्लबों में औरतें डांस क़रती हैं। पराए मर्दों के साथ भी....।'

—मुझे मालूम नहीं। शायद करती होंगी।'

—चाय पीएंगे साब।'

—धन्यवाद। प्रिंसिपल साहब के यहाँ पीकर आया हूँ अभी।'

तभी मौका देखकर मैंने अपने जेब से प्रिंसिपल देशमुख का दिया नोट निकाला और उसे आगे बढ़ाते हुए बोला—यह प्रिंसिपल साहब ने दिया है। आपके लिए। किसी हॉस्टल में एक कमरा मिल जाये तो....।'

शाह गौर से नोट को पढ़ने लगे और फिर बोले—कोई बात नहीं। हो जाएगा। हॉस्टल नंबर तीन में कई रूम्स खाली हैं।....हो जाएगा। तुम प्रोफेसर आचार्य से मिल लो, वार्डन हैं....भले मानुष हैं। हो जाएगा।'

मैं उठने लगा तो मुझे प्रिंसिपल का नोट लौटाते हुए शाह बोले—इसे प्रोफ़ेसर आचार्य को दिखला देना।....हो जाएगा।' साथ ही उन्होंने मुझे प्रोफ़ेसर आचार्य का ठिकाना भी लिखकर दे दिया।

प्रोफेसर आचार्य से मिलकर होटल के अपने कमरे में लौटा तो अपने भीतर बहुत खालीपन महसूस करने लगा। घर-परिवार की याद आने लगी। बम्बई के दोस्त-परिचित, सहकर्मी-याद आने लगे। ऐसा लगने लगा कि कहाँ इस वीराने में आ गया हूँ। फिर मन को समझाया, कुछ ही दिनों की बात है फिर कॉलेज खुल जाएगा और सब सामान्य हो जाएगा। प्रोफेसर आचार्य ने हॉस्टल नम्बर तीन में तो नहीं, बल्कि हॉस्टल नंबर एक में कमरा देने की पेशकश की। बोले—वैसे तो यहाँ 5-6 हॉस्टल हैं। गांव-बाहर से आए लड़के रहते हैं। आप के लिए नम्बर एक ही ठीक रहेगा। साइंस के लड़के हैं। अच्छे हैं और शांत हैं। फिर वह कॉलेज से लगा हुआ है। आपको दिक्कत नहीं होगी। वैसे चाहो तो नम्बर तीन में भी हो सकता है।'

मैं क्या कहता। जरूरतमंद की अपनी इच्छा का कोई मतलब नहीं होता। मैंने नम्बर एक में रहना ही तय कर लिया।

यह कमरा कहाँ है, अच्छा खासा हॉल है। इतने बड़े हॉल में मैं और मेरा सामान। बड़ा अजीब लगता है। सामान के नाम पर एक टीन का ट्रंक जिसमें कपड़ों से लेकर किताबें, स्टोव, एक-दो बर्तन, चम्मच, दो प्याले, एक गिलास वगैरह ठूंसे पड़े थे और मैं—बावन किलो का एक प्रोफेसर कहलाने वाला जीव। कभी-कभी अपने पर हंसने को मन करता है। अपने पर, अपनी स्थितियों पर हँसना भी—वाह क्या बात है।'

इतने से सामान को अरैंज करने में पूरा एक दिन लग गया। वैसे तो कमरे को जमादार साफ कर गया था। लेकिन उस बड़ी-सी खिड़की पर धूल जमी रह गयी थी। सिमेंट की आलमारी पर कुछ पुराने, पीले पड़ गए अखबार रखे थे। ऊपर रोशनदान के पास चिड़ियों ने घोंसले बना रखे थे और वे बाल्कनी की तरफ से उड़-उड़ कर घोंसले पर आ बैठती थीं और फर्श को गंदा कर रही थीं।

मुझे यह सोच कर हंसी आ गयी कि भगवान जब देता है, छप्पर फाड़कर देता है। कहाँ तो बम्बई में 10 बाई 12 के कमरे में हम चार लोग रहते थे और कहाँ इस 'हॉल' में जो कम से कम 15 बाई 20 तो होगा ही, मैं अकेला हूँ। मैंने एक कोने पर लोहे की चारपाई लगा दी है, जो कमरे में पहले से पड़ी थी। एक मेज और दो कुर्सियाँ भी थीं, उन्हें दरवाजे के सामने वाली दीवार पर लगा दिया है। मेज़ काफी बड़ी है। उस पर अपनी किताबें, फाइलें एक-दो कलम रख दिये हैं। मेज़ से टिका कर अपनी प्लास्टिक की बास्केट रख दी है। बाकी पूरा कमरा खाली है। इतने बड़े कमरे में अकेले रहने का यह मेरा पहला मौका है। इसीलिए कुछ अजीब-सा महसूस कर रहा हूँ। वैसे मैं जानता हूँ कि इन्सान किसी भी स्थिति में संतुष्ट नहीं रहता। बम्बई के होटल के छोटे से कमरे में चार-चार लोग रहते थे। रात पड़े बड़ी घिचपिच महसूस होती थी। बड़ा बुरा लगता था। अब यहाँ इतना बड़ा कमरा मिला है तो अकेलापन महसूस होता है। पहले हफ़्ते में मैं किसी से एक शब्द भी नहीं बोल पाया। बोलने के लिए कोई था ही कहाँ। हफ़्ते भर बाद नीचे के कमरे से एक विद्यार्थी ने आकर दरवाजा थपथपाया तो देखा, सामने एक युवक खड़ा है।

—नमस्ते सर। मैं रंजीत शर्मा हूँ।' उसने शुद्ध हिंदी में कहा। राजकोट में मैंने पहली बार हिंदी का एक शुद्ध वाक्य सुना। अच्छा लगा।

—आओ, बैठो।' मैं अनायास कह गया।

रंजीत भीतर आकर इधर-उधर देखने लगा।—मैं पॉलिटैकनीक में इंजीनियरिंग का डिप्लोमा कर रहा हूँ। नीचे रूम नं. 8 में रहता हूँ। गांव चला गया था, कल शाम ही आया हूँ।'

फिर वह मेरे बारे में पूछने लगा। कुछ देर बाद मैंने कहा—चलो, नीचे होटल में चाय पी आते हैं।'

मैंने दरवाजा बंद किया और रंजीत के साथ नीचे उतर आया। रंजीत बोला—सर, आपको किसी भी चीज़ की जरूरत हो तो मुझसे कह दीजिए; मैं ला दिया करूँगा।' मैंने

सहमति से सर हिला दिया।

हमने सामने के होटल में चाय पी। यहाँ गुजरात में कितनी तरह की चाय मिलती है : सादी, स्पेशल, अमीरी, बादशाही, कड़क मीठी आदि आदि। रंजीत ने ही ब्रादशाही चाय का आर्डर दिया था और मेरे लाख मना करने पर भी पैसे भी उसी ने चुकाये। पचास पैसे। पचास पैसे में दो बादशाही चाय। सादी चाय तो और भी सस्ती होगी, मैं सोचने लगा।

यों ही किसी तरह छुट्टियां बीत गयीं।

11 को कॉलेज खुला तो सारा वातावरण ही बदल गया। 10 बजे स्टॉफ कॉमन रूम में मीटिंग हुई। यहीं प्रिंसिपल ने दो-तीन अन्य नए प्राध्यापकों के साथ-साथ स्टॉफ से मेरा भी परिचय कराया। अच्छा लगा, सहृदय, मृदु भाषी और स्नेहिल सहकर्मी। स्टॉफ ज्यादा बड़ा नहीं है। यही 30-35 अध्यापक। इनमें 8-10 महिला प्रोफेसर भी हैं। यहीं पर मेरा परिचय प्रो. राधेश्याम पांडे से भी हुआ। हिंदी के विभागाध्यक्ष। मुझे इन्हीं के साथ काम करना है। बहुत चालाक से दीखने वाले। मुचड़े हुए चेहरे पर चेचक के दाग। सिर के बीचों-बीच एक छोटी-सी चुटिया। छोटा कद। मंझोला शरीर। लेकिन आवाज प्रभावशाली। बात-चीत करने में काफी तेज़ लगे। अच्छी गुजराती बोल लेते हैं। यहाँ सभी प्राध्यापक गुजराती में ही बात करते हैं। यहाँ तक कि कैमिस्ट्री के प्रोफेसर कृष्णन भी। कई सालों से यहाँ हैं। पहले नागपुर में थे। कभी-कभी हिंदी भी बोल लेते हैं।

विद्यार्थी बम्बई के लड़कों से ज्यादा फेशनेबुल लगे। प्रो. पांडे बतलाने लगे—प्रो. चौधरी, बस बच्चों पर कंट्रोल कर लो तो समझो, कुरुक्षेत्र जीत लिया। ये जितने सीधे दीखते हैं, उतने हैं नहीं। कल क्लास में देखना। पहले दिन ही दबा दो तो दबे रहेंगे। नहीं तो साल भर परेशान करते रहेंगे।'

प्रो. पांडे बोलते जा रहे थे मैं सोच रहा था, बम्बई में भी तो पहले ऐसा ही हुआ था। कॉमर्स के लड़कों ने मुझे पहले दो महीने कितना परेशान किया। यह दूसरी बात है कि बाद में शरारती लड़के ही मेरे सबसे प्रिय बन गए। और अब तो मुझमें थोड़ा आत्मविश्वास भी आ गया है। सोचा, देखा जाएगा। पहले दिन और कुछ विशेष नहीं हुआ। पांडे जी ने ऑफिस में जाकर मुझे मेरा टाइम टेबल पकड़ा दिया।

प्रो. पांडे का कहना सचमुच सही निकला। दूसरे दिन अपनी क्लास खोजता हुआ मैं पैसेज में कक्षाओं के नम्बर देखता हुआ चल रहा था। लेकिन वह कक्षा नहीं मिल पा रही थी, जिसमें मुझे जाना था। मैं यह भी महसूस कर रहा था कि गैलरी में घूमते हुए कुछ लड़के मुझे घूर कर देख रहे हैं। जब मैंने एक लड़के से अपनी कक्षा के बारे में पूछा

तो वह बड़ी गंभीरता से बोला—उधर है। टॉयलेट के पास।' मैं उसी दिशा में बढ़ गया। 'कक्षा' में दो-तीन कदम ही रखे होंगे कि लड़कियों के चिल्लाने और जोर से हँसने की आवाज आने लगी। बाद में पता लगा कि यह 'लेडीज़ रूम' था। मैं जल्दी ही वापिस बाहर आ गया। अपने पास से गुजरते हुए चपरासी से पूछा तो वह मुझे अपने साथ मेरी क्लास तक ले गया।

क्लास में लड़के चिल्ला रहे थे। भाजी-मार्केट का-सा शोर हो रहा था। मेरे क्लास में जाने से भी कोई फर्क नहीं पड़ा। लड़कों ने सोचा होगा, यह भी कोई विद्यार्थी ही है। लेकिन जब मैं अध्यापकों के लिए बनाई गयी स्टेज पर जाकर खड़ा हो गया तो सारी कक्षा शांत हो गयी। एक दम शांत।

मैंने अपना परिचय दिया और बतलाया कि मैं बम्बई से आया हूँ।—बम्बई से....।' 15-20 लड़कों का समवेत स्वर क्लास में गूंजा और उसके बाद पूरी क्लास में हंसी का एक फव्वारा छूट गया।

एक क्षण के लिए मैं सोच नहीं पाया कि कहाँ से शुरू करूँ। तभी एक लड़के ने सीधे मेरी ओर देखते हुए बिल्ली की आवाज निकाली। क्लास में फिर हंसी फूट गयी।

अब मेरा पारा चढ़ने लगा था। मैंने उस लड़के को खड़ा होने के लिए कहा। वह बैठा रहा। मैंने फिर जोर से चिल्लाकर कहा—यू गेट अप।' वह फिर भी बैठा रहा और इधर-उधर, आगे-पीछे देखने लगा। मैं और जोर से चिल्लाया—आई से, यू गेट अप, ग्रीन शर्ट।' इस बार मेरी आवाज का कुछ ऐसा प्रभाव पड़ा कि जैसे वह अनायास ही अपने-आप खड़ा हो गया।

—व्हाट इज योर नेम।' मैंने उसी जोरदार आवाज में पूछा। वह चुप रहा। मैंने फिर अपना सवाल दोहराया।

—मैं स्टुन्डैंट यूनियन का सेक्रेटरी हूँ।' वह भी सीना तान कर बोला।

—तुम्हारा नाम क्या है।'

—जितेन पारीख।' उसने दूसंरे लड़कों की तरफ देखकर अकड़ के साथ कहा।

—'जितेन, तुम्हारा नाम तो बहुत अच्छा है। वैरी गुड नेम।'

वह मुझे घूरता रहा।

—ठीक है, तुम कॉलेज यूनियन के सेक्रेटरी हो। लेकिन मेरे सेक्रेट्री नहीं हो। मेरे लिए तुम बी. ए. सैंकड ईयर के स्टुडैंट हो—सिर्फ स्टुडैंट। समझे।'

क्लास में खामोशी छा गयी।

मैं बच्चों से पूछने ही वाला था कि उन्होंने कोर्स कहाँ तक कर लिया है, और आगे क्या करना है कि पीछे बैठा एक लड़का तेज़ी से उठा और तीन-चार बैंचों को लांघता हुआ खिड़की से बाहर कूद गया।

—कौन था वह। क्या नाम है उसका?' मुझे सचमुच बहुत गुस्सा आ गया था।

सभी बच्चे चुप रहे। तब मैंने पीछे बैठे एक दुबले-पतले लड़को को उठाया और

फिर अपना सवाल दोहराया—क्या नाम है उसका?'

लड़का डर गया था। बोला, धीरे से —सर, वह हमारे क्लास का नहीं था।'

अच्छा तो यहाँ यह भी चलता है। बम्बई में भी चलता था। सभी जगह शिक्षण-संस्थाओं का हाल एक जैसा ही है। बस, परिमाण का अंतर है।

मैंने जितेन की तरफ देखा। बहुत संयत आवाज में उससे बोला—जितेन, तुम अच्छे बच्चे हो। तुम्हारे माता-पिता ने तुम्हें बड़े प्यार से पाला होगा। उन्होंने कभी सोचा भी नहीं होगा कि बड़े होकर तुम क्लास में कुत्ते-बिल्ली की आवाजें निकालोगे। तुम बहुत आगे निकल सकते हो। अपने वक्त को यों बरबाद मत करो।'

फिर मैं कुछ देर के लिए रुक गया। अब क्लास में पूर्ण शांति थी। मैंने बोलना शुरू किया—अगर मेरे पढ़ाने में कहीं कोई कमी रह जाये, कोई बात अगर तुम्हारी समझ में नहीं आए तो बिना किसी संकोच के मुझसे पूछो। मैं इसीलिए यहाँ खड़ा हूँ। एक बार पूछो, दो बार पूछो, दस बार पूछो। तब तक पूछो, जब तक तुम उसे समझ नहीं लेते।'

मैंने लक्ष्य किया कि जितेन का कसा हुआ चेहरा अब नरम पड़ने लगा था। मैं उसकी ओर देखकर कहने लगा—देखो, अब तुम कितने अच्छे, कितने सुंदर और कितने भोले लग रहे हो।' क्लास में हल्की हंसी बिखर गयी। हंसी रुकने पर मैं फिर बोला—जब मुझे यहाँ आने का ट्रांसफर आर्डर मिला तो मैं बहुत खुश हुआ था। इसलिए कि मैंने सोचा था कि मैं गाँधी जी के देश में जा रहा हूँ। उनका प्रभाव अगर पूरे देश पर पड़ा है तो यहाँ के बच्चों पर कुछ ज्यादा ही पड़ा होगा। मेरे इस विश्वास को बनाकर रखना अब तुम्हारा काम है....।'

पूरे घंटे मैं उन से इसी तरह बतियाता रहा।

इतने में घंटी बज गयी। विद्यार्थियों के साथ मैं भी बाहर निकल आया। रिसेस हो गया था।

हम लोग रिसेज में चाय पी रहे थे। स्टाफ-रूम भरा हुआ था। तभी दरवाजे पर मुझे जितेन दिखाई पड़ा। उसकी नजरें मुझे खोज रही थीं। मैं चाय की प्याली मेज़ पर रखकर उठा और जितेन के पास चला आया।

—क्या है जितेन।'

—आई एम सॉरी सर।' उसकी आँखें डबडबाई हुई थीं।

मैंने उसकी पीठ पर हाथ फेरा।—कोई बात नहीं। कभी-कभी ऐसा हो जाता है। मैंने कहा न, तुम बहुत अच्छे लड़के हो। तुम और अच्छे बन सकते हो....और तुम बन जाओगे....मुझे विश्वास है।' मैंने धीरे-धीरे उसके गालों को थपथपा दिया।

उसकी रुलाई फूट पड़ी। फिर वह मुड़ा और धीरे-धीरे दूसरे लड़कों के बीच खो गया।

मैं लौटकर अपनी जगह आ बैठा और बची हुई चाय सुड़कने लगा।

चाय ठंडी हो गयी थी लेकिन मैं भीतर ही भीतर अपनी पहली सफलता की गरमाहट महसूस कर रहा था।

तभी दूर बैठी किसी महिला की आवाज सुनाई दी—वैल डन।'

मैंने पास बैठे प्रो. पाण्डे से पूछा : कौन हैं यह महिला?

पांडे जी शरारती अंदाज में बोले—'अंग्रेजी की हैड हैं।' मिस सोनल मेहता। जरा बच कर रहना। बहुत मारू चीज़ हैं।

मैं मिस सोनल मेहता की ओर देखता हुआ उनका नाम याद करने लगा—मिस सोनल मेहता।

चार

# सोनल मेहता

**20 नवम्बर 1959**

परसों कॉलेज से लौटी तो देखा, पापा ड्राइंग रूम में बैठे हैं। सिगार के धुंए की खुशबू कमरें में महक रही है। वे जैसे मेरे आने की ही प्रतीक्षा कर रहे थे।

पापा से गले मिली। वे बड़ी देर तक मेरी पीठ थपथपाते रहे। मुझे अच्छा लगा।

—बम्बई से सीधे जामनगर चला गया था। एक नर्स को लेकर। पिछली बार तुम्हारी माँ ने मिस मैसी की शिकायत की थी। कहा था—वह मशीनी ढंग से काम करती है। अच्छा नहीं लगता।' सो, मैंने सोचा, नर्स को ही बदल दिया जाय। वैसे तो यह नर्स भी क्रिश्चियन ही है। मिस डी सूजा। लेकिन अपने पेशेंट्स का बड़ा ध्यान रखती है। फिर सोचा, लौटता हुआ तुमसे भी मिलता चलूं। कैसी हो तुम.....? कॉलेज में पढ़ाई शुरू हो गयी होगी?'

—जी, कॉलेज खुले भी 8-10 दिन हो गए हैं। मम्मा कैसी हैं? मैं भी जामनगर गई थी। इस बार काफी दिनों तक उनके साथ रही।'

बिंदिया चाय की ट्रे रख गयी। साथ में कुछ बिस्किट भी थे।

—हाँ, तुम्हारी माँ ने बतलाया था।'

—और कुछ कहा मम्मा ने?'

—नहीं, कुछ खास नहीं। वह मुझसे ज्यादा बात नहीं करती।'

मैने कहना चाहा—पापा, आप ही उनसे कोई बात करते हैं क्या?' लेकिन शब्द होंठों पर आकर रुक गए।

—अभी तो यहाँ रुकेंगे न पापा।'

—अरे कहाँ। आज शाम की ट्रेन से ही चला जाऊँगा। आनंद में कुछ काम है।'

—आनंद में? कैसा काम?'

—वहाँ होटल सिद्धार्थ में एक 'चैफ' है। चीफ 'चैफ।' उसे अपने होटल में ले जाने की सोच रहा हूँ। नेपाली है।'

मैंने चाय का प्याला बनाकर पापा को पकड़ा दिया। चाय की घूँट भरते ही पापा बोले—अब बम्बई में चाइनीज डिश चलने लगी हैं। ताज और ओबेराय वालों ने शुरू कर

दी हैं। अपने होटल में भी शुरू करने का प्रोग्राम है।'

पापा की यही खासियत है कि वे हमेशा लाँग टर्म प्लान बनाते हैं।

मेरी होटल व्यवसाय में कभी कोई रुचि नहीं रही। जब जामनगर में होटल बन रहा था, उन दिनों का वह हादसा मुझमें इतने सालों बाद भी एक सिहरन पैदा कर देता है। शायद इसीलिए....।

मैंने विषय को बदलने की गरज से कहा—पापा, यह मिस डी सूजा बम्बई के किसी हॉस्पिटल में काम करती थी क्या?'

—'नहीं तो। डॉ. वोरा के नर्सिंग होम में थी। दो साल से जानता हूँ इसे। डॉ. वोरा ने ही रिकमंड किया है। अच्छी है। जवान और खूबसूरत है। तुम्हारी माँ को अच्छी लगी है।'

मैंने सोचना चाहा, पापा को अब भी खूबसूरत और जवान औरतें अच्छी लगती हैं। लेकिन जल्दी ही मैंने इस सोच को झटक दिया। पापा का पाइप बुझ गया था। उसे दुबारा सुलगाते हुए बोले—सोनल, मैं सोच रहा हूँ, बम्बई में एक कॉलेज शुरू कर दूँ। तुम क्या कहती हो।'

—पापा ख्याल तो अच्छा है। लेकिन एक तरफ थ्री स्टार, टू स्टार होटल और दूसरी तरफ कॉलेज। बात कुछ जम नहीं रही।'

'अरे ऐसा वैसा कॉलेज नहीं। कैटरिंग कॉलेज की बात सोच रहा हूँ।—वही तो....।' मैं मुस्करा पड़ी।—मुझे यही तो ताज्जुब हुआ कि पापा को कॉलेज खोलने की क्या सूझी....। पापा, आप सचमुच बहुत दूर की सोचते हैं।'

—तुम्हारा क्या विचार है?'

—आइडिया बढ़िया है।'

कुछ देर के लिए हमारे बीच चुप्पी छा गयी। फिर मैंने ही शुरू किया—और पापा, रूपल तो मिलती रहती होगी। अब तो आपका ज्यादा वक्त बम्बई में ही बीतता है।'

—हाँ, कभी-कभी आ जाती है बुलाने पर। मैं ही उसे फ़ोन करता हूँ। आखिर अपनी ही बेटी है। लेकिन उसकी जिद और उसके घमंड को मैं अभी तक माफ नहीं कर पाया हूँ....।'

—लेकिन पापा, वह खुश है। बनर्जी बड़े भले इंसान हैं। उनका बिजनैस भी ठीक चल रहा है....।'

—मुझे बनर्जी से कोई शिकायत नहीं है। और न ही उनके बच्चों से। लेकिन रूपल ने जिस तरह शादी की, उससे मुझे सख्त एतराज था, और है।' कहते-कहते पापा के चेहरे पर कठोर लकीरें खिंचने लगी थीं।

मैंने बात को वहीं खत्म कर देना ठीक समझा।

शाम को गाड़ी से पापा चले गए। पापा के आने से मुझे खुशी भी होती है और मैं असमंजस में भी पड़ जाती हूँ। न मैं उनसे मम्मा के बारे में खुलकर कह पाती हूँ, न

रूपल के बारे में। न जाने वे कौन-सी बात पर बिफर उठें। इतना छोटा-सा परिवार है हमारा। लेकिन सभी लोग एक दूसरे से अलग-थलग पड़े हैं।

पापा ने बातों-बातों में बतलाया था कि उन्होंने वर्ली में एक फ्लैट खरीद लिया है। होटल से ज्यादा दूर नहीं है। तब से मन में एक सवाल बार-बार घुमड़ रहा है कि पापा को फ्लैट खरीदने की क्या जरूरत पड़ी। उनके लिए होटल का एक कमरा काफी नहीं था क्या? शायद नहीं ही होगा। हो भी तो लाख सावधानी बरतने के बाद भी होटल में प्राइवेसी तो नहीं रह सकती न। और पापा को प्राइवेसी चाहिए। तभी अनायास ही मेरे जेहन में नयी नर्स मिस डी सूजा आकार लेने लगती है। एक हल्की सांवली सी नवयुवती। आँखें बड़ी-बड़ी। सुती हुई नाक और लम्बा पतला-सा गोल गला। और.... और बड़े-बड़े सीधे तने हुए वक्ष। शायद ऐसी ही होगी मिस डी-सूजा। पापा को बड़े-बड़े वक्ष आकर्षित करते हैं। तो क्या.... मिस डी-सूजा....। पूरे इत्मीनान के बाद पापा उसे मम्मा के लिए ले आए हैं। बंबई में तो बीसियों ही डी सूजाएं हैं।

कॉलेज में इस बार दो-तीन नए चेहरे दीखे। औरंगाबाद से कोई प्रोफेसर चिटनिस आए हैं फिजिक्स में। क्लास वन में हैं। हमेशा गंभीरता ओढ़े रहते हैं। सूट में आते हैं। काफ़ी सीनियर हैं। एक वोरा आए हैं कोल्हापुर से; शायद ज्यॉगरफी के प्रोफेसर हैं और एक नौजवान सा लड़का है प्रो. चौधरी। हिंदी के लिए आया है। दुबला-पतला लेकिन विश्वास से भरा हुआ। विनयशील लगता है लेकिन आवाज में मर्दानगी है।

अभी परसों की ही तो बात है। चाय के वक्त चौधरी मेरे बराबर में ही इजी चेयर बैठा था। चाय के साथ-साथ पाइप का धुंआ भी उड़ा रहा था। अपने ख्यालों में खोया था शायद। मैं वहाँ से उठकर मिसेज बलेचा के पास जाकर बैठ गयी यह कहती हुई–आई हेट स्मोकिंग।'

शायद प्रो. चौधरी ने यह सुन लिया। उसने तुरंत अपना पाइप बुझा दिया और मेरे पास आकर बोला–आई एम सॉरी मैडम....। रियली सॉरी....। मैंने आपको तकलीफ दी....।'

मैं अचकचा गयी यह सोच कर कि इसने मेरी बात सुन ली। फिर भी साहस करके बोली–कोई बात नहीं प्रोफ़ेसर....?'

–मैं चौधरी। अमर चौधरी। आप....?'

–मिस सोनल मेहता। इंग्लिश डिपार्टमेंट में हूँ।'

–ग्लैड टू मीट यू।' चौधरी ने हाथ जोड़ दिए।–मैं हिंदी में हूँ।'

मुझे अच्छा लगा।

चौधरी लौट कर अपनी जगह पर बैठ गया।

दूसरे दिन हम कॉलेज के पैसेज में ही मिल गए।

–नमस्कार, सोनल जी....।'

–नमस्कार।' मैंने भी हाथ जोड़ दिए। हालाँकि इस प्रकार की औपचारिकता का

कॉलेज में कोई रिवाज नहीं था। सच कहूँ तो चौधरी का यह अनौपचारिक अभिवादन मुझे कहीं भीतर तक छू गया। —आज पहला पीरियड है?'

—'जी।'

फिर हम दोनों साथ-साथ स्टॉफ रूम की तरफ चल दिए।

शाम हो गयी थी। सूरज की रोशनी मद्धिम होने लगी। थी। मन खाली-खाली सा लग रहा था। इस खालीपन से निजात पाने के लिए मैं बगीचे के पौधों से सूखी पत्तियां चुन रही थी। नौकर चाहे जितना भी करें, चीजों को व्यवस्थित तो अपने आप ही करना पड़ता है। सूखी पत्ती चुनते हुए मेरी अंगुली में गुलाब का कांटा चुभ गया। मेरे मुँह से हल्की सी चींख निकल गयी। तभी गेट पर मोटर की आवाज सुनाई दी। गेट खुला हुआ था। मैंने देखा—खांडवाल था। पोर्टिको में गाड़ी खड़ी करके वह मेरे पास बगीचे में ही आ गया। उसके हाथ में एक थैला था।

—हलो....।' उसने कुछ दबी हुई आवाज में कहा।

—हलो....।' मैंने बहुत सहज होकर कहने की कोशिश की और पास ही लगे नल के नीचे हाथ धोने लगी। तब तक खांडवाला लॉन पर पड़ी कुर्सी पर बैठ गया था।

मैंने भी उसके पास वाली कुर्सी खिसका ली और नैपकिन से हाथ पोंछती हुई उस के पास बैठ गयी।

—सोनल।'

मैंने उसकी ओर देखकर नैपकिन पास वाली कुर्सी पर लटका दिया।

—पिछले कुछ  दिनों से तुमसे कुछ कहना चाह रहा हूँ।' उसने थोड़ा गंभीर होकर कहा।

—थैले में क्या है? मैंने उसकी गंभीरता को हल्का करने की गरज से पूछा।

—कुछ फल ले आया हूँ। मार्केट गया था। हाँ, तो....।'

—बोलो, क्या बात है।'

—जब से तुम जामनगर से वापस आई हो, मैं तुम में, मेरा मतलब तुम्हारे बिहेवियर में कुछ बदलाव देख रहा हूँ।'

—सच....। ऐसा तो कुछ नहीं है।'

—है तो।'

—तुम्हें ऐसा क्यों लगता है। मुझे तो नहीं लगता।'

—लेकिन मुझे लगता है।'

—बस, थोड़ी डिस्टर्ब थी जामनगर में। मम्मा को लेकर....। उनकी तबियत ज्यादातर खराब ही रहती है। लेकिन यहां लौटकर मैं नॉर्मल हूँ। पता नहीं क्यों, तुम्हें ऐसा लगता है कि....।'

—देखो सोनल! हमारे रिलेशन पांच सालों से हैं। मैंने तुम्हें इतना 'कोल्ड' पहले कभी नहीं पाया।'

उसकी यह बात सुन कर मैं भड़क उठी। मेरे मन में उस रात की बात घुमड़ गयी और भीतर का गुबार बाहर निकल गया। बोली—मिस्टर खांडवाला, क्या हमारी फ्रेंडशिप सिर्फ फिजिकल है। अगर तुम ऐसा सोचते हो तो गलत सोचते हो। ठीक है, तुम मेरी मदद करते रहे हो। मेरी सुविधा-असुविधा का ध्यान रखते रहे हो। और....।'

—और मैंने तुम्हारे लिए, सिर्फ तुम्हारे लिए अपना घर-परिवार उजाड़ दिया है। अपनी बीवी, अपने बच्चे....सब कुछ....।' खांडवाला सर नीचा करके रोने-सा लगा।

मुझे उस पर दया हो आई। वह सच ही कह रहा था। वह मेरे कारण अपने परिवार से ही नहीं, अपने समाज से, अपने यार-दोस्तों तक से कट गया था। उसका समय या तो बैंक में बीतता था या मेरे घर पर। अपने घर तो वह रात पड़े जाता था। एक-दो बार तो वह मेरे यहाँ ही रुक गया था।

मैं सोच नहीं पा रही थी, उससे क्या कहूँ। उसने मेरे लिए इतना कुछ किया था। पापा के एकाउन्ट्स, मेरे इन्श्योरेंस, मेरे फिक्स डिपोजिट, मेरे शेयर—मेरे घर का राशन, साग-सब्जी—सभी का हिसाब-किताब वह रखता था। मैं उसके कारण अपने को बड़ा निश्चित महसूस करने लगी थी। लेकिन कुछ दिनों से मैं यह भी महसूस करने लगी थी कि मैं कहीं रिक्त हूँ। मानसिक रूप से एकदम रिक्त। कि मैं एक ऐसे रास्ते पर चल रही हूँ जो अन्ततः बियावानों की ओर जाता है या किसी रेगिस्तान में जाकर खो जाता है। खांडवाला से मुझे कोई शिकायत नहीं थी। उसने कभी शिकायत का मौका दिया ही नहीं। लेकिन अब जब भी वह सामने आता, मुझे उसके चेहरे पर एक लोलुप—ढुलमुल सा चेहरा दिखाई देने लगता और मेरा मन उससे दूर छिटक जाने का होता। मैं यह भी महसूस करती कि उसके लिए अब मेरे भीतर कोई गरमाहट पैदा नहीं होती। लेकिन साथ ही यह भी कि मैं उससे पूरी तरह कट भी नहीं सकती। उस पर मैं इतनी ज्यादा निर्भर जो हो गयी हूँ।

तभी एक बड़ा-सा आँसू टी पॉय पर टपक गया। मैंने उसकी तरफ देखा। उसकी नज़रें झुकी हुई थीं।

मुझे बुरा लगा। सचमुच बहुत बुरा लगा। मैं किसी को आँसू बहाते नहीं देख सकती। फिर मर्द के आँसू। वह भी मेरे कारण। अपने स्वर को बहुत कोमल बनाते हुए बोली—क्या बच्चों की तरह रो रहे हो। ऐसा क्या हो गया? ऐसा क्या कह दिया मैंने?'

—यू सैड नथिंग। दिस इज माई फेट। मेरी तकदीर ही ऐसी है।' कह कर वह उठने लगा।

—चाय नहीं पीओगे?' मैंने पूछा।

—इच्छा नहीं है। एक कस्टमर से भी मिलने जाना है।'

—रात को आओगे डिनर के लिए।'

—नहीं। छोटी बेबी को लेकर जाना है। उसकी किसी फ्रैंड का बर्थ डे है।'

—ठीक है।' मैं भी उठ खड़ी हुई।

रात को देर तक नींद नहीं आई। सिगरेट पर सिगरेट फूंकती रही। बहुत सारी बातें, बहुत सारे दृश्य गड्डमड्ड होते रहे। मम्मा का अपंग शरीर। वर्ली में पापा का फ्लैट। मिस डी सूजा। रूपल और उसकी नसीहत। और पिछली बार मम्मा से हुई बातचीत। और खांडवाला। खांडवाला का मुर्दा-सा चेहरा और उसकी आँखों से झरता हुआ एक बड़ा-सा आँसू। उसके बीवी-बच्चे। और इन सब दृश्यों के बीच, इनसे घिरी हुई मैं। विवश मैं। मैं जितना इस सब से निजात पाने की कोशिश करती, उतना ही ये दृश्य मुझे घेर लेते और घेरा छोटा और छोटा होकर सिकुड़ता जाता। मुझे लगता कि जैसे मैं इन सब के बीच फंसती जा रही हूँ और मुक्ति की कोई राह नहीं सूझ रही। वह सारी रात मैंने यों ही जागते-सोचते बिता दी। और ऐसे ही पता नहीं कब नींद आ गयी। सुबह उठी तो देखा कि तकिए का एक छोर बुरी तरह जल चुका था।

बिंदिया आ चुकी थी। उसने रोज की तरह चाय की ट्रे मेरे बिस्तर पर रख दी। चाय पीते-पीते मैंने घड़ी की तरफ देखा। साढ़े छह बज रहे थे। मैं जल्दी-जल्दी तैयार होकर नाश्ते की मेज़ पर बैठ गयी। आज मेरा साढ़े सात बजे का पहला लेक्चर है। मैंने गैरेज से गाड़ी निकाली। कॉलेज पहुँचने में दो मिनट ही तो लगते हैं।

कॉलेज पहुँची तो पाया, आज तो फ्रेंड्स डे है। कॉलेज खुला है लेकिन बच्चे बाहर बरामदे में और लॉन में टहल रहे हैं और एक दूसरे के हाथों में दोस्ती की डोरी बांध रहे हैं। मैं उनके बीच से होती हुई स्टाफ रूम की ओर चल देती हूँ। स्टाफ रूम भी खाली-खाली सा है। बस, दो-चार प्रोफ़ेसर बैठे गप्पें मार रहे हैं।

सामने की चेयर पर बैठे प्रो. चौधरी अखबार पढ़ रहे थे। मैं उन्हीं की बगल में खाली कुर्सी पर जाकर बैठने लगी।

—हलो, गुड मार्निंग। क्या खबर है आज की।' बैठते हुए मैंने कहा।

—कोई खास नहीं। वही रोजमर्रा की घिसी-पिटी खबरें हैं। आप पढ़ेंगी?' चौधरी ने अखबार मेरी तरफ बढ़ा दिया।

—थैंक यू।' अखबार थामते हुए मैंने कहा।

प्रो. चौधरी उठकर जाने लगे। बोले—जरा लायब्रेरी में हो आऊं। कुछ किताबें देखनी हैं। आज तो लगता है, लेक्चर होंगे नहीं।'

मैं सिर्फ मुस्करा दी।

चौधरी आगे बढ़ गए।

कुछ देर बाद मैं भी ऊपर लायब्रेरी में गयी तो देखा प्रो. चौधरी लाइब्रेरियन से उलझ रहे हैं।

—क्या बात है जगत भाई?' मैंने लाइब्रेरियन से पूछा।

—मैडम, ये 'एन्साइक्लोपीडिया ऑफ सोशल साइन्सेज' इश्यू करवाना चाहते हैं। भला, रेफ्रेंस बुक कैसे इश्यू हो सकती है।'

—जगत भाई, तुम भी बस। रेफ्रेंस सेक्शन में कोई जाता है क्या। किताबों पर धूल चढ़ी हुई है। इश्यू कर दो। थोड़ी धूल झड़ जाएगी।' मैंने कहा।

—सॉरी मैडम। नियम तो नियम होता है। हाँ, अगर प्रिंसिपल इजाजत दे दें तो मुझे कोई ऑब्जेक्शन नहीं है।'

—ठीक है, ये प्रिंसिपल से परमीशन ले लेंगे।' मैंने प्रो. चौधरी की तरफ देखते हुए कहा।

—इतनी छोटी-सी बात के लिए प्रिंसिपल से परमिशन चाहिए।' उनका चेहरा तमतमा आया था। मुझसे बोले—मैं रिसर्च कर रहा हूँ। कुछ रेफरेंस देखने हैं...इसीलिए।'

मैंने उन्हें समझाया।—जगत भाई की अपनी मजबूरी है। चलिए मैं आपके साथ प्रिंसिपल देशमुख के पास चलती हूं।'

सीढ़ियां उतरते हुए मैंने कहा—यहाँ ऐसे ही चलता है।'

चौधरी एकाएक कुछ बोले नहीं। नीचे उतर कर कहने लगे—मैडम, थैंक यू। मैं खुद प्रिंसिपल के पास चला जाऊँगा।' कहकर वे प्रिंसिपल के कमरे की ओर बढ़ गए। मैं समझ गयी कि प्रोफेसर चौधरी अभी तक नॉर्मल नहीं हुए हैं।

## पाँच

# मिसेज रूपल बनर्जी

(आयु 33 वर्ष, गौर वर्ण, कद पाँच फुट साढ़े तीन इंच, बाएँ गाल पर एक बड़ा सा तिल। आकर्षक देह यष्टि, राजनीतिशास्त्र में पोस्ट ग्रेजुएट)

**दिसम्बर 1, 1959**

कल रात मैंने अपने प्यार के वे शुरुआती दिन फिर से जिए। सुकांत की छुट्टी थी। हम बच्चों को लेकर नुमाइश देखने गए थे चर्चगेट। बच्चे घर आते-आते सो गए। खाना भी नहीं खाया। खाना खाने के बाद मैंने बिस्तर ठीक किया और यों ही लेट कर एक मैगज़ीन के पन्ने उलटने लगी। तभी गाउन पहने हुए सुकांत पलंग पर आकर बैठ गए। मैंने पत्रिका नीचे रख दी। उनके चेहरे की तरफ देखते हुए मैं धीरे-से मुस्करा दी। वे आकर मेरी बगल में लेट गए।

मेरे चेहरे को अपनी ओर करते हुए वे बोले—तो....?'

—तो क्या?' मैंने यों ही कह दिया।

—कैसा लग रहा है....।'

—क्या कैसा लग रहा है?

—अपना घर-परिवार। यह नई जिन्दगी। और क्या?'

—अच्छा है, बहुत अच्छा है। ऐसा क्यों पूछ रहे हो?'

—रूपल, सब ठीक है। सारे सुख हैं। फिर भी....।'

—फिर भी क्या?'

—कभी-कभी अपने भीतर एक फांस महसूस करता हूँ।'

—कैसी फाँस?'

—परसों फैक्ट्री जाते हुए तुम्हारे पापा को देखा था।'

—तो क्या हुआ। कुछ कहा उन्होंने?'

—कहते तो मुझे अच्छा लगता। कुछ भी कहते। तो भी। उन्होंने मुझे देखा, तो अपनी आँखें फेर लीं।'

—इसके लिए इतनी चिंता क्यों? वे हठी हैं। वे बदल नहीं सकते। सुकांत, भूल जाओ कि वे हमें क्षमा कर देंगे। भूल जाओ कि उनके साथ हमारे रिश्ते कभी नॉर्मल हो

पायेंगे....भूल जाओ कि हमने कोई गलती की है।....तुम बेकार में....इतने सालों बाद भी।....तुम भी बस।'

—मैं ऐसा ही हूँ रूपल। शुरू से ही ऐसा हूँ। पहले मैं सोचता था, शादी के बाद सब ठीक हो जाएगा। मैं इंतजार करता रहा। एक साल, दो साल....तीन साल.....इतने साल। हाँ, इतने साल। लेकिन कुछ नहीं हो पाया। पापा ने हमें क्षमा कहाँ किया।'

—वे मेरे पापा हैं कांत! जब मुझे कोई दुख नहीं होता तो तुम क्यों दुखी होते हो। मैं उन्हें बचपन से जानती हूँ....।'

—उनकी नाराजगी सिर्फ़ इसीलिए है कि मेरा परिवार साधारण लोगों का परिवार है। मैं एक क्लर्क का बेटा जो हूँ।'

—आज तुम्हें क्या हो गया है। ये बातें इन सालों में कितनी बार दोहरा चुके हो। कितनी बार सुन चुकी हूँ....। देखो, उस सब को मत सोचो। मत सोचा करो। इन बेकार की बातों में हम अपना वक्त ज़ाया क्यों करें। हम सुखी हैं। हमारा यह छोटा-सा परिवार सुखी है। हर इंसान अपनी-अपनी ज़िंदगी जीता है। हम भी जी रहे हैं। और मजे में जी रहे हैं।' मैंने कांत के चेहरे को अपनी छातियों के बीच छिपा लिया। कांत स्नेह की गरमाहट पाकर शांत हो गए थे। उनके बालों को सहलाते हुए मैं अतीत के चल-चित्र देखने लगी थी।

कॉलेज के दिन....।

सोनल का दो साल पहले एम. ए. हो चुका था। वह उसी साल जामनगर वापस लौट गयी थी। बाद में वह राजकोट चली आई और बस यों ही कॉलेज में लेक्चररशिप ले ली। मैं लेडीज हॉस्टल में अकेली रह गयी थी। इस अकेलेपन में मैं सोनल को बहुत मिस करती। सोनल मेरी बहिन ही नहीं, दोस्त भी है। हमराज।

जब बी. ए. फाइनल में थी, तब एक इंटर-कॉलेजिएट वाक्-प्रतियोगिता में भाग लिया था मैंने। फर्स्ट प्राइज मिला था मुझे और कॉलेज के लिए शील्ड भी। विषय था—'नारी स्वातंत्र्य'। बहुत खुश थी। अपनी सहेलियों के साथ कॉलेज गेट से बाहर निकल रही थी, तभी किसी ने पीछे से पुकारा—मिस रूपल।'

मैंने पीछे मुड़कर देखा—एक अपरिचित युवक मेरे पास खड़ा था।—बधाई! वंडरफुल....।'

—थैंक्स।' मैं अपरिचय को छिपाती हुई बोली थी।

—आपने कमाल का भाषण दिया।'

अपरिचय अब भी मेरी आँखों में तैर रहा था।

—मैं सुकांत बनर्जी.....आपके कॉलेज का एक्स-स्टुडैंट। तब मैं भी वाक्-स्पर्धाओं में भाग लेता था। आपसे मिलकर बड़ी खुशी हुई।'

—सो एम. आई.।'

तभी मेरी एक सहेली की फ्रैंड ने उसे पहचान लिया।

—अरे सुकांत बनर्जी तुम....।'

—तुम? पायल सिंघानिया?'

—नो। पल्लवी सिंघानिया।'

—ओह यस। पल्लवी सिंघानिया। क्या कर रही हो आजकल?'

—बच्चे पाल रही हूँ।' कहकर वह खिलखिला कर हँस पड़ी।

—और तुम.....।'

—आई. आई. टी. में हूँ। एम. टेक, कर रहा हूँ। यहाँ कैसे...?'

—छोटी बहिन आई थी कंप्टीशन में। उसी के साथ आ गयी।'

अभी तक मैं खामोश थी। कुछ दूरी पर सुकांत के दोस्त खड़े थे।

—अच्छा, मैं चलूँ?' सुकांत ने मेरी ओर देखते हुए पल्लवी से कहा।

—मैं तो सोचती थी तुम कलकत्ता लौट गए होगे। इससे पहले कभी दीखे नहीं। हाँ भई, किताब के कीड़े हो। फुर्सत ही नहीं मिलती होगी।'

सुकांत मुस्कराते हुए अपने दोस्तों की तरफ बढ़ गए। उनके जाने के बाद मैंने पल्लवी से पूछा—'कौन था वह?'

—ताज्जुब है। तू उसे नहीं जानती। उसे तो कॉलेज की हर लड़की जानती है। प्रिंसिपल के ऑफिस में उसकी फोटो टंगी है। रोल ऑफर ऑनर में भी उसका नाम है। बंगाली बाबू है। कॉलेज की डिबेटिंग सोसाइटी का सेक्रेट्री था। हर डिबेट में कॉलेज के लिए प्राइज लाता था।'

—अच्छा।'

—और क्या? शायद तू अच्छी लग गयी है उसे। वैसे बड़ा शर्मीला और गंभीर है। पढ़ाकू है। कॉलेज में इतने साल रहा लेकिन कोई लफड़ा नहीं सुना गया उसके बारे में....। तू बड़ी फॉरचुनेट है।' कहकर पल्लवी ने मेरी ओर एक अर्थभरी दृष्टि से देखा और अपनी बहिन के साथ आगे बढ़ गयी। यह कहते हुए—विश यू ऑल द बेस्ट।'

हॉस्टल में लौटकर मैं अन्यमनस्क हो गयी। बार-बार सुकांत का चेहरा सामने आने लगता। बार-बार पल्लवी का वह वाक्य कानों में गूंज जाता—तू बड़ी फॉरचुनेट है।....विश यू....।'

फिर मैं अपनी सोच को झटक देती। अपने आप से कहती—कॉलेज लाइफ में तो यह सब चलता रहता है। इसे इतनी सीरियसली लेने की जरूरत नहीं है। कहां बंगाल का बनर्जी और कहां मैं सौराष्ट्र की मेहता। लेकिन....लेकिन.....इस लेकिन पर मैं अटक-अटक जाती। यों ही सारी रात बीत गयी। सोनल भी पास में नहीं थी। नहीं तो उससे बतिया कर अपना दिल हल्का कर लेती।

सुबह हुई तो उस घटना को भूल कर अपने रोजमर्रा के कामों में लग गयी।

उसके बाद कई महीनों तक सुकांत से मिलना नहीं हुआ। मैं उस घटना को भूलने-सी लगी। तभी एक दिन शाम को हॉस्टेल के चपरासी ने आकर बतलाया—कोई तुमसे मिलने आया है। नीचे बैठा है।'

मैंने सोचा, शायद पापा आए हों। वे कभी-कभी यों ही मिलने आ जाते थे और मेरा हाल-चाल पूछ कर, पढ़ाई के बारे में औपचारिक बातें करके और खूब सारे रुपये देकर चले जाते थे।'

लेकिन जब नीचे आई तो सुकांत को देखकर अपनी आँखों पर विश्वास ही नहीं हुआ। —आप....।' मेरे मुँह से अनायास ही निकल गया।

—अच्छा हुआ, आपने मुझे पहचान लिया। नहीं तो मुझे डर था कि आप चपरासी से कह कर मुझे हॉस्टल से न निकलवा दें।' सुकांत ने खड़े होकर कहा।

—मैं इतनी जल्लाद तो नहीं हूँ। आइए बैठिए....।'

हम दोनों पास-पास एक सोफे पर बैठ गए।

कुछ देर तक हमारे बीच चुप्पी बनी रही।

—कहिए।' बात करने की गरज से मैं बोली।

—बहुत दिन हो गए थे आपको देखे। सो चला आया।'

मैं उन्हें देखने लगी इस इंतजार के साथ कि वे आगे क्या कहते हैं। और वे बोले—ऐसा है रूपल जी, जब कोई चेहरा बार-बार सामने आने लगे और अपना पीछा न छोड़े तो समझ लो कि कहीं कुछ है....।' कहते हुए सुकांत मुस्कराने लगे....। आगे भी वे ही बोलते रहे—

—मुझे लगता है कि तुम मुझे अच्छी लगती हो।' मैं फिर भी चुपचाप उन्हें देखती रही। बोली कुछ नहीं।

—अरे, तुम बोल क्यों नहीं रही। उस दिन तो इतना अच्छा बोल रही थी।'

उन्होंने यह बात कुछ इस ढंग से कही थी कि मैं हँसे बिना नहीं रह सकी।

—यह हुई ना बात।....अब कुछ बोलो भी।'

—क्या बोलूँ....।'

—कुछ भी.....यह बोल दो कि जो कुछ मैंने बोला है, उसका तुम्हें बुरा नहीं लगा।'

—आपने कौन-सी ऐसी बात कह दी जो मुझे बुरी लगती....।'

—तो ठीक है!' कहकर वे चुप हो गए। उनके चेहरे पर एक भोली चमक छा गयी थी। उस दिन कोई ज्यादा बात नहीं हुई। मैंने वहीं गेस्ट रूम में चाय मंगवा ली थी। वे चाय पीकर कुछ देर बाद चले गए।

उसके बाद वे जब भी फोर्ट आते, मुझ से मिलना नहीं भूलते। कोई ढाई-तीन महीनों की मुलाकातों के बाद हम पहली बार साथ-साथ मरीन ड्राइव पर घूमे। सामान्य बातें होती रहीं। अनौपचारिक ज्यादा थी। उन्होंने बतलाया कि उनका परिवार कलकत्ता के एक सामान्य से उपनगर में रहता है। कुछ देर चुप रहने के बाद वे कहने

लगे—परिवार में माँ-बाप है। एक बहिन है जो गूंगी-बहरी है। पिताजी चाहते थे कि मैं मैट्रिक के बाद नौकरी कर लूँ। लेकिन मैं आगे पढ़ना चाहता था। इसलिए घर-बार छोड़कर यहाँ बंबई आ गया। और एक दोस्त की मदद से कॉलेज ज्वाइन कर लिया। अपना खर्च चलाने के लिए अखबार बेचे और गाड़ियों की धुलाई की। जिस कमरे मैं रहता था, वहाँ छह लड़के पहले से ही थे। चार बंगाली और दो साउथ इंडियन। सब की हालत मुझ जैसी ही थी।

बी. एस. सी. में फर्स्ट क्लास आई तो मैंने एक कैमिस्ट के यहाँ नौकरी कर ली। वहाँ मन नहीं लगा तो जल्दी ही वहाँ से निकल गया और आई. आई. टी. के एक्जाम की तैयारी करने लगा। सैलेक्शन हो गया। अब स्कॉलरशिप मिल रही है। इस साल एम. टैक का फाइनल इयर है।'

मैं सुनती रही। एक भोले से, इतने आकर्षक व्यक्ति ने इस तरह की जिंदगी जी होगी, मैंने सोचा भी नहीं था। मैं तो नाजों-नखरों में पाली गयी लड़की थी। कभी किसी चीज़ का अभाव नहीं रहा मुझे। हर सुविधा उपलब्ध थी। इस तरह भी लोग जीते हैं और संघर्ष करते हैं, इसका कभी कोई विचार मन में आया ही नहीं। मेरे लिए यह सब नया और आश्चर्यचकित करने वाला था।

फिर वे मेरे बारे में पूछने लगे। मैंने इतना ही बतलाया कि पिता बिजनेसमैन हैं। एक बड़ी बहिन है सोनल, जो राजकोट में प्रोफ़ेसर है। और एक अपंग माँ है जो जामनगर में रहती है।'

सुनकर वे बड़ी उदास मुस्कराहट के साथ बोले—एक गूंगी-बहरी बहन और एक अपंग माँ। चलो, कहीं न कहीं तो हम एक जैसे हैं।'

मैं उनकी ओर देखती रह गयी। उनके बोल बहुत देर तक मेरे कानों में गूंजते रहे।

और उसके बाद हम मिलते रहे। हमारा मिलना जल्दी-जल्दी होने लगा। मुझे सुकांत के साधारण होने ने मोह लिया। एक दम साधारण। साधारण कपड़े। साधारण बातें—जिनमें कोई बड़बोलापन नहीं था। और साधारण या कहूँ, बहुत साधारण व्यवहार। अभी तक जिन लोगों के बीच रहती आई थी, उनमें एक प्रकार की बनावट थी, एक प्रकार का प्रदर्शन और एक प्रकार का दम्भ। सुकांत में कुछ भी नहीं था। कभी-कभी मैं आश्चर्य करती कि क्या इतना सामान्य व्यक्ति इतना सरल, सच्चा और प्रतिभाशाली भी हो सकता है। सचमुच यह मेरे लिए बिल्कुल नया अनुभव था।

मेरी परीक्षाएँ हो गयी थीं। सुकांत मिलने आये थे। उस दिन हम एक सामान्य से ईरानी रेस्ट्राँ में बैठे थे। सामने चाय की प्यालियाँ थीं और एक प्लेट खारी बिस्किट।

—तुम्हें ऐसे रेस्ट्रांओं में बैठना बुरा तो नहीं लगता रूपल।'

—तुम्हें लगता है क्या कि मुझे बुरा लग रहा है।'

—नहीं, बस यों ही पूछ रहा था.....।'

—इस तरह का पूछना बहुत हो गया। जो पूछना है, वह तो पूछते नहीं।'

सुकांत ने मेरी आँखों में देखा। कुछ देर तक बोले नहीं, सोचते रहे।

फिर बोले—क्या पूछूं?'

—बुद्धू कहीं के?'

सुकांत ने नजरें उठाकर मेरी तरफ देखा और देखते रहे।

—अगर पूछने तक की हिम्मत नहीं थी तो मेरे पास आए ही क्यों?' मैं कुछ नाराजगी के साथ बोली।

—बुद्धू मैं नहीं तुम हो। मेरा तुम्हारे पास बार-बार आने का क्या मतलब होता है। क्या हर बात मुँह से कही जाती है।'

—हाँ, कही जाती है।'

—मुँह से कहने पर वह जूठी हो जाती है।'

मैं सुकांत को देखती रह गयी।

तभी सुकांत में थोड़ी सुगबुगाहट हुई और उन्होंने सोये-सोये अपनी बांहों से मेरे पूरे अस्तित्व को घेर लिया।

छह

## अमर चौधरी

### दिसम्बर 20, 1959

उस दिन स्टाफ रूम से बाहर निकला ही था कि कुछ लड़कियाँ मेरे आसपास आकर खड़ी हो गयीं। पूछने पर उन्होंने बतलाया कि वे बी. ए. फाइनल इयर की स्टुडैंट हैं और पहले टर्म में उन्हें कुछ भी नहीं पढ़ाया गया है। जो त्रिवेदी सर पढ़ाते थे, उनका भावनगर ट्रांसफर हो गया है। अगर मैं उनकी हैल्प कर दूँ तो उनका साल बच जाएगा।

—ठीक है, जितना मुझसे हो सकेगा, मैं तुम्हारी मदद कर दूँगा।' मैंने आगे बढ़ते हुए कहा।

—सर, ऐसा है कि हममें से कुछ नौकरी करती हैं कॉलेज के बाद। यह सुमन है, टेलिफोन एक्सचैंज में ऑपरेटर है। यह म्युनिसिपल ऑफिस में काम करती है....।'

—और सर, मैं ऑल इंडिया रेडियो में टाइपिस्ट हूँ...।'

—तो....।'

—सर, अगर आप हमें सुबह कुछ टाइम दे दें....।'

—सुबह कैसे हो सकता है। साढ़े सात बजे से क्लासेस शुरू हो जाती हैं।'

—सर, हम सुबह 6 बजे आ सकती हैं।' एक लड़की ने कहा।

—लेकिन क्लासरूम तो सात बजे खुलते हैं।'

—सर, हम आपके कमरे में आ जाया करेंगी।' सुमन बोली।

मैं सोच में पड़ गया। ये पाँच लड़कियाँ.....। दूसरे टीचर क्या सोचेंगे। हॉस्टल के लड़कों की क्या प्रतिक्रिया होगी। मुझे इनके लिए 5 बजे उठना पड़ेगा।.....और ऐसे ही कई प्रश्न मेरे सामने कौंध गए।

खैर, मैंने उन्हें आश्वस्त किया और कल से आने के लिए कह दिया।

और सचमुच दूसरे दिन वे सभी लड़कियाँ सुबह-सुबह मेरे कमरे में आ गयीं। मैंने उनसे उनकी पाठ्य-पुस्तकों के बारे में पूछा। कुछ सवाल पूछे। उनका 'आई क्यू' जाँचा और कॉलेज के बारे में कुछ जानकारी ली। वे बतलाने लगीं कि यहाँ के ज्यादातर प्रोफेसर एक्स्ट्रा क्लास लेते हैं। कॉलेज में रेगुलर क्लासेस नहीं के बराबर होती हैं। अंग्रेजी को गुजराती में पढ़ाते हैं। एक प्रोफेसर हैं दवे सर। फ्रेंच के प्रोफ़ेसर हैं। 3 सालों

से फ्रेंच में कोई विद्यार्थी नहीं है। सो, वे अंग्रेजी पढ़ाते हैं फर्स्ट ईयर के स्टुडैंट्स को। सुना था कि पिछले साल उनको प्रोमोशन देकर उनका ट्रांसफर औरंगाबाद कर दिया गया था। लेकिन वे वहाँ नहीं गए। प्रोमोशन छोड़ दिया क्योंकि वहाँ उन्हें फ्रेंच पढ़ानी पड़ती। और फ्रेंच भूले उन्हें कई साल हो गए हैं।

पारीख बतलाने लगी कि प्रिंसिपल की तरफ से इजाजत है कि एक डिवीजन का विद्यार्थी दूसरे डिवीजन में बैठ सकता है। यानी कोई कहीं भी बैठ सकता है। सब को पूरी छूट है। विद्यार्थी जब चाहें क्लास में आते हैं, जब चाहे बाहर निकल जाते हैं। एक क्लास में दूसरी क्लास के विद्यार्थियों का बैठना आम बात है। वे प्रोफ़ेसर की मसखरी करने के लिए ही कॉलेज में आते हैं....आदि, आदि।

मुझे पारीख की बातों में सच्चाई का अहसास हुआ। इतने दिनों में मैंने भी जान लिया था कि इस कॉलेज में पढ़ने-पढ़ाने का कोई माहौल नहीं है। स्टॉफ रूम में कभी साहित्य या राजनीति की चर्चा नहीं होती। चर्चा होती है कि कौन-सा प्रोफ़ेसर ट्यूशनों से कितना कमा रहा है। किस लड़के का किस लड़की के साथ रोमांस चल रहा है। फलां प्रोफ़ेसर किस लड़की के लिए नोट्स बनाकर लाता है। उस पांच नवम्बर की शेरी में छुरे चल गए और उस दिन सैकंड इयर के लड़कों ने प्रोफ़ेसर पाटील को उन लड़कों की क्लासमेट संगीता के साथ रंगे हाथों पकड़ लिया।....इस सब में इन लोगों की दिलचस्पी इतनी गहरी है कि पीरियड शुरू होने की घंटी बज रही है और किस्सा चल रहा है। किसी को क्लास में जाने की जल्दी नहीं है। क्योंकि क्लासें सवा-सौ, डेढ़ सौ की होती हैं और वहाँ प्रोफेसर को अपनी निरीहता से विद्यार्थियों का मनोरंजन करना होता है। सो.... जितना टाइम किस्सा सुनने-सुनाने में कट जाए, अच्छा ही है।

रविवार है। मौसम अच्छा हो गया है। हवाओं के पंख मन-प्राणों को छूकर गुदगुदी-सी करने लगे हैं। सड़कों के हाशिए सूखी झरी पत्तियों से पीतवर्णी हो गए हैं। और बूढ़े ठूंठ वृक्षों पर नयी कोपलें भी खिलने लगी हैं। एक सहज उत्सव का सा अनुभव होता है अपने आसपास।

मैं सरसों के तेल की मालिश करके अपने कमरे के दरवाजे पर बैठा हूँ। पूरे दरवाजे पर गुनगुनी धूप का वृत्त बना हुआ है। अच्छा लग रहा है। बहुत दिनों के बाद अतीत की गठरी खोली है। जब बच्चा था, तब रोज मालिश करता था, कसरत करता था और राह चलते अपने से कमजोर लड़कों से भिड़ भी जाता था। वैसा सुख अब कहाँ। पैरों तले एक टुकड़ा धरती है जिस पर बने रहना है ताकि स्थिरता के क्षणों में कुछ पा सकूँ। घर याद आता है। हमेशा बीमार रहने वाली बहन याद आती है। बूढ़े पिता और दुखिया माँ याद आती हैं। वे साथी-संगी भी याद आ रहे हैं जिनके साथ रोज का जीना-मरना होता था। दिनेश, भगवती, जितेंद्र, महेन्द्र, रवि....और कितने सारे परिचित।

बिजनौर का रेलवे स्टेशन याद आता है। शाम को वहीं टहलना होता था। पुल पर जाकर खड़े हो जाते थे। गाड़ी के आने की प्रतीक्षा करते थे। गाड़ी आती थी तो पुल से नीचे उतर कर गाड़ी के डिब्बों में झांकने लगते थे। किसी डिब्बे में सुन्दर सी, हम उम्र लड़की दिख जाती तो वहाँ खड़े रह जाते थे। कभी-कभी आपस में डिब्बे बाँट लेते थे। इंजिन की तरफ से पहला-दूसरा डिब्बा भगवती का, तीसरा चौथा महेन्द्र का और पाचवाँ-छठा रवि और शमीम का....। यहाँ गाड़ी देर तक रुकती थी। रवि हम सबसे ज्यादा शरारती था। वह सीटी बढ़िया बजाता था। अगर उसके हिस्से के डिब्बे में कोई लड़की होती तो वह जोर से सीटी बजाता और हम सब उसकी तरफ दौड़ पड़ते।

प्लेटफॉर्म पर चाय वाले, खोमचे वाले, फल वाले आवाज लगाते रहते। बीच-बीच में 'हिंदू पानी' और 'मुस्लिम पानी' की आवाजें भी सुनाई पड़तीं। लेकिन इस सब की ओर हमारा ध्यान नहीं जाता। मुसाफिरों को देखने का सुख कुछ और ही होता था। डिब्बे में कभी-कभी सुंदरता का गुलाब दिख जाता था, और कभी-कभी बांसुरी सा स्वर सुन पड़ता था। वे अच्छे दिन बीत गए हैं। अब तो इस परदेश में अपनी रोजी-रोटी के लिए खपते जाना है। समय कितना बदल जाता है और उसके साथ-साथ इंसान की सोच भी। लेकिन साथ ही महत्वाकांक्षाएं भी जागने लगी हैं भीतर। खड़ा रहने के लिए एक सहारा जो मिल गया है। कभी दिवास्वप्न देखता हूँ कि मैंने पूरी दुनिया को अपनी मुट्ठी में बन्द करके उसे निचोड़ दिया है। अब बस, मैं ही मैं हूँ। लेकिन यह सपना जल्दी ही टूट जाता है। दस पैसे की चाय। पन्द्रह पैसे की गांठिया—पापड़ी या फिर सिंधी होटल में आठ आने का लंच। रात को कभी खाया, कभी नहीं खाया। बस कड़क चाय में एक बन डुबा कर भूख मिटाने की कोशिश की। तब ऐसी स्थिति में मैं अपने आप से कहने लगता हूँ कि धीरे-धीरे चलते रहो अमर। बड़ी से बड़ी यात्रा एक छोटे कदम से ही शुरू होती है।

नहा-धोकर खाने के लिए सिंधी होटल जाने की तैयारी कर ही रहा था कि नीचे का एक विद्यार्थी किसी अपरिचित को लेकर आ गया—सर, ये आपके बारे में पूछ रहे थे।'

—नमस्कार।' आगन्तुक ने हाथ जोड़ते हुए कहा।

मैंने देखा, सामने एक अच्छी, स्वस्थ देह यष्टि का सुदर्शन युवक खड़ा है।

—नमस्कार। आइए, अन्दर आइए।'

—मेरा नाम श्रीनाथ है। श्रीनाथ चौबे।'

—आइए, बैठिए।' चौबे के साथ अन्दर कमरे में आते हुए मैंने पास पड़ी कुर्सी की ओर इशारा कर दिया।

चौबे बैठ कर इधर-उधर देखने लगे।

—क्या देख रहे हैं?' मैंने मुस्कराते हुए पूछा।

—कुछ नहीं।' फिर रुक कर बोले—मैंने सुना, आप हिंदी के नए प्रोफेसर आए हैं।

सोचा, जरा मिल लूँ...मैं भी प्रिंस कॉलेज में हिंदी पढ़ाता हूँ।'

—अच्छा! अच्छा लगा जानकर।....लेकिन लोगों ने मुझे बताया था कि यहाँ एक ही कॉलेज है। यह प्रिंस कॉलेज....?'

—प्रोफेसर साब, नाम उसका कॉलेज है। लेकिन है दसवीं तक ही। अंग्रेजी मीडियम का है।'

—तो फिर कॉलेज क्यों.....?'

—पब्लिक स्कूल है। जैसे स्कूल मसूरी, नैनीताल और ग्वालियर में हैं। बड़े बाप के बेटे पढ़ते हैं। महीने की फीस 500 रु. हैं। सो, ये बड़े बाप के बेटे स्कूल में थोड़े ही पढ़ेंगे....कॉलेज में पढ़ेंगे ना।' कहकर चौबे मुस्करा दिए।

—अब समझा....।' मैं भी मुस्करा दिया...। —और सुनाइए, कहाँ के रहने वाले हैं।'

—ऋषिकेश का हूँ। बाबू जी एक मंदिर में पंडिताई करते हैं— शिव शंकर मन्दिर में।'

मैं भी बहुत दिनों के बाद शुद्ध हिंदी सुन रहा था। अच्छा लगा। सोचा, चलो राजकोट में अपनी तरफ का एक व्यक्ति तो मिला।

—क्या आपका परिवार भी यहीं है।'

—परिवार क्या, प्रोफेसर साब! बस पत्नी है। दो बच्चे हैं। आप तो अकेले ही हैं शायद।' चौबे इधर-उधर देखते हुए बोले।

—हाँ अभी तो अकेला ही हूँ। सच तो यह है, इस शहर में मन नहीं लग रहा। ऐसा भी नहीं लगता कि मैं यहाँ ज्यादा दिन रह पाऊँगा।'

तभी एक विद्यार्थी दरवाजे के पास से गुजरा। मैंने उसे बुलाकर सामने के होटल से दो चाय भिजवाने के लिए कह दिया।

फिर यों ही काफी देर तक इधर-उधर की बातें होती रहीं। चाय पीकर चौबे उठने लगे। बोले—कभी हमारे यहां आइए न। मेरी पत्नी को भी अच्छा लगेगा। मेरे अलावा उससे हिंदी बोलने वाला कोई है ही नहीं।'

मैं मुस्करा दिया। चौबे को नीचे तक छोड़कर मैं कमरे में लौट आया।

कॉलेज में प्रो. सोनल से अच्छी पहचान हो गयी है। सुन्दर और आकर्षक तो है ही, विदुषी भी है। सभी विषयों पर बात कर लेती है। उस दिन चाय पीते हुए मैं बोला—बंबई के बाइफरकेशन से क्या फायदा हुआ? मैं तो आज तक समझ नहीं पाया।'

—फायदा हमें-आपको थोड़े ही होगा। जिनको होगा, उन्हें होने लगा है। अब ज्यादा लोग मंत्री बनेंगे और मुख्यमंत्री बनेंगे....। फायदा तो हो ही रहा है।'

—मैं समझा नहीं?'

—इसमें न समझने की क्या बात है। पुराने नेताओं ने देश को दो टुकड़ों में बांट दिया। अब भाषा के नाम पर राज्यों को बांटा जा रहा है। आगे के दिनों में जाति और धर्म के नाम पर देश बंटेगा। देख लेना....।'

—आजादी की लड़ाई के दिनों में नेता कितने एकजुट थे। बलिदान की कितनी भावना थी उनमें। कितना संघर्ष किया था उन्होंने.....।'

—अमर साहब, संघर्ष तो नए नेता आज भी कर रहे हैं। बस संघर्ष के उद्देश्य में फर्क आ गया है।'

मैं उनका मुँह देखने लगा।

—आज के नेता भी संघर्ष कर रहे हैं। अपने बेटे-बेटियों के लिए। नाती-पोतों के लिए। वे अपनी तीन-तीन पीढ़ियों के लिए कमा कर निश्चिंत हो जाना चाहते हैं।'

—यह तो कोई बात नहीं हुई। ऐसे में देश का क्या होगा?'

—देश की चिंता किसे है। होती तो आजादी मिलते ही गाँधी को यों हाशिए पर नहीं डाल दिया जाता। गाँधी जी ने तो कहा था कि देश का विभाजन टालने के लिए जिन्ना को प्रधानमंत्री बना दो। किसने सुनी उनकी। न नेहरू ने सुनी, न पटेल ने। वे तो अपने संघर्षों का फल चखने को आतुर थे।'

फिर कुछ रुक कर वे बोलीं—आजादी मिलने के एकदम बाद गांधीजी ने एक विचार रखा था कि कांग्रेस को लोक-सेवा संघ में बदल दिया जाय। लेकिन उनकी बात को हवा में उड़ा दिया गया। वे तो आजादी मिलते ही अप्रासंगिक हो गए थे।'

—हाँ, यह तो मैं भी जानता हूँ मैडम। लेकिन....।'

—लेकिन-वेकिन कुछ नहीं। चाय पी लो जल्दी से। घंटी बजने वाली है।' उन्होंने विषयांतर कर दिया।

—मुझसे यह चाय नहीं पी जाती। बहुत मीठी होती है।' अपना कप नीचे रखते हुए मैंने कहा।

—कोई बात नहीं। लेक्चर के बाद मेरे साथ घर चलना। बिल्कुल पास है। पॉट टी पिलाऊँगी....।'

—ओह, हाउ नाइस ऑफ यू।'

तभी घंटी बज गयी। हम स्टाफ रूम से निकल कर अपनी-अपनी क्लासेस की तरफ जाने लगे। अपनी क्लास की ओर जाते हुए मैं प्रोफेसर सोनल की आवाज और उनकी बातों के सम्मोहन में खो गया था।

उस के बाद तो उनके बंगले पर आना-जाना शुरू हो गया। कॉलेज के बाद मैं उनकी गाड़ी में उनके साथ चला जाता और देर दोपहर तक हम लॉन में बैठे पॉट-टी पीते रहते....और बातों का सिलसिला चलता रहता। कभी राजनीति पर, कभी धर्म पर, कभी समाज पर और कभी अपने कॉलेज के प्रोफेसरों की कारगुजारियों पर।

प्रो. सोनल के रहन-सहन और उनके बंगले की सजावट को देख कर मैं कई दिनों

तक यह सोचता रहा कि इतनी सम्पन्न होने के बाद भी ये 500 रु. की नौकरी क्यों कर रही हैं। आखिर एक दिन मैंने पूछ ही लिया।—मैडम, आप तो काफी सम्पन्न हैं। तब भी आप कॉलेज में पढ़ी हैं?

—हाँ, सम्पन्न तो हूँ। लेकिन सम्पन्नता मन की भूख तो नहीं मिटा सकती न। अगर मैं नौकरी न करूं तो मैं अपने अकेलेपन को लेकर जल्दी ही मर जाऊंगी.....।'

—आप पढ़ाने से बड़ा और कोई काम भी तो कर सकती हैं।'

—ऐसा है अमर साहब, हर इंसान की अपनी प्राथमिकता होती है। मुझे बच्चों के साथ रहना अच्छा लगता है। और मैं कोई एंटी सोशल वर्क तो नहीं कर रही। ये बच्चे मुझे मेरा अकेलापन महसूस नहीं होने देते....और मेरा वक्त कट जाता है।'

—आपने अभी तक शादी नहीं की?'

—हाँ, नहीं की। करने को मन ही नहीं चाहा।' कहते हुए उनके चेहरे पर थोड़ा खालीपन घिर आया।

थोड़ी देर चुप रहने के बाद मुस्कराती हुई बोलीं—'या यों कह लो, कोई ढंग का पार्टनर नहीं मिला।'

तभी एक गाड़ी गेट के अंदर दाखिल हुई। पोर्टिको में जाकर एक अधेड़ व्यक्ति गाड़ी से उतरा और हमें देखने लगा।

पास आने पर सोनल जी ने उससे मेरा परिचय कराया—ये मिस्टर खांडवाला हैं। यूनियन बैंक में ब्रांच मैनेजर हैं।

मैंने उठकर उन्हें 'हलो' किया। वे हाथ मिलाते हुए मुस्करा कर बोले—हैपी टू मीट यू।'

और ये प्रोफसर अमर चौधरी हैं। अभी कुछ दिन पहले कॉलेज ज्वाइन किया है। बंबई से ट्रांसफर पर आए हैं।'

—'अच्छा, अच्छा।' खांडवाला के हाथ में थैला था। वे उसे लेकर बंगले के भीतर चले गए।

मैं उन्हें देखता और उनके बारे में सोचता रह गया।

कुछ देर बाद मैं वहाँ से चलने लगा तो मिस सोनल बोलीं—अमर साहब, कल संडे है। मेरे साथ ही लंच कीजिए।'

मैं थोड़ा संकोच में पड़ गया।

—मैं आपको हॉस्टल से लेने आ जाऊंगी। एक बजे ठीक रहेगा?'

—आप कहती हैं तो मैं खुद ही चला आऊँगा। दूर ही कितना है....।'

—तो ठीक है। मैं आपका इंतजार करूँगी।'

गेट के बाहर निकलता हुआ मैं सोच रहा था कि चलो, कल के लंच का पैसा तो बच गया।

## सात

# सोनल मेहता

### दिसम्बर 23, 1959

धीरे-धीरे सुबह खुल रही है।

वैसे अभी बाहर अंधेरा है। कोहरे का अंधेरा। लेकिन अमलतास के वृक्षों पर चहचहाती चिड़ियों की काकली कह रही है कि नया दिन निकल आया है। पूरा बंगला इनके संगीत से भर गया है, जैसे रोज़ भरा करता है। और चिड़ियों की चहचहाट के बीच किसी कौवे की यह काँव-काँव। मेरा मन खिन्न हो उठता है। पंक्षियों के इस गीत-पर्व में यह भारी-भरकम कर्कश आवाज कहाँ से आ गयी? मैं बिस्तर पर पड़ी-पड़ी सोचने लगती हूँ, छोटे-छोटे सुखों के बीच एक बड़ा-सा दुःख कैसे प्रवेश जाता है। सुख छोटा हो जाता है। दुःखों के दिन लम्बे क्यों हो जाते हैं। क्यों व्यक्ति का मन दुःखों में नहीं रमता। दुःख भी तो उसके अपने होते हैं। मैं कुछ देर के लिए इसी प्रकार के सोच में खो जाती हूँ।

तभी मैं देखती हूँ, वह गौरेया खिड़की पर आकर बैठ गयी है रोज़ की तरह। सामने रैक पर मम्मा की फोटो रखी है। यह गौरेया रोज आती है और नियम से फोटो के पास आकर बैठती है। फ्रेम पर दो-चार चोंचें मारती है और फिर उड़ जाती है—फुर्र-र-र। सुख भी यों ही फुर्र हो जाता है। दुःख पड़ा रह जाता है।

मैं अपना सर झटकती हूँ और उठ-बैठी हो जाती हूँ बिस्तर पर। सोचती हूँ, क्यों सोचती रहती हूँ यह सब। इस तरह सोचते नहीं रहना चाहिए। मुझे अब उठ जाना चाहिए। प्रोफ़ेसर अमर को बुलाया है आज लंच पर। कितने दिनों बाद। अब जाकर निश्चित हो पाया है।

मैं उठ जाती हूँ। पैरों में स्लीपर डालती हुई अपनी 'मेड' को आवाज देती हूँ—'बिंदिया।' और उठकर बत्ती जला देती हूँ।....कमरे में अभी भी धुंधलका है। इसीलिए।....लेकिन इस धुंधलके के बावजूद मुझे एक चेहरा बहुत साफ़ दिखाई दे रहा है....। प्रो. अमर का चेहरा....।

प्रो. अमर ने कॉलेज में आते ही बच्चों को अपने वश में कर लिया। हिंदी के शुद्ध उच्चारण और गंभीर आवाज ने उनको बच्चों के बीच लोकप्रिय तो बनाया ही, उनके

प्रति उन्हें एक आदरभाव से भी भर दिया। मैंने दो-चार बार स्टाफ रूम में उनसे चर्चा की है, कभी लिट्रेचर पर, कभी पॉलिटिक्स पर और कभी मानवीय मनोविज्ञान पर। सभी विषयों में उनकी अच्छी, ऑब्जेक्टिव पकड़ है। भले ही कोई उनसे सहमत न हो, लेकिन उसे उनके तर्क प्रभावित करेंगे अवश्य....। इस कॉलेज में ऐसे टीचर कम ही आए हैं। इतने सालों से मैं खुद देख रही हूँ। और जो आए भी, वे यहाँ टिके नहीं। जल्दी ही चले गए।

कभी-कभी प्रो. अमर को लेकर मन भटकने लगता है। वे यहाँ आते हैं बंगले पर तो उन्हें तरह-तरह की एकेडेमिक बातों में उलझाये रखती हूँ। चाहती हूँ, वे अधिक से अधिक यहाँ मेरे पास रहें। क्यों सोचती हूँ मैं ऐसा। उनके जाने के बाद एक खालीपन—सा भर जाता है मेरे अन्दर। ऐसा क्यों होता है, कुछ समझ में नहीं आता। वे मुझसे सात-आठ साल तो छोटे होंगे ही। फिर भी.....फिर भी......।

मैं शाल ओढ़े बरामदे में आ जाती हूँ। सामने एक छोटा-सा लॉन है। रैक्टैंगुलर। बीच में मेज बिछी है। दो कुर्सियाँ। लॉन अभी भी कुहरीला है। बिंदिया ने मेज पर रखे टेबल लैंप को ऑन कर दिया है। लैंप के नीचे ताजा अखबार दबा है। इस अंधेरी-सी हरियाली के बीच लैंप के प्रकाश ने एक नयी अनुभूति उत्पन्न कर दी है। मैं आदतन एक कुर्सी पर बैठ जाती हूँ और धीरे-से आँख बंद कर लेती हूँ।

बिंदिया चाय की ट्रे ले आई है। मैने आंखें खोल ली हैं और कुर्सी आगे खिसका ली है। अखबार उठा कर सुर्खियों पर आंखें चलाने लगती हूँ। कुछ खास नहीं है। सब कुछ रूटीन है। कल जैसा, परसों जैसा, हर रोज जैसा। मैं हवा में खुनक महसूस करती हूँ। अखबार को एक ओर रखकर मैं चाय की ट्रे अपने पास खिसका लेती हूँ। तभी मैं महसूस करती हूँ कि सुबह की कुछ गुनगुनी किरणें कुहरे और गुलमोहर के फूलों से छनकर मेरे चेहरे पर पड़ रही हैं। सहसा, एक कोमल सुख की अनुभूति मेरे मन-प्राणों में व्याप जाती है। मुझे लगता है कि मेरे चारों ओर एक उजास बिखर गयी है। सामने खिले हुए रक्तवर्णी गुलाब पीले गेंदे के फूलों के बीच कैसे प्रफुल्ल लग रहे हैं। मुझे लगता है कि सब कुछ कितना सुंदर है। चाय की पहली 'सिप' लेती हूँ। मुँह का स्वाद कितना मीठा हो आया है और मन का भी।

तभी फाटक के पास से आती एक आवाज सुनाई पड़ती है।—बा....।' मैं उधर देखती हूँ—कोई फकीर है। पटरी गाड़ी पर बूढ़ा अपाहिज बैठा है। फकीर मेरी तरफ हाथ जोड़कर कह रहा है—बा, दो रोटी का सवाल है। खुदा तुझे सलामत रखे—तू फूले-फले. ...तेरे बच्चे....।'

मैं अपने भीतर तड़प उठती हूँ। हाथ के इशारे से उसे चले जाने के लिए कहती हूँ। वह नहीं जाता। बोले जाता है। मैं बिंदिया को आवाज लगाती हूँ। बिंदिया आती है और फाटक पर जाकर उसे चलता कर देती है।

चाय का स्वाद फीका हो गया है। मैं बिंदिया से ट्रे उठा ले जाने के लिए कहती हूँ।

—और बना लाऊँ मैडम।'

—ना....।'

बिंदिया चली जाती है। मैं कुछ देर संज्ञाहीन होकर रह जाती हूँ। फिर धीरे-धीरे सामान्य होती हूँ। उधर फाटक की ओर देखती हूँ। वहाँ कोई नहीं है। फिर भी फकीर की गुहार लगाती छाया, पटरी-गाड़ी पर बैठा अपंग और फकीर के शब्द—तू फूले फले. ...तेरे बच्चे....।' जैसे गड्डमड्ड होकर भीतर धंस गए लगते हैं। और वर्षों पहले का वह हादसा मेरी आँखों के सामने रूप लेने लगता है....

जामनगर।

पूरा लॉन अभिजात्य मेहमानों से भरा है। बाउंड्री वॉल के पास सजायी गयी गुलमोहर की पंक्तियों से लेकर नारियल कुंज के उस कोने तक। बेतरतीब-सी दीखने वाली बिछी हुई कुर्सियाँ। लेकिन इस सब में भी एक व्यवस्था है। राय बहादुर मेहता के किसी काम में कोई अव्यवस्था हो नहीं सकती। टेप किया हुआ संगीत हवा में बह रहा है। मुझे अपनी बांहों में लिए रायबह्रादुर पापा अपने मित्रों से मेरा परिचय करा रहे हैं। —माई एल्डर डॉटर मिस सोनल।'

मेहमान लोग मेरी ओर देखते हुए आदर और प्यार से मुस्करा देते हैं। नयी वर्षगांठ की शुभकामनाएँ देते हैं। फूलों के बुके। छोटे-बड़े उपहार। इम्पोर्टेड सैंट और ऐसी ही बहुत सी चीजें....।

—सोनल बेटे, मीट माई यंग फ्रैंड सैम। सैम कूपर।' मैं आँख उठाकर देखती हूँ। सामने एक आकर्षक व्यक्तित्व खड़ा है मुस्कराता हुआ। गुलाबी कॉम्प्लेक्शन। करीब छह फुट का इकहरा शरीर। भूरी आँखें और सुती हुई नाक। हाथ में आरेंज ज्यूस का गिलास। मैं उसे देखती रह जाती हूँ।—हलो....।' सैम मेरी तरफ देखकर हाथ बढ़ाता है, होठों से मुस्कान बिखेरता हुआ—विश यू लॉंग हैपी लाइफ।'

—थैंक यू।' मैं और कुछ नहीं कह पाती। एक ही क्षण में उसके व्यक्तित्व से अभिभूत हो गयी हूँ। मैं यह पहली बार है, जब मैं किसी व्यक्ति से इतनी प्रभावित हुई हूँ....।

पापा को उनकी किसी दोस्त ने पुकार लिया है। कितनी दोस्त हैं पापा की। पापा का व्यक्तित्व ही ऐसा है। वे उसकी ओर बढ़ जाते हैं, 'हलो रूबी' कहते हुए। सैम के सामने मैं अकेली रह गयी हूँ।

—बैठिए न।' सैम ने पास की कुर्सी मेरी ओर सरका दी है। मैं मना नहीं कर पाती। सैम भी एक कुर्सी लेकर पास ही बैठ जाता है।

—कुछ लेंगी।' बेयरे को अपनी ओर आता देखकर वह पूछता है।

—ओह नो, थैंक्स।'

—पढ़ती हैं?'

—नो, पढ़ाती हूँ कॉलेज में। इसी साल लगी हूँ।' मैं मुस्कराते हुए कहती हूँ।

—क्या पढ़ाती हो।' वह भी मुस्कराते हुए पूछता है।

—लिट्रेचर....।'

—ओह, हाउ नाइस।'

—.......।'

—..........।'

कुछ क्षण खामोशी में बीत जाते हैं।

फिर मैं ही पूछती हूँ.....और आप?'

—मैं अभी तक नेवी में था। नाउ आई हैव लैफ्ट इट।'

—रियली।'

—और क्या? दुनिया देख ली है। आई एम जस्ट थर्टी टू, अब कहीं जमना चाहता हूँ।' सैम मुझे गौर से देखता हुआ कहता है।

मैं झेंप जाती हूँ।

सैम अपने कोट की जेब से एक पैकेट निकालता है—यह आपके बर्थ-डे के लिए एक छोटा-सा प्रेजेंट है।' वह पैकेट आगे बढ़ाता है।

—थैंक यू। इसकी क्या जरूरत थी।' मैं संकोच से भर उठती हूँ।

—मिस सोनल। जरूरत की चीज़ तो गरीब लोग खरीदते हैं। एण्ड आई थिंक, आई एम नॉट देट पुअर।' वह हंसते हुए कहता है।

सैम का हाथ अभी भी आगे बढ़ा हुआ है। मैं असमंजस में हूँ।

लीजिए न प्लीज। यह आपके लिए ही है।'

मैं चुपचाप पैकेट ले लेती हूँ। मैं तब 'थैंक यू' भी नहीं कह पाती।

बस, अपने मैं विचित्र रोमांच का अनुभव करने लगती हूँ।

—अब आप क्या करेंगे?'

—आपके डैडी के साथ यहाँ भी एक थ्री स्टार होटल खोलने की प्लानिंग चल रही हैं। बंबई के होटल जैसी।

तभी पापा मुझे आवाज लगाते हैं। जोर से। उनकी आवाज में घबड़ाहट है—मिसेज रायबहादुर—मम्मा—जीने से फिसल पड़ी है और....और बेहोश हो गयी हैं....।'

सोलंकी अस्पताल।

मम्मी की स्पाइन में मल्टीपल फ्रैक्चर हो गया है। अस्पताल। औपचारिकताएँ डॉक्टरों ने कहा है, मम्मा का आप्रेशन करना होगा। और कोई चारा नहीं है।

अस्पताल में मैं हूँ। पापा हैं, सैम है। और कुछ परिचित हैं। मम्मा को थियेटर में ले जाया जा चुका है। मैं अपनी वर्षगाँठ भूल गयी हूँ। माँ का कुचला-मुरझाया चेहरा आँखों के सामने घूम रहा है। पापा भारी तनाव में दीख रहे हैं। उन्होंने अपना पाइप

जला लिया है।

वेटिंग रूम में खिड़की है। मैं बाहर देख रही हूँ। सैम पास ही खड़ा है।

—मिस सोनल।' वह मुझे दिलासा देना चाहता है।

मैं मुड़कर उसको देखती हूँ। उसकी आँखों में मेरे लिए आश्वासन है। मैं थोड़ी आश्वस्त होती हूँ।

—एवरी थिंग विल गो ऑल राइट।' वह मेरे सामने आकर कहता है।

—लैट अस होप सो।' मैं पास रखी इजी चेयर पर बैठ जाती हूँ।

सैम सिगरेट का पैकेट निकालता है। फिर उसे वापिस जेब में रख देता है।

मुझसे वहाँ बैठा नहीं जा रहा। मुझे घबड़ाहट हो रही है। मैं उठकर बाहर निकल आती हूँ। सैम दरवाज़े तक आता है। फिर रुक जाता है।

टेलिफोन ऑपरेटर। मैं घर का नम्बर घुमाती हूँ।

—हलो मंगल सिंह। जरा गुड्डी को देना।'

—...........।'

—हाँ, गुड्डी, मैं बोल रही हूँ।'

—............।'

—मम्मी ऑपरेशन थियेटर में हैं। तुम आ जाओ गुड्डी। मैं बहुत नर्वस फील कर रही हूँ।' मैं अपनी छोटी बहन रूपल से कहती हूँ।

—मम्मी होश में है या नहीं।' रूपल पूछती है।

—ठीक से कुछ नहीं कह सकती। हाँ, कुछ मैगजीन ले आना।'

—............।'

—अच्छा सुनो, तुम मत आओ। सारा सामान बिखरा पड़ा होगा। मंगल सिंह से कहना, फाटक अच्छी तरह बंद कर ले। और कहना कि अपनी लड़की को तुम्हारे पास भेज दे।'

—...........।'

—'हम शायद रात को नहीं आ पायेंगे।'

—............।'

—ठीक है, मैं तुम्हें फोन पर बताती रहूँगी।'

—...........।'

—'ओ. के. गुड्डी।

रूपल। उस से बातें करके मुझे हमेशा ताकत मिलती है। कितनी डेयरिंग है रूपल! उस दिन इलैक्ट्रिक पोल से गाड़ी टकराकर घर तक वापिस ले आई। रूपल की गाड़ी का हॉर्न सुनकर कुत्ते तक सड़क के किनारे लग जाते हैं। मुझे कई बार रूपल पर बड़ा प्यार

हो आता है। कई बार सोचती हूँ, मैं रूपल की तरह क्यों नहीं बन पाई। रूपल मम्मा को बहुत प्यार करती है। लेकिन दिखाती नहीं। पापा से उसकी पटरी नहीं बैठती। कई बार मुझसे कह चुकी है—बेटियों के पिता को ऐसा नहीं होना चाहिए।' पापा की रंगीनियों पर कटाक्ष करने का उसका अपना तरीका होता है।

रूपल बहुत बोल्ड है। लेकिन फेमिनिन भी कम नहीं है। सुन्दर भी बहुत है और उतनी ही स्ट्रेट फॉरवर्ड भी। वह मेरी बहिन ही नहीं, दोस्त भी है।

सैम मेरे पास आ गया है। हम दोनों वेटिंग हॉल की तरफ चल पड़ते हैं। सहसा सैम रुक जाता है। मैं उसकी ओर देखती हूँ।

—मैं आपके लिए कुछ फ्रूट्स ले आऊँ।'

—थैंक्स। इस वक्त कुछ भी इच्छा नहीं है।'

—ऑप्रेशन में पता नहीं कितना टाइम लगेगा?'

—'नो, थैंक्स प्लीज।'

हम दोनों आगे चलने लगते हैं। दोनों कुछ कहना चाहते हैं। लेकिन दोनों चुप हैं।

मैं कहना चाहती हूँ—आप हमारे लिए इतना 'पेन' ले रहे हैं। आई एम रियली सो ओब्लाइज्ड।'

सैम कहना चाहता है शायद—मिस सोनल, प्लीज डोन्ट वरी। मैं आपके लिए कुछ भी कर पाऊँ तो मुझे खुशी होगी।'

वेटिंग रूम। पापा हॉल में घूम रहे हैं। उनका पाइप बुझ गया है। उनके चेहरे पर सोच के निशान खिंच आए हैं।

मैं पापा की ओर देखती हूँ।....क्या यह सोच मम्मा के लिए है। हो सकता है। नहीं भी हो सकता। बेचारी मम्मा।'

—आप बैठिए राय साहब।' सैम उनसे कहता है।

—इट्स ऑल राइट।' पापा अपना लाइटर सुलगा लेते हैं। मैं पापा का लाइटर जलाना देखती हूँ। पाइप सुलगाने की मुद्रा में डैडी बहुत अच्छे लगते हैं।

—डोंट वरी सन।' वे मेरे कंधे पर हाथ रखते हुए कहते हैं—'सब ठीक हो जायेगा।' मुझे उनका इस तरह दिलासा देना अच्छा लगता है। पापा सामने के कोच पर बैठ जाते हैं। उनका पाइप धुआँ उगलने लगा है। पापा की ओर देखते हुए मेरी आँखें भर आती हैं। लेकिन मैं उन भरी आँखों को सबसे छुपा ले जाती हूँ।

मैं उठकर रिसेप्सनिस्ट की मेज पर जाती हूँ। फोन डायल करने लगती हूँ—हलो गुड्डी।'

—........।'

—हाँ, अभी बेहोश हैं। उन्हें कार्डिएक केयर में ले जा रहे हैं।'

—...... ।'

—सीरियस ही लगती हैं। पता नहीं क्या होगा। डॉक्टर ने पापा से कहा है कि अभी उन से नहीं मिला जा सकता....मम्मा ऑक्सीजन पर हैं।'

—.......... ।'

—नहीं, तुम क्या करोगी आकर। पापा के फ्रैंड मिस्टर  सैम यहीं हैं अपने साथ।'

—...... ।'

—..... ।'

—शायद सुबह तक डॉक्टर कुछ कहें। अभी तो कुछ नहीं।'

—..... ।'

—देखो, बारह बज रहे हैं। अब तुम सो जाओ। मंगल सिंह की लड़की आ गयी है। ठीक है। मैं सुबह फोन करूँगी। अच्छा, अब रखती हूँ।'

मैं लौट कर खिड़की के पास आ गयी हूँ। नीचे सड़क पर लोग आ-जा रहे हैं। 'मयूर' थियेटर। पिक्चर छूटी होगी। सड़क भर गयी है। पैदल। कारें। टैक्सियाँ। सब का मिला जुला शोर। लेकिन मेरा मस्तिष्क सुन्न है। मुझे सब कुछ बहता हुआ दीख रहा है। सुनाई कुछ नहीं पड़ रहा। अस्पताल की इस तीसरी मंजिल से ये चेहरे कैसे लगते हैं। नियॉन लाइट की दूधिया रोशनी। तस्वीरें सड़क पर सरक रही हैं। मुझे लगता है—स्क्रीन के दृश्य अब सड़क पर बिखर गए हैं। थियेटर का साउंड बॉक्स फट गया है। मुझे कुछ भी सुनायी नहीं पड़ रहा। बस.....खून की बूँदों की डिप-डिप....। एक-एक बूँद के टपकने की आवाज—खून, जो मम्मा को दिया जा रहा होगा।....या फिर उनकी साँसों के चलने की आहट। साँस-साँस आहट। शेष दुनिया सो गयी होगी। मम्मा भी अपनी बेहोशी में सो रही होंगी।

सड़क की तस्वीरें कम होती जा रही हैं। और थोड़ी देर में सब शांत हो जाएगा। जैसे जीवन शांत हो जाता है। एक खाली सूनी सड़क शेष रह जाएगी, जैसे स्मृतियाँ शेष रह जाती हैं।

मैं खिड़की के पास से हट जाती हूँ।

सुबह के छह बज रहे हैं। मैं अभी-अभी कोठी पर लौटी हूँ। आज की सुबह कितनी खामोश और उदास है। कल की, परसों की, और दिनों की और आज की सुबह में कितना फर्क है। कल पक्षी चहचहाते थे तो एक शांत संगीत का अहसास होता था। अच्छा लगता था। आज कुछ नहीं लगता। बस, एक खालीपन। कुछ सुनने का मन भी कहाँ है।

मम्मा अभी तक बेहोश है। पापा अभी भी अस्पताल में हैं। सोचती हूँ, एक ही रात में पूरा घर अस्त-व्यस्त हो गया। सारी चीज़ें बिखरी पड़ी हैं। अजीब-सा उखड़ापन

है। उत्सव के बीच भयानक हादसा हो गया। क्रॉकरी, कपड़े तमाम-तमाम चीजें..... प्रेजेंट्स....कितने सारे पैकेट्स, फूलों के गुच्छे....कितने आकर्षक, कितने सुंदर.....कितने कीमती। स्नेह से दिए हुए। लेकिन मेरी नजर किसी पर नहीं रुकती। नस-नस में सूनापन भर गया है। एक शिथिलता। आँखें नींद से भरी हैं। लेकिन नींद कहाँ है। मम्मा की बेहोशी सामने आ जाती है। आप्रेशन थियेटर से आई. सी. यू. में जाती हुई मम्मा। हरी चादर से ढका हुआ मम्मा का बेजान-सा शरीर। स्ट्रेचर। वार्ड ब्वाय। डॉक्टर। कमरा फूलों से भरा है। लेकिन फूल मुरझाए-से लगते हैं।

रूपल चाय की ट्रे ले आई है। वह भी रात भर सोयी नहीं है। उसकी आँखों में भी भारीपन है।

–डॉक्टर क्या कहते हैं?' वह पूछती है। यंह उसने तीसरी बार पूछा है।

–अभी कुछ नहीं गुड्डी।' मैं अपना उत्तर दोहरा देती हूँ।

–कुछ तो?' उसकी चिंता और बेसब्री को मैं समझ रही हूँ।

–यही कि मम्मा का केस कॉम्प्लीकेटेड है। स्पाइन के फ्रेक्चर हैं।' ....एक स्ट्रोक भी आ चुका है। सब ठीक रहा तो भी काफी वक्त लग सकता है।'

–कितना?'

–कह नहीं सकते। डॉक्टर साफ-साफ नहीं बतला रहे। फिर भी चार-छह महीने तो लग ही जाएंगे।'

–ओह गॉड। मम्मा बहुत सफर करेंगी।'

–.....।'

–........।'

–क्या सोच रही है गुड्डी?'

–कुछ नहीं।'

–मम्मा के बारे में?'

–हाँ, दीदी! मम्मा ने मन से भी सफर किया और अब तन से भी करेंगी। बहुत अनलक्की हैं मम्मा।'

–तुम हमेशा उल्टा सोचती हो।'

–नहीं, सच कह रही हूँ। पापा ठीक थे?'

–हाँ, ठीक थे। क्यों?'

–मैं रात भर उनके पाइप स्टैंड के पास बैठी रही हूँ। सोचती हूँ, ज्यादा सुखी लोग भी कितने दुखी होते हैं।....क्यों सोनल दी, एक आदमी के पास बहुत से पाइप होना जरूरी होता है क्या? एक पाइप से नहीं चल सकता?'

–चल, तू चाय पी। बहुत सोचती है तू। बेकार की बातें मत सोचा कर। कुछ–देर सोकर फिर मुझे लौटना है।'

–मुझे तो लगता है दीदी?'

—क्या लगता है?'

—मम्मा गयी, दीदी।'

—चुप गुड्डी। मम्मा के लिए ऐसा नहीं सोचते। वे अभी बहुत दिन जीयेंगी।'

—जितना जीएँगी। उतना ही सफर करेंगी।'

मैं रूपल को देखती रह गयी हूँ। उसके उदास चेहरे को। उसकी सूनी आँखों को। बेचारी रूपल।

पक्षियों की चहचहाट बंद हो गयी है। मेरी चाय पड़ी-पड़ी ठंडी हो गयी है। लेकिन मैं उस अतीत से बाहर आ ही नहीं पा रही।

रूपल ने सच ही कहा था। तब मैं ही नहीं समझ पायी। और जब समझी तब तक बहुत देर हो चुकी थी। समझ हमेशा देर से क्यों आती है। मम्मा मरी तो नहीं लेकिन तब से जिंदा भी तो कहाँ रहीं। सिर्फ साँसों का चलना ही तो बना रहा है। एक अपंग जिंदगी जी रही है मम्मा। इसे जिंदा रहना तो नहीं कहा जा सकता न।

तब तीन महीने अस्पताल में रहने के बाद मम्मा को घर ले आया गया था। कैसे दिन थे वे। अपंग शरीर और टूटा हुआ मन। वह चल-फिर नहीं सकती थीं। नर्सों के सुपुर्द एक घिसटती हुई जिंदगी। आप्रेशन सफल नहीं हुआ था। वह ठीक से बैठ भी नहीं सकती थी। बस, पलंग, इजी चेयर, बरामदा और लॉन। सूनी, उदास निष्क्रिय दृष्टि। पापा बंबई चले गए थे। अपने होटल का काम-काज देखने। ज्यादातर वहीं रहते थे। रूपल अहमदाबाद चली गयी थी अपने पति के पास। तब वह अहमदाबाद में ही रहती थी। मम्मा के पास बस मैं ही रहती थी। राजकोट आना तो काफी बाद में हुआ। उस और भी भयानक हादसे के बाद, जिसने मेरी जिंदगी ही बदल दी।

सैम हमारे बंगले में आता रहता। जामनगर के होटल का कंस्ट्रक्शन वही सुपरवाइज कर रहा था। मम्मा के अस्पताल के रहने के दिनों में उसने उनकी बहुत सेवा की। इस बीच मैं भी उसके काफी निकट आ गयी थी। तब उसके मेरे जो संबंध बने, उन्हें मैं कोई नाम नहीं दे सकती। कभी उसके प्रति कृतज्ञ होने को मन करता और कभी उसके व्यक्तित्व और व्यवहार से प्रभावित और आकर्षित होने को। उधर बीच-बीच में जब भी पापा आते, मम्मा उनसे मेरी शादी की बात चलातीं। पापा टाल जाते। कह देते—सोनल के लिए मैं कोई राजकुमार लाऊँगा। ऐसी शादी करूँगा उसकी कि सारा गुजरात देखता रह जाय।' और यही कहते-कहते समय बीतता गया। लेकिन अम्मा को आज भी उम्मीद है। नाउम्मीदी के अंधेरे में जलता उम्मीद का यह दिया। कितनी ममतामयी हैं मम्मा। कितनी चिंता है उन्हें मेरी। जब-जब उनके पास जाती हूँ, वे अपना दिल खोल कर रख देती हैं।

लेकिन....

लेकिन मम्मा से मैंने अपनी एक बात छिपा कर रखी है। और शायद हमेशा छिपाये रखूँ। वह अस्पताल से घर आ चुकी थी। तब भी सैम हर रोज़ कम से कम एक बार उनको देखने आता रहता। अब तक हम दोनों आपस में काफी खुल चुके थे। और यह खुलापन ही सैम की ताकत और मेरी कमजोरी बन गया। और इसी कमजोरी के चलते एक शाम उसके बंगले पर मैं पराजित हो गयी।....आज वह बात अजीब लगती है कि तब मेरे मन में पराजय की कोई ग्लानि नहीं थी। उल्टे एक प्रकार के सुख और आनंद की अनुभूति ही मेरे मन-प्राणों में तैरती रही। फिर, मेरे संयम का बाँध जो एक बार टूटा तो टूटता ही गया। उसे बांध पाना मुश्किल क्या असम्भव हो गया। सैम के साथ चार-पाँच महीने खूब पागलपन के साथ बीते। लेकिन उसके बाद....?

पापा जामनगर लौट आए थे कुछ दिनों के लिए। उन्हें न जाने कैसे हमारे संबंधों का पता लग गया। उन्हें यह भी पता लग गया कि मैं अपने गर्भ में सैम के शिशु को पाल रही हूँ। शायद मेरी 'मेड' ने कोई संकेत दिया हो। एक दिन होटल की 'साइट' पर बातों-बातों में उन्होंने मुझसे सब उगलवा लिया। सैम ने मुझसे शादी करने की पेशकश की थी। यह भी पापा को पता लग गया था। मैं बहुत डर गयी और रोने लगी। मुझे याद है, पापा ने मुझसे कुछ नहीं कहा। उन्होंने बड़ी आत्मीयता से मेरी पीठ पर हाथ रखकर कहा था—बेटे, अच्छे बेटे रोते नहीं। ज़िन्दगी रोने के लिए नहीं होती। जब जिंदगी में किसी घटना से कुछ नहीं मिलता तो भी अनुभव तो मिलता ही है। डोंट वरी, सब ठीक हो जाएगा।'

और दूसरे ही दिन वे मुझे कार में लेकर बंबई आ गए। उसी दिन रात को एक नर्सिंग होम में आप्रेशन हुआ और मैं जैसे पाप-मुक्त हो गयी।

चौथे दिन जब मैं पापा के साथ लौट रही थी तो एकदम संज्ञा-शून्य थी। पापा एक दम खामोश थे। बहुत देर बाद वे धीरे-से बोले थे—सोनल बेटे, भूल जाओ, हमेशा के लिए भूल जाओ कि तुम्हारे साथ कभी कुछ हुआ था। आज के बाद भूलकर भी इस बात को याद मत रखना....। किसी से कुछ मत कहना। अपनी मम्मा से भी। और अपने से भी।'

मैंने पापा की ओर देखा था। उनकी आँखों में तब कठोरता थी या करुणा, मैं नहीं जान पायी। रास्ते में उनसे और कोई बात नहीं हुई।

दूसरे दिन जब हम अपनी कोठी पर पहुँचे तो वहाँ मुर्दनी छाई हुई थी। गेट पर भाग कर आए मंगल सिंह ने बतलाया कि पिछली रात सैम साहब को एक ट्रक ने कुचल दिया। उनकी लाश को सरकारी अस्पताल ले जाया गया है। पापा ने तत्काल कोई प्रतिक्रिया व्यक्त नहीं की। पोर्टिको में कार से उतर कर वे बंगले में जाकर एक क्षण के लिए ड्राइंग रूम में रुके और वहाँ गुमसुम खड़े अपने सेक्रेटरी जड़ेजा से कहा कि वह अस्पताल जाकर पूछ आए कि सैम की लाश कब मिलेगी और होली चर्च के फादर को भी सूचित कर दे। सैम का अंतिम संस्कार पापा खुद अपने सामने करना चाहते थे। फिर

वे मेरी ओर मुड़े और बोले—तुम अपनी माँ के पास जाओ और फ्रेश हो लो। एण्ड डोंट थिंक एनी थिंग।' उसके बाद वे अपने पाइप स्टैंड की तरफ बढ़ गए थे।

तब से आज तक मैंने उस हादसे को भूलने की पूरी कोशिश की है। लेकिन भूलने के लिए भी याद रखना होता है कि इसे भूलना है। हाँ, उसका जिक्र किसी से नहीं किया। गुड्डी से भी नहीं, जो मेरी बहिन ही नहीं, दोस्त भी है। लेकिन वह हादसा हौवा बनकर मेरे भीतर मंडराता रहता है। वैसे हम औरतों की यह खूबी तो होती ही है कि वह कुछ हादसों, कुछ घटनाओं को अपने भीतर इस तरह छिपा ले जाती हैं जिसकी किसी दूसरे को हवा तक नहीं लगती। मर जाने पर वे घटनाएं उसके साथ ही दफ़न हो जाती हैं। दुनिया को उनका कभी कुछ पता नहीं चल पाता। मेरे संदर्भ में तो पापा ने इस हादसे के स्रोत को ही नष्ट करवा दिया था।

लेकिन इतने सारे सालों के बाद पिछले कुछ दिनों से मेरा मन फिर चंचल हो उठा है। कॉलेज में एक नए प्रोफेसर आए हैं, प्रोफेसर अमर। इससे पहले वे बंबई में थे। बड़ा तेजस्वी लेकिन साथ ही सरल व्यक्तित्व है उनका। वेश-भूषा भी साधारण है। उनका व्यक्तित्व तब खुलता है, जब वे बोलने लगते हैं। मन करता है, उनसे बतियाती रहूँ। उन्हें सुनती जाऊँ। अकेले, अविवाहित हैं। बस, किताबें, पाइप और लाइट म्युजिक। जब मेरे यहाँ आते हैं तो घंटों तक रेकार्ड लगाकर सुनते रहते हैं। उम्र भी ज्यादा नहीं है। मुझसे छोटे हैं, काफी छोटे। ज्यादा से ज्यादा अट्ठाइस-तीस के होंगे। उनके प्रति मेरा खिंचाव बढ़ता जा रहा है। वैसे बोलते कम हैं लेकिन मेरे साथ खुलने लगे हैं। खूब बोलते हैं और बोलते जाते हैं। आस्कर वाइल्ड, आइन्सटीन, किपलिंग, मार्क्स, स्टालिन, प्रसाद, निराला. ....उनकी स्टडी का दायरा सिर्फ हिंदी तक सीमित नहीं है। बहुत फैला हुआ है। मेरे सम्पर्क में ऐसा व्यक्ति अब तक नहीं आया।

मुझे याद आता है, कुछ साल पहले मेरे कॉलेज में एक डॉ. पारीख हुआ करती थी। पुरुषों से उसे चिढ़ थी। कहती थी—शादी औरत के लिए सबसे बड़ा बंधन है। वह अपनी तरह से सोच नहीं सकती, अपनी तरह से रह नहीं सकती। शादी के बाद उसका अपना कुछ नहीं रहता। यहाँ तक कि अपना नाम भी। उसकी प्रतिभा कुंठित हो जाती है। नारी मुक्त रहे तो आकाश छू सकती है, सागर तैर सकती है और दुनिया को धता बतला सकती है। और भी इसी तरह की बहुत-सी बातें। लेकिन अन्ततः उसके साथ हुआ क्या? चालीस-पैंतालिस की होते-होते वह अपने ही अकेलेपन के अंधेरे में घिर गयी। और फिर....फिर एक दिन उसकी लाश उसके ड्राइंग रूम की सीलिंग से लटकी हुई मिली। उसने अपने अकेलेपन से ऊब कर आत्महत्या कर ली थी।

मुझे लगता है कि मैं भी धीरे-धीरे अपने अकेलेपन से घिरती जा रही हूँ। कभी-कभी आँखों के सामने कई-कई रेगिस्तान उभर आते हैं। लगता है, जीवन का हर क्षण बरबाद हुआ जा रहा है। एक तृप्त, ज्वलनशील और उदास जिंदगी। किराए का सुख, सुख नहीं होता, बाद में बड़ी पीड़ा देनेवाला होता है। क्या इस को थोड़ा रुक कर,

थोड़ी कोशिश करके बनाया-सँवारा नहीं जा सकता? शायद ऐसा किया जा सकता है। प्रोफेसर अमर, तुम मुझे मेरे मूल से उखाड़ते जा रहे हो। नहीं जानती, तुम्हारी ज़मीन पर रोपी भी जाऊँगी या नहीं और पता नहीं, तुम्हारी जमीन मुझे स्वीकार भी करेगी या नहीं। आज तुम लंच पर आ रहे हो। इस बार मुझे ही इनीशियेटिव लेना पड़ेगा। क्योंकि अब अनिश्चय और अकेलेपन की स्थिति सही नहीं जा रही। आज तुम्हारे सामने अपना मन खोलने का मन बना लिया है मैंने। पता नहीं, यह खुलना मेरे लिए क्या लाएगा। अब जो भी हो, मैं तत्पर हूँ। क्यों मम्मा, मैं ठीक कर रही हूँ न।

आठ

# दिलशाद खांडवाला

(उम्र 54 वर्ष, मध्यम कद, चौड़ी काठी, भरा हुआ चेहरा)

**28 दिसम्बर, 1959**

आज फिर रूबी सूरत चली गयी है अपने माँ-बाप के पास। दोनों लड़कियों को यहीं छोड़ गयी है। अब तो जरा-जरा सी बात पर लड़ने-झगड़ने को तैयार हो जाती है। आसपास के पड़ोसियों का भी ख़्याल नहीं रहता उसे। समझ नहीं आता, उससे कैसे निपटा जाय। फैमिली लाइफ का सुख कैसा होता है, मैंने नहीं जाना। रूबी ने पहले दिन से ही 'नैगिंग' शुरू कर दी थी।

हनीमून के लिए अंडमान गए थे हम। हफ़्ते भर का प्रोग्राम था। होटल में एक सूट बुक कर लिया था हमने। अच्छी शांत जगह थी। सामने नीला समुद्र था, साफ-शफ़्फ़ाक; और हवा में मस्ती थी। हम डिनर ले रहे थे कि मेरे हाथ से पानी का गिलास छलक कर मेज से बहता हुआ उसकी स्कर्ट पर जा गिरा। वह जोर से चिल्लाने लगी—ये क्या है दिलशाद। तुम्हें पानी पीना भी नहीं आता।'

मैंने मजाक में बात टाल देनी चाही। लेकिन वह अपनी स्कर्ट साफ करते हुए बोली—मैं मजाक नहीं कर रही हूँ। आइ एम क्वाइट सीरियस।'

मैं हक्का-बक्का रह गया। फिर भी मैं शांत रहा। उस रात को पहली बार मैं उसके पास आया। उसकी मान-मनोव्वल की। कुछ इधर-उधर की बातें की। फिर यकायक उसने पूछा—तुम्हारी जिंदगी में कितनी औरतें आईं।'

—बहुत-सी।' मैंने मजाक में कहा।

—तो उन्हीं को लेकर यहाँ आते। मुझे क्यों लाए।'

—क्योंकि तुम मेरी प्यारी-प्यारी वाइफ हो।'

—ज्यादा चापलूसी मत करो। मैं मर्दों को अच्छी तरह जानती हूँ।' और उसने दूसरी तरफ करवट बदल ली। मैंने उसे अपनी ओर खींचना चाहा लेकिन वह टस-से-मस नहीं हुई। दूसरे दिन, दिन चढ़े तक पलंग से उतरी नहीं। वहीं बैड-टी ली और वहीं ब्रेक-फास्ट किया। हम कहीं घूमने नहीं जा सके....। फिर वह घर लौटने की जिद लेकर बैठ गयी। किसी तरह तीन दिन वहाँ रहे और चौथे दिन राजकोट लौट आए। तभी से

उसके और मेरे बीच दूरी बढ़ने लगी जो वक्त के साथ-साथ बढ़ती ही गयी।

उसका किसी काम में मन नहीं लगता। घर अस्त-व्यस्त पड़ा है तो पड़ा है। नौकरानी नहीं आई तो किचन के जूठे बरतन तीन-तीन दिनों तक वैसे ही पड़े बास मार रहे हैं। मेज-कुर्सियों पर धूल जमी है तो जमी है। ऑफिस से हारा-थका लौटकर मैं ही कुछ सहेजता तो सहेजता। उस वक्त भी वह कौंचने से बाज नहीं आती। कहती—दिलशाद, तुम्हें तो औरत होना चाहिए था। गलती से मर्द बन गए। और पूरे मर्द भी कहाँ बने....।' और ऐसा कहते हुए वह जोर से हँसने लगती। मेरा खून खौल जाता। मन करता, उसे बालों से पकड़ कर उसका मुँह नोच डालूँ। लेकिन मैं ऐसा नहीं कर पाता। कर पाता होता तो वह पूरी शेरी को सर पर उठा लेती। अपनी ही बदनामी होती।

जैसे-जैसे दिन बीतते गए, उसका लड़ना-झगड़ना, मेरे हर काम में मीन-मेख निकालना और मुझे कौंचते जाना बढ़ता गया। मैं बहुत ही दुखी रहने लगा। तभी हमारी दो जुड़वा बेटियाँ हो गयीं। मेरा काम और बढ़ गया। माँ बनने के बाद भी रूबी की आदतों में कोई फर्क नहीं आया।

दिन, महीने और साल बीतते रहे। कई बार वह मुझ से झगड़कर सूरत चली जाती। फिर कुछ दिनों के बाद उसकी माँ उसे मेरे पास छोड़ जाती। मुझे सलाह-सी देती—इकलौती बेटी है दिलशाद। तुम थोड़ा सह लिया करो। बाद में सब ठीक हो जाएगा।'

मैं मन ही मन सोचता, अब तक सहता ही तो आ रहा हूँ मैं। सहने के अलावा और क्या किया है मैंने। लेकिन सहने की भी तो एक सीमा होती है। सीमा के पार इंसान या तो जानवर बन जाता है या टूट जाता है। मैं जानवर नहीं पाया तो टुकड़े-टुकड़े टूट रहा हूँ। शायद यही मेरी नियति है। लेकिन नियति को भी दोष क्यों दूँ। नियति को बनाना-बिगाड़ना इंसान के अपने हाथ में होता है। इंसान स्वयं का नियंता होता है। यह मेरी ही कमजोरी है जिसके कारण मुझे यह सब सहना पड़ रहा है। इसे कमजोरी कहूँ या स्वार्थ, कुछ निर्णय नहीं कर पाता। रूबी के फादर की दो मिले हैं। जब से उनकी मौत हुई है, मिस्टर बिलिमोरिया ही उनकी देख-रेख करते हैं। बिलिमोरिया मिलों के जनरल मैनेजर तो हैं ही, रुबी के दूर की रिश्तेदार भी हैं। उन्होंने ही हमारी शादी को लेकर बात चलाई थी। सोचता हूँ, रूबी की माँ के प्रॉपर्टी का एक बड़ा हिस्सा रूबी के नाम हो जाएगा। रूबी के और मेरे नाम। दिमाग के किसी कोने में यह स्वार्थ भी छिपा हुआ है। इसीलिए.....शायद इसीलिए मैं रूबी को सहता रहता हूँ। वैसे उसके प्रति अब कोई लगाव महसूस नहीं करता। करूँ भी तो कैसे करूँ। करने का भी कोई कारण होना चाहिए न। हमेशा दिमाग में एक तनाव बना रहता है। शाम को ऑफिस से घर लौटते हुए डर-सा लगता है। वे लोग कितने भाग्यशाली होते हैं जो शाम को घर पहुँचने की जल्दी में रहते हैं। मुझे ऐसी कोई जल्दी नहीं होती। अब पिछले कुछ सालों से तो रात पड़े ही घर लौटना होता है। ऑफिस के बाद सोनल मैडम के यहाँ चला जाता हूँ। एक

सकून मिलता है वहाँ। उससे बातें करने में, उसके व्यवहार में, वहाँ उसके घर के माहौल में कितनी शांति भरी है।

सोनल मैडम से अनायास ही परिचय हो गया था। एक छोटी-सी बात कभी-कभी कितनी महत्वपूर्ण बन जाती है। उस दिन वह बैंक से कुछ पैसे निकालने आई थी। जल्दी में कैश काउन्टर पर ही पैसे छोड़ गयी। कैशियर ने कुछ देर बाद मुझे बताया कि कोई अपने ढाई हजार रुपये वहीं काउन्टर पर छोड़ गया है। मैंने ग्राहकों के एकाउन्ट देखकर पता लगा लिया कि मैडम ही यह पैसा ले जाना भूल गयी होगी। उसका पता देखकर मैंने फोन किया। तब पता लगा कि वह कॉलेज में पढ़ाती है। जानकर अच्छा लगा। थोड़ी देर बाद वह बैंक में आई। मुझसे कुछ बातें कीं और फिर पैसे लेकर चली गयी। जाते-जाते कभी बंगले पर आने के लिए कह गयी।

काफी दिन बीत गए थे। एक दिन शाम को कॉलेज के पास की शेरी से गुजर रहा था। तभी याद आया, मिस सोनल मैडम इसी शेरी में रहती है। एक राह चलते सज्जन से उसके घर का पता पूछा तो उसने हंसते हुए बतलाया कि मैं उनके बंगले के सामने ही खड़ा हूँ। मैं लज्जित हो गया। बंगले के गेट पर एक तख्ती लटकी थी। उसके नाम की।

मैंने धीरे से फाटक खोला। देखा, सामने लॉन में सोनल बैठी है। सामने छोटी-सी मेज पर चाय की ट्रे रखी है। फाटक के खुलने की आवाज सुनकर उसने भी मेरी तरफ देखा और क्षण भर मुझे देखने के बाद बोली—अरे, मिस्टर खांडवाला, आइए, आइए।....मैं तो सोच रही थी कि आप उस सबको भूल गए होंगे।'

औपचारिक अभिवादन के बाद मैं बोला—मैं इस तरफ से गुजर रहा था, तभी आपकी याद हो आई। सोचा, अगर आप घर में हों तो मिलता चलूँ।'

—मैं और कहाँ जाऊँगी। कॉलेज और घर। बस....।' वह बिंदिया को आवाज देते हुए बोली।

बिंदिया आकर चाय की ट्रे ले गयी। सोनल ने उससे ताजी चाय बना लाने के लिए कह दिया।—और सुनाइए।' वह बोली। —आपका बैंक तो ठीक ही चल रहा होगा।'

—बैंक का क्या है। वह तो चलता ही रहता है। लेकिन मैनेजर की बड़ी जिम्मेदारी होती है। इसलिए कभी-कभी ऑफिस के बाद भी बैठना पड़ जाता है।'

—हाँ, वह तो है।' वह धीरे से बोली। फिर यों ही हम बातें करने लगे। बातों-बातों में उसने कहा—मिस्टर खांडवाला, आपके स्टॉफ में कोई ऐसा आदमी है जो मेरे एकाउन्ट्स का हिसाब-किताब रख सके।'

—अरे, आपका एकाउन्ट ही कितना है। इसके लिए किसी....।'

—ऐसा नहीं है मिस्टर खांडवाला। मेरे फादर के बहुत से एकाउन्ट्स हैं मेरे नाम से। पेपर्स भी मेरे पास ही हैं। और मैं उनके बारे में कुछ जानती नहीं। बस, जमा करके कप बोर्ड में रख दिए हैं। मैं चाहती हूँ कि....।'

बिंदिया चाय लेकर आ गयी थी।

–मैं समझ गया मैडम। ऐसे एकाउन्ट्स को किसी अनजान के हाथों में नहीं देना चाहिए। आप कहें तो मैं इनको खुद देख लूँगा।'

–ओह, सो काइंड ऑफ यू।' वह चाय बनाने लगी थी। फिर वहाँ कुछ देर और ठहर कर मैं चला आया। लेकिन उस थोड़ी सी देर में मैं बहुत सी बातें सोच गया।

धीरे-धीरे हमारा परिचय दोस्ती में बदलता गया और दोस्ती घनिष्ठता में। फिर एक दिन ऐसा भी आया कि हमारे बीच किसी भी किस्म की कोई दूरी नहीं रही। हालाँकि इसके लिए मेरे भीतर बहुत अन्तर्द्वन्द्व चला। लेकिन अन्त में मैं हार गया। सोनल के बारे में कुछ नहीं कह सकता। उसने यह सब कुछ जान बूझकर होने दिया या वह भी मेरी तरह अन्तर्द्वन्द्व का शिकार रही। आखिर वह भी तो अकेली है। उसे भी कोई ऐसा व्यक्ति चाहिए जिसके सामने वह अपना मन खोल सके। अपना दुःख-सुख कह सके। किताबों में लिख़ा है कि औरत और मर्द की दोस्ती मानसिक स्तर पर चलती रह सकती है अंत तक। लेकिन यह भी तो लिखा है कि ऐसी दोस्ती की अंतिम मंजिल बिस्तर ही होती है। जो भी हो, हमारे साथ तो यह हो गया....चार साल हो गए हैं। जाने-अनजाने मैंने सोनल की सारी जिम्मेदारियाँ ओढ़ ली हैं। उसके एकाउन्ट्स से लेकर उसके राशन-पानी और साग-सब्जियों तक की। जो जिम्मेदारियाँ मैंने अपने परिवार में नहीं निभाई, उन्हें सोनल के लिए निभा रहा हूँ। इसका कारण है। उसके पास, उसके घर में मुझे सकून मिलता है। एक खुशी और एक प्रकार का अपनापन मिलता है। और अपने घर में एक बेगानेपन की, अपने अजनबीपन की या अपने न होने की भावना मुझे कचोट डालती है और उस हादसे के बाद तो रूबी के पास आते हुए मुझे एक प्रकार के लिजलिजेपन का अहसास भी होने लगा है।

उस दिन ऑफिस से घर लौटा था। बहुत परेशान था और थका हुआ भी। अपनी 'डुप्लीकेट की' से दरवाजा खोला तो ड्राइंग रूम में कोई नहीं था। मैं रूबी के कमरे में गया तो जो देखा, उस पर विश्वास ही नहीं हुआ। रूबी और बिलिमोरिया–रूबी के अंकल–एक बड़ी ही कम्प्रोमाइजिंग पोजिशन में लेटे थे। मुझे देखकर रूबी अचानक छिटक कर बिलिमोरिया में अलग हो गयी और बोली–तुम कब आए? घंटी नहीं बजा सकते थे?'

मैं इतना ही बोल पाया–तुम्हें डिस्टर्ब नहीं करना चाहता था।' और बिलिमोरिया की ओर घूरते हुए कमरे से बाहर निकल आया।

मेरे अंदर-बाहर आग सुलग रही थी। सर फट रहा था। पैर कांप रहे थे। आँखों के सामने अँधेरा छा रहा था। मैं घर से निकला और पिछवाड़े वाले दालान की सीढ़ियों

पर आकर बैठ गया। मन कर रहा था कि अपने चीथड़े-चीथड़े कर डालूँ या रूबी का गला घोंट दूँ या बिलिमोरिया को शूट कर दूँ। लेकिन मैं कुछ नहीं कर पाया। और तब सहसा ही मेरे मस्तिष्क में रूबी का वर्षों पहले कहा हुआ वाक्य कौंध आया—तुम पूरे मर्द भी कहाँ हो।' पता नहीं, कब तक उसी तरह बैठा रहा। जब थोड़ा शांत हुआ तो रात गहरा चुकी थी। मैं उठा और भीतर घर में गया। बिलिमोरिया जा चुका था और रूबी बेटियों को अपनी छाती से चिपकाए बैडरूम के एक कोने में सिसक रही थी। अब मेरे पास कहने के लिए कुछ नहीं रह गया था। शायद रूबी के पास भी। इसके बाद हमारे बीच अपरिचय का दायरा और बढ़ गया। मैं उस दायरे से जितना निजात पाना चाहता, वह और बढ़ता जाता। गले में जैसे एक हड्डी अटक गयी थी। एक फाँस। न निगलते बनती थी, न उगलते। उसके दंश को सहते हुए मैं जीता चल रहा हूँ। और न जाने कब तक जीता रहूँगा।

जब अकेला होता हूँ, और मन शांत होता है तो सोचता हूँ, मैं ही कहाँ रूबी के प्रति ईमानदार रहा हूँ। ठीक है, रूबी ने पहले दिन से ही मुझे नहीं चाहा। अगर चाहती तो ऐसा व्यवहार क्यों करती। इतनी प्रताड़ना। इतना व्यंग्य। बात-बात पर इतनी छींटाकशी। कभी-कभी मन में ख्याल आता है कि बिलिमोरिया के साथ कहीं उसके पुराने संबंध तो नहीं हैं। शादी से पहले के। हो भी सकते हैं। नहीं भी हो सकते। उसका बार-बार सूरत चले जाना अब मुझ में शक पैदा करने लगा है। फिर सोचता हूँ कि यह रूबी के व्यवहार की प्रतिक्रिया तो नहीं है जो मैं मिस सोनल के इतना नजदीक आ गया। कहीं यह मिस सोनल का अकेलापन तो नहीं है कि उसने मुझे इतना बढ़ावा दिया। मैं सोचते-सोचते हैरान हो जाता और किसी नतीजे पर नहीं पहुँच पाता। फिर हार-थक कर अपने इस तरह के सोच को झटक देता और अपने काम पर लग जाता। लेकिन ऐसे हालात में काम पर मन कहाँ लगता है, बस थोड़ी खानापूरी भर हो जाती है।

इधर कुछ दिनों से सोनल के व्यवहार में भी कुछ बदलाव देख रहा हूँ। कुछ क्या, भारी बदलाव। मैं जब भी उसके घर जाता हूँ, वहाँ प्रोफेसर चौधरी बैठे, गप्प मारते दीखते हैं। चौधरी की उम्र को देखकर कोई शक तो नहीं होता लेकिन मैं असहज जरूर हो उठता हूँ। पहले सोनल के साथ मेरी शामें अच्छी बीत जाती थीं। अब लगता है, उसके पास मेरे लिए जैसे कोई वक्त ही नहीं रह गया है। पता नहीं, क्या-क्या, कहाँ-कहाँ की बातें करते रहते हैं। बातें और बातें। बातों का सिलसिला रुकने का नाम ही नहीं लेता। कभी राजनीति, कभी लिट्रेचर, कभी मनोविज्ञान और कभी प्रेम और सैक्स। मुझे इन बातों में कोई रस नहीं मिलता। मैं तो बस हिसाब-किताब जानता हूँ....और कुछ जानने-सोचने का मौका भी नहीं मिला।

कुछ दिन पहले एक शाम उसके बंगले पर गया था। वे दोनों ड्राइंग रूम में बैठे थे। सामने मेज पर चाय की ट्रे रखी थी और बिस्कुटों की एक प्लेट। कुछ चिकन लॉलीपॉप दूसरी प्लेट में रखे थे। पिछले दिन ही मैं इन्हें स्पेशली बनवा कर लाया था।

मुझे देखकर प्रोफ़ेसर चौधरी बोले—आइए, आइए, मिस्टर खांडवाला। दो-तीन दिन से आप आए ही नहीं। कहीं बाहर गए थे?'

मैंने चौधरी को कोई जवाब न देकर सोनल की ओर देखा और बोला—आज तो तुम हंसा बेन की मैरिज एनीवर्सरी में जाने वाली थीं....।'

—हाँ, जाने तो वाली थी। लेकिन वहाँ बोर ही होती। प्रोफ़ेसर चौधरी आ गए तो यहीं रुकी रह गयी।' उसने लापरवाही से कहा।

—ऐसा पहले तो कभी नहीं होता था। वह तो तुम्हारी इतनी अच्छी फ्रेंड है। वह क्या सोचेगी।'

सोनल ने मेरी ओर देखा और फिर चाय का प्याला उठाकर एक सिप ले लिया। बोली कुछ नहीं।

मैंने थोड़े से अधिकार भाव से कहा—मैंने तुमसे कुछ पूछा था न।'

इस पर सोनल बिफर गयी। उसने फिर कर मेरी तरफ देखा और इतना ही पूछा—चाय पीयोगे।'

—थैंक यू। मुझे अभी डॉक्टर के पास जाना है। दाढ़ में दर्द है।'

—ठीक है....।' वह बोली।

—बैठिए भी खांडवाला साहब। ऐसी भी क्या जल्दी है। चाय तो पीते जाइए।'

—नहीं प्रोफ़ेसर। मैं तो ये फल लेकर आया था।' और कहते हुए मैं किचन की तरफ बढ़ गया और टोकरी में फल रखते हुए वहीं फ्रिज से पानी की एक बोतल निकाली और उसी से मुँह लगाकर थोड़ा पानी पी लिया।

बाहर निकला तो देखा दोनों खिलखिला कर हंस रहे थे। चौधरी कह रहे थे—'ऐसा है मैडम, लड़ने का कोई निश्चित फार्मूला नहीं होता। कभी-कभी यों ही लड़ने को मन करता है तो लड़ने बैठ जाते हैं। वैसे लड़ने से बचना चाहिए।'

—लेकिन जब दूसरा इंसान लड़ने पर आमादा ही हो तो?'

—तो लड़ लेना चाहिए और लड़कर भूल जाना चाहिए। लड़ाई को याद रखने से हैल्थ पर बुरा असर पड़ता है।' और चौधरी फिर खिलखिलाकर हंस पड़े। मैं सोनल के चेहरे की चमक महसूस कर रहा था। एक क्षण रुक कर मैं वहाँ से आगे बढ़ गया। सोनल ने मुझे रोका नहीं। हाँ, उसके इस व्यवहार से बड़ी चोट पहुँची। पहले कभी ऐसा नहीं होता था।

मुझे लगता है कि मैं एक बार फिर अकेला होता जा रहा हूँ। अकेलेपन की मार बड़ी मारक होती है। पत्नी है, लेकिन वह पत्नी नहीं है। बच्चे हैं, लेकिन उनका मेरे साथ कोई संबंध नहीं है। और यह सोनल है जिसको लेकर मैंने कुछ राहत का सपना देखा था, वह भी धुंधला होता जा रहा है। ऐसे सपने का मरना बड़ा खतरनाक होता है।

सपना मरता है तो इंसान भी मर जाता है। इन दिनों मुझे चारों तरफ से अकेलेपन का भाव घेरे जा रहा है। उदासी, अकेलापन और खालीपन। कहीं पढ़ा था कि अकेलेपन का भी अपना सुख होता है और उदासी तो अकेलेपन का उत्सव है। लेकिन मैं यह उत्सव नहीं मना पाता। मुझे इस तरह की फ़िलासफी नहीं आती। मैं तो हाड़-मांस का सीधा-सादा इंसान हूँ और सीधे-सादे इंसान की तरह रहना और जीना चाहता हूँ। मेरे लिए इस तरह का जीना भी मुश्किल होता जा रहा है। मैं क्या करूँ, कुछ समझ में नहीं आता।

## नौ

# अमर चौधरी

### 2 जनवरी 1960

कभी-कभी वक्त कितनी जल्दी बदल जाता है। एक अहसास-सा होता है और हम अपने को सोच के बिल्कुल दूसरे, बिल्कुल अलग छोर पर खड़ा पाते हैं। कितनी जल्दी कितने अनजाने हो जाता है यह सब। वैसे कहा तो यह जाता है कि कोई चीज जितनी जल्दी शुरू होती है, उतनी ही जल्दी खत्म भी हो जाती है। अब जो भी होना हो, हो।

सुबह की ठंडी धूप कमरे में फैल गयी है। मैं अपना कम्बल ओढ़े चारपाई पर बैठा हूँ। किताबें, रिसर्च के नोट्स, कागज—मेरे आसपास, इधर-उधर बिखरे पड़े हैं। उन्हें उठाकर देखने-पढ़ने का मन नहीं कर रहा। दिमाग कभी अपने घर-परिवार को लेकर कहीं दूर पहुंच जाता है और कभी मिस सोनल के बंगले की ओर मुड़ जाता है। कुछ दिनों से यही चल रहा है।

अपना कस्बा बिजनौर। पुलिस ग्राउंड। उसके बायीं ओर वाली सड़क। छोटी-छोटी दुकानें। हाफिज नाई। टेकराम सुनार। नियाज साइकिल वाला। छोटे लाल कारपेंटर। चड्ढा फोटो स्टूडियो। पांडे पान शॉप। और ऐसी ही कई दुकानों का सिलसिला। दुकानों के ऊपर छोटे-छोटे मकान। इन्हीं मकानों में से एक में मेरा परिवार बसा हुआ। परिवार यानी बूढ़े रिटायर्ड पिता। एक फटा हुआ सा पेटीकोट-ब्लाउज पहने घर के कामों में व्यस्त अम्मा और एक बीमार बहिन। घर भी क्या, एक कमरा है। कमरे के बाहर टीन की छत। जहाँ खाना पकता है और मूँज की एक चारपाई पड़ी रहती है। उससे आगे थोड़ी खुली जगह। जहाँ कोने में एक तुलसी का मरियल का पौधा रखा हुआ होता है, एक डालडा के डिब्बे में; और दूसरी तरफ लेट्रीन। वहीं एक ओर पानी के घड़े और बाल्टी रखी होती है। उसी के पास नहाना-धोना होता है।

नीचे ज़ीने के अंत में एक छोटी-सी खुली जगह। जब मैं वहाँ था, वहीं मेरे गर्मी के दिन बीतते थे। पानी का छिड़काव करके उसे ठंडा कर लेता। बाजार की ओर खुलनेवाले किवाड़ बन्द कर देता और टाँगें सिकोड़ कर या तो कुछ पढ़-लिख लेता या सो रहता। सच वे दिन भी क्या दिन थे। वह जिन्दगी भी क्या जिन्दगी थी। और आज की यह जिन्दगी। मैंने कहा न, वक्त कितनी जल्दी बदल जाता है। मिस सोनल का

इतना बड़ा बंगला। बंगले के बाहर इतना सुंदर लॉन। लॉन के किनारों पर पुष्पित पौधों की पंक्तियाँ। एक छोर से दूसरे छोर तक। बांयीं ओर गैरेज में कार खड़ी की हुई और दायीं तरफ पालतू कबूतरों का दड़बा। सब कुछ बड़ा भव्य लगता है। और इस बंगले का मैं विशेष अतिथि। लोग इतने सुविधा सम्पन्न, इतने बड़े और इतने महत्वपूर्ण कैसे बन जाते हैं? एक क्षण के लिए अपने छोटे, साधारण और कुंठित होने का अहसास होता है वहाँ। लेकिन मिस सोनल के व्यवहार से मैं अपने को उसके समकक्ष समझने लगता हूँ। सोचता हूँ कि अगर वह मुझे इतना महत्व देती है तो मेरे भीतर भी अवश्य ही ऐसा कुछ होगा जिससे वह प्रभावित हुई है। अन्यथा और भी तो लोग हैं जिनसे उसका इतना जुड़ाव हो सकता था। लेकिन नहीं, उसके जीवन में ऐसा कोई नहीं है। हाँ, एक खांडवाला है अवश्य, लेकिन वह इतना निरीह दीखता है कि मैं सोच भी नहीं सकता कि सोनल जैसी अभिजात्य, विदुषी और आकर्षक व्यक्तित्व वाली महिला से उसका कोई संबंध हो सकता है। खांडवाला के चेहरे पर कोई भाव ही नहीं दीखता, वह तो बड़ा निरीह लगता है। एक पढ़ा-लिखा घरेलू नौकर जैसा।

उस दिन मिस सोनल ने शायद तीसरी या चौथी बार लंच पर बुलाया था। मैं पहुँचने में थोड़ा लेट हो गया। वह बोली—मैं तो समझी थी कि आप भूल गए। मैं ड्राइवर को भेजने वाली थी।'

--ऐसा कैसे हो सकता है। आप बुलाएँ और वह भी लंच पर....और मैं न आऊँ। मैंने तो कल शाम से उपवास रख रखा है ताकि भर पेट घर का खाना खाऊँ।' मैंने खुलकर हँसते हुए कहा।

सोनल भी हँसने लगी। बोली—आप के लिए मैंने अपने हाथों से बनाया है। तारीफ़ करना मत भूलना। वैसे मुझे ज्यादा कुछ नहीं आता।'

—आप जो भी खिलाएँगी, जैसा भी खिलाएँगी....।'

—और जितना भी खिलाऊँगी....।' उसने बीच में टोक कर कहा, हँसते हुए।

—हाँ और जितना भी खिलाएँगी....।' —आप तारीफ करेंगे....।'

—वह तो करनी ही है। ताकि आगे भी आप इन्वाइट कर सकें।' इस बार हँसने की बारी मेरी थी।

बिंदिया ने खाने की मेज सजा दी थी। चिकन बिरयानी, मटन कटलेट, फिश करी, गुजराती दाल, बासमती चावल और न जाने क्या-क्या। कितने प्रकार की चटनियाँ, रायता, पापड़ वगैरह-वगैरह। सच कहूँ तो यह सब देख कर मेरी भूख बढ़ गयी थी।

तभी सोनल एक ट्रे में दो गिलासों में कुछ पेय लाई और मेरे सामने बैठ गयी।

—यह क्या है मैडम!'

—एपिटाइजर है। कुछ खास नहीं।'

—एपिटाइजर क्या?'

—वाइन है....लीजिए न।' उसने एक गिलास मेरी ओर बढ़ाते हुए कहा।

—मैं शराब नहीं पीता मैडम।'

—यह शराब कहाँ है। कहा न एपिटाइजर है। लीजिए न।'

मैंने हिचकिचाते हुए गिलास ले लिया।

हम दोनों खाना खाने लगे....और बातें करने लगे....।

—इन दिनों सौराष्ट्र का मौसम अच्छा हो जाता है।'

—जी! वैसे अच्छे और बुरे मौसम का संबंध इंसान की मानसिकता और परिवेश से ज्यादा होता है।'

—अरे वाह! खाने की मेज पर भी फिलॉसफी।'

—फिलासफी नहीं मैडम। यह तो मामूली सी सच्चाई है।'

—आप में एक बात है मिस्टर चौधरी। आप बातों का जवाब बिल्कुल अप्रत्याशित रूप से देते हैं। इन ए वैरी अनएक्सपैक्टड वे।'

—थैंक यू मैडम। इज इट ए काम्प्लीमेंट ऑर ए कम्प्लैंट।'

—आप बहुत तेज़ हैं। वैरी शार्प मिस्टर चौधरी। आई एम हैपी, आई गॉट ए फ्रेंड लाइक यू।'

—फ्रेंड?' मैंने हँसते हुए कहा—इट मीन्स, यू हैव प्रोमोटेड मी। प्रोमोटेड मी फ्रॉम ए कलीग टू ए फ्रेंड।'

—फ्रेंड नहीं तो और क्या?' वह बोली।

—थैंक्स। बस इसी तरह प्रोमोट करती जाइए।'

—यू आर वैरी नॉटी।....। आप कहाँ की बात कहाँ ले जाते हैं।'

—मैं तो कहीं नहीं ले गया। आप ही ले जा रही हैं।'

—मैं कहाँ ले जा रही हूँ।'

—मैं क्या जानूँ। अपने से पूछिए।'

—अच्छा, अच्छा। ज्यादा मत बनाइए। खाना खाइए। कटलैट्स वैसे ही पड़े हैं। मैंने बड़ी मेहनत से बनाए हैं।'

मैंने मिस सोनल की ओर देखते हुए कटलेट का एक टुकड़ा मुँह में डाल लिया। उसे चिढ़ाने के लिए मैं बोला—'मैडम, कटलैट्स में भी गुड़ डाला है क्या?'

वह बनावटी नाराजगी से मेरी ओर घूरकर कर देखने लगी। और हँसते-हँसते बोली—आप कभी सीरियस भी होते हैं या नहीं।' पानी की घूँट लेकर मैं बोला—मैं आपको एक कहानी सुनाऊँ....। बम्बई में मेरी एक कलीग थी मिस विश्वनाथन। वह भी अंग्रेजी पढ़ाती थी आप की तरह। कभी-कभी वह चटक रंग की साड़ी पहनकर आती। कानों में लम्बे-लम्बे बुंदे पहनती। आँखों में गहरा काजल लगाती। और बाल खुले हुए रखती। बहुत बातें करतीं और हँसती रहती। कुछ दिनों के बाद मैंने ताड़ लिया कि ऐसे मौकों पर वह भीतर से बहुत दुखी रहती है और उसे छिपाने के लिए ही अपना पहनावा और तौर तरीके बदल लेती है....।' कहकर मैं चुप हो गया।

—इस कहानी का आपसे या मुझसे क्या संबंध है।' उसने पूछा।

—मैडम, मैं भी जब दुखी होता हूँ तो इसी तरह बेसिर-पैर की बातें करता हूँ....।'

—क्या बात करते हैं आप भी?'

—आप नहीं समझेंगी।' मैंने संजीदे स्वर में कहा।—'आप तो हर तरह से सुखी हैं। कोई चिंता नहीं है आपको। इतनी शान से रहती हैं। इतना....।'

—चलिए, खाना हो गया मिस्टर चौधरी। बाथरूम उधर है। बाहर बैठ कर बातें करेंगे। और वह उठ खड़ी हुई। मैं उसके पीछे-पीछे चलने लगा।

सोनल के बंगले से लौटकर हॉस्टल में आया तो बड़ी अजीब सी फीलिंग होने लगी। एक ओर बढ़िया भोजन की तृप्ति और दूसरी ओर अपना यह हॉलनुमा कमरा। एक लोहे की चारपाई। एक टीन का संदूक। एक टोकरी और मेज पर रखी कुछ किताबें। महसूस करता हूँ कि कहीं कोई संगति नहीं बैठ रही। अभी परसों घर से चिट्ठी आई थी कि किसी वैद्य ने कहा कि बहिन का इलाज हो सकता है। कुछ खर्चा होगा। मैं जानता हूँ कि बहिन का कुछ नहीं होगा। चौदह साल में नहीं हुआ तो अब क्या होगा। बस, मन का भ्रम है। मुश्किल से, अपना हाथ कस कर दो सौ रुपये घर भेज पाता हूँ। यहाँ सौ-सवा सौ में अपना खर्च चलाता हूँ। कदम-कदम पर पैसे की मार सह रहा हूँ। नाम के लिए कॉलेज में पढ़ाता हूँ। सोचता हूँ, मेरी बड़ी इज्जत है, बड़ी लोकप्रियता है। यहाँ आते ही विद्यार्थियों को अपने वश में कर लिया। लेकिन हकीकत का दूसरा पहलू यह है कि अपने अभाव हमेशा एक टीस की तरह मन-प्राणों को बींधते रहते हैं। अपने अकेलेपन में, अपने को बहुत छोटा अनुभव करता हूँ। तब क्या मैं मिस सोनल जैसी सम्पन्न और अभिजात्य महिला से मित्रता करने योग्य मानूँ अपने को। नहीं मान सकता। बिल्कुल नहीं मान सकता। लेकिन....'

लेकिन कई बार अकेले में मिस सोनल आँखों के सामने आ खड़ी होती है। मुस्कराती हुई। मेरे प्रति एक विशेष प्रकार के मित्र-भाव से भरी हुई। उसकी बड़ी-बड़ी भूरी आँखें मेरे भीतर धंसती चली जाती है और मैं एक अजीब से सम्मोहन में अपना वर्तमान भूलने लगता हूँ। और उसे अपने पास, बहुत पास महसूस करने लगता हूँ। इतने पास कि हमारे बीच की दूरी समाप्त हो जाती है, कहीं कोई बंधन नहीं रहता और और....

लेकिन यह कल्पना जल्दी ही टूट जाती है। और मैं अपने वर्तमान में आ जाता हूँ। मेज के पास जाता हूँ और कोई किताब उठा लेता हूँ। सोचता हूँ, रिसर्च का काम चलते रहना चाहिए। हम जैसे सामान्य मध्यवर्गियों के लिए पढ़ना-लिखना ही एकमात्र विकल्प है। समाज की ऊँची-नीची सीढ़ियाँ चढ़ने के लिए या यों कहें, चढ़ने का सपना

देखने के लिए कोई दूसरा चारा नहीं है। इसके लिए किसी भी प्रकार के मोह को छोड़ना होगा, सम्मोहन से मुक्ति पानी होगी। तभी कुछ हो सकता है। अन्यथा सब कुछ गुड़-गोबर हो जाएगा। ऐसा सोचते हुए मन कुछ शांत होने लगता है और मेरे सामने रखी किताब की इबारत स्पष्ट होने लगती है....।

इन कुछ ही दिनों में अपनी इन शिष्याओं से बड़ा अपनापन सा हो गया है। वे ठीक पौने छह बजे आ जाती हैं। सब साथ ही आती हैं। अब उनमें से कोई मेरे लिए थर्मस में चाय लाती है तो कोई नाश्ता। मैं भी उन्हें मन से पढ़ाता हूँ। वे भी मन से पढ़ती हैं। एक संगति बैठ गयी है उनके साथ। कोर्स का काफी हिस्सा पूरा कर दिया है। फिर हम सब साथ-साथ कॉलेज के निकल निकलते हैं। स्टाफ रूम के वातावरण में भी घुलमिल गया हूँ। राजकोट अच्छा लगने लगा है। हॉस्टल के विद्यार्थी भी बड़ा सहयोग देते हैं। खास तौर से रंजीत। वह धोबी के यहाँ मेरे कपड़े ले जाता है। वह मेरे कहने पर होटल से चाय-पानी ले आता है। कभी अपने गाँव से लाया हुआ घी का डिब्बा दे जाता है। मतलब यह कि मेरे छोटे-मोटे काम रंजीत कर दिया करता है—और जब से विद्यार्थियों ने मुझे मिस सोनल के साथ आते-जाते देखा है, मेरे प्रति उसका सम्मान और बढ़ गया है। हमारे संबंधों को लेकर भी कोई शंका उनकी नजरों में मैंने नहीं देखी। क्योंकि मिस सोनल मुझ से आठ-दस साल तो बड़ी होंगी ही। और मैं—मैं अपनी उम्र से भी छोटा लगता हूँ।'

उस दिन मिस सोनल कॉलेज नहीं आई थीं। कॉलेज से छूटकर मैं अपने कमरे में चला आया। मैं अपने कपड़े बदल ही रहा था कि दरवाजे पर दस्तक हुई। मैंने जल्दी कमीज पहन कर दरवाजा खोला तो देखा, सामने मिस सोनल का ड्राइवर खड़ा है। अभिवादन के बाद वह बोला—सर, आपको मैडम ने बुलाया है।'

एक मिनट सोचने के बाद मैंने कहा—ठीक है, मैडम से कहना, मैं आ रहा हूँ।'

—'सर, गाड़ी नीचे खड़ी है।' वह बोला।

—एक डेढ़ फर्लांग की दूरी के लिए गाड़ी।' मैंने मन ही मन कहा।

अच्छा, तुम नीचे चलो। मैं कपड़े बदल कर आता हूँ।' ड्राइवर नीचे उतर गया।

जिस समय मैं मिस सोनल के बंगले पर पहुँचा, वे अपने बेड रूम में बैठी थीं। मैं पहली बार उनके ड्राइंग रूम से होता हुआ धीरे-से उनके बेडरूम में पहुँच गया।

—गुड आफ्टरनून मैडम। आज आप कॉलेज नहीं आईं।' कहते हुए मैंने नोटिस किया कि वे उदास हैं और उनकी आँखें सूजी हुई हैं। सोनल कुछ बोली नहीं, बैठने का इशारा करते हुए एक ओर को सरक गयी।

—क्यों क्या बात है?' मैंने उसकी ओर देखते हुए पूछ लिया।

—कुछ खास नहीं। बस, सुबह सर में थोड़ा दर्द था। कभी-कभी यह माइग्रेन

परेशान कर डालता है। आज कुछ ज्यादा ही तकलीफ हो गयी थी। इसीलिए।'

—और तो कोई बात नहीं है ना?'

—नहीं, और कुछ नहीं।' वह मेरे चेहरे को एकटक देखने लगी।

तभी मेरे हाथ से कमरे की चाभी-नीचे गिर पड़ी। मैं उसे उठाने नीचे झुका तो देखा, पलंग के नीचे एक टोकरी रखी है और उसमें कैप्सटन के कई खाली पैकेट पड़े हैं।

—टोकरी में यह क्या है मैडम।'

—कुछ भी तो नहीं।' उन्होंने अपनी नजरें नीची करते हुए कहा।

—आप तो कहती थीं कि यू हेट स्मोकिंग।'

एक क्षण के लिए सोनल चुप हो गयी और शायद आहत भी।

—तुमने उस दिन मिस विश्वनाथन की कहानी सुनाई थी न। वह सच थी।' कुछ देर रुक कर उसने कहा।

मैं खामोश होकर सोचने लगा कि मैं सोनल से क्या कहूँ।

कुछ देर तक हमारे बीच खामोशी बनी रही।

फिर वही बोली—बस मैं भी कुछ वैसी ही हूँ। मिस विश्वनाथन जैसी। लोगों से अपना असली चेहरा छुपा कर रखना होता है। असली चेहरे को लोग सह नहीं पाते और हमें उन लोगों के बीच ही रहना-जीना होता है...।' फिर एक क्षण के लिए वह रुकी और जैसे अपने आप से कहने लगी—उस दिन आप कह रहे थे कि मैं हर तरह से सुखी हूँ। कोई चिंता नहीं है मुझे....इतनी शान से रहती हूँ मैं....। कहा था कि नहीं।...आप भी और दूसरे लोगों जैसे ही निकले। होंठों की मुस्कराहट को देखकर भीतर के आँसुओं को नहीं देख पाये।'

—सॉरी, वैरी सॉरी मैडम। मेरा मतलब आपके दिल को दुखाना नहीं था। रियली आई एम वैरी सॉरी।' मैंने पूरी आत्मीयता से यह बात कही।

सोनल मेरा चेहरा देखने लगी। उसकी आँखें भर आई थीं। वह बोलना चाह रही थी लेकिन बोल नहीं पा रही थी।

मैं भी उसको देखता हुआ खामोश बना रहा। थोड़ी देर बाद उससे विदा लेकर मैं हॉस्टल चला आया।

उस रात नींद नहीं आई। बार-बार सोनल का उदास चेहरा आंखों के सामने आता रहा। उसके साथ बिताए क्षणों की एक रील सी चलती रही भीतर। सोचता रहा, उसको क्या दुख हो सकता है। कहीं वह अपने अकेलेपन से तो निराश नहीं है। कहीं उसे कोई बीमारी तो नहीं है। कहीं वह इस छोटे-से शहर में ऊबा-ऊबा सा तो महसूस नहीं करती। कहीं....कहीं....।'

मेरे मन में कई तरह के ऊल-जलूल विचार घुमड़ते रहे। मैंने निश्चय किया कि जब अगली बार उससे मिलूँगा तो उसके बारे में कुछ और ज्यादा जानना चाहूँगा।

दूसरे दिन जब कॉलेज गया तो देखा, सोनल उस दिन भी नहीं आई है। थोड़ी जिज्ञासा हुई और थोड़ी चिंता भी। कहीं उसकी तबियत ज्यादा खराब तो नहीं हो गयी। वैसे वह बहुत रैगुलर है। चाहे कॉलेज हो या एन. सी. सी.। सभी जगह वह फोर-फ्रंट पर रहती है। मैंने कॉलेज के बाद उनके बंगले पर जाने का निश्चय किया।

रीसिस हुई तो मैं स्टॉफ रूम की तरफ बढ़ने लगा। तभी अपने अध्यक्ष पांडे जी मिल गए। बोले—चौधरी साहब, आप दिखाई नहीं देते। कहाँ रहते हैं?'

मैंने कहा—कहीं भी तो नहीं पांडे जी। बस, ऐसे ही।'

—ऐसे ही क्या? सुना है, आप बहुत मौज-मस्ती कर रहे हैं।'

—कैसी मौज-मस्ती पांडे जी?' मैंने स्टॉफ रूम के अंदर जाते हुए कहा—मैं कुछ समझा नहीं।'

—हम सब समझते हैं।' पांडे जी व्यंग्य से मुस्कराते हुए बोले। आते के साथ ही....। आपने तो कमाल कर दिया।' कहते हुए वे कोने की कुर्सी पर जा कर बैठ गए—आइए, इधर आइए न। चाय यहीं आ जाएगी।'

मैं उनके साथ जाकर बैठ गया।

—मैं दो बार आपके रूम पर गया। आपसे मिलने। पूछने कि कहीं कोई तकलीफ तो नहीं है। लेकिन दोनों बार आपके कमरे पर ताला लगा हुआ मिला।'

—हो सकता है कि मैं मिस सोनल के यहाँ चला गया होऊँ। अकेला जो हूँ। कभी-कभी वहाँ चला जाता हूँ।'

अब वे मुस्कराए। बोले—वही तो....थोड़ा सँभल कर रहिए। बड़ी तेज औरत है।'

—मैं आपका मतलब समझा नहीं।' मैंने उनकी ओर देखकर कहा।

—अब आप बनिए मत चौधरी साब।'

—'सच, पांडे जी, मैं बिल्कुल नहीं समझा।'

चपरासी हमें चाय की प्यालियाँ पकड़ा गया। चाय की घूँट भरते हुए वे बोले—बहुत रसिक औरत है वह। एक पारसी को पाल रखा है उसने। और भी कुछ लोग होंगे। बड़ी सोसाइटी की है। और बड़ी सोसाइटियों में जो होता है, वो आप जानते ही होंगे। बम्बई रहकर आए हैं न।

—लेकिन उनकी पर्सनल लाइफ से मुझे क्या लेना-देना। मुझ से अच्छी तरह बात करती हैं। कभी-कभी चाय पर बुला लेती हैं। उनका बिहेवियर भी बड़ा नार्मल है मेरे साथ।'

—भई, आप अपनी तरफ के हैं। अपने डिपार्टमेंट के हैं। इसलिए आपको सावधान करना अपना फर्ज़ समझा।....मैं कई दिनों से आपसे बात करने वाला था। लोग तरह-तरह की बातें करते हैं आप दोनों के बारे में।'

—मैंने तो कभी ऐसी कोई बात नहीं सुनी।'

—आपको सुनाकर करेंगे क्या?'

मैं पांडे से कुछ कह नहीं पाया। वैसे मैं जानता था कि ऐसे लोग हर शहर में, हर विभाग में और हर संस्था में होते हैं। जस्ट पर्वर्टेड। इसी तरह की बेतुकी, बिना सिर-पैर की बातों में मजा लेने वाले। निम्नमध्यवर्गीय गलीज मानसिकता। फिर भी पांडे जी के सामने मैंने अपने संयम को बनाए रखा। लेकिन पांडेजी आज कुछ ज्यादा ही मौज में थे।

बोले—आप को सीधा-सादा समझ कर कहीं आप को भी न फांस ले।'

सुनकर मैं भीतर ही भीतर उबलकर रह गया। लेकिन अब मैंने जवाब देना ठीक समझा। उनकी आँखों में सीधे देखकर मैंने कहा—पांडे जी, आप जब कॉलेज आते हैं तब अपनी पत्नी की कमर में पेटी बाँधकर और ताला लगाकर आते हैं क्या?'

—क्या मतलब है आपका।' पांडे जी की त्यौरियाँ चढ़ गयीं।

—मतलब साफ है। मैंने कोई ऐसा शब्द यूज नहीं किया जो आपकी समझ में न आया हो।'

पांडे जी बौखला उठे। मुझे घूरते हुए उनकी आँखें जैसे बाहर को निकली आ रही थीं। वे कुछ बोल नहीं पाये। लेकिन उनकी साँस तेज-तेज चलने लगी थीं।

मैंने चाय पी ली थी। तभी घंट बज गयी। मैं अपना अगला लेक्चर लेने के लिए उठ खड़ा हुआ।

## दस

# सोनल मेहता

### 17 जनवरी, 1960

आखिर मम्मी भी चल बसीं।

एक तरह से उनके लिए यह अच्छा ही हुआ। घुटन और चिन्ताओं के बीच जीने से क्या फायदा। लेकिन मैं। मम्मा मेरा बड़ा सहारा थीं। वह सहारा भी चला गया। मम्मा, सच कहूँ, बड़ी अभागी थीं। उन्हें न पति का सुख मिला और न संतानों का। हम दोनों बहिनें भी कब उनके साथ रह पाईं। सब तरह के ऐशोआराम के बावजूद उन्होंने एकाकी जीवन जीया। एकाकी और उपेक्षित।

उस दोपहर को मंगल सिंह का फोन आया कि माँ जी की तबियत बहुत ज्यादा खराब है, तुरंत चली आओ।' उसने रूपल और पापा को भी फोन कर दिया था। पापा उसे फोन पर मिले नहीं। मंगल सिंह शायद बहुत घबड़ा गया था। शायद उसने भविष्य को भाँप लिया था।

हड़बड़ी में मुझे कॉलेज में बतलाना भी याद नहीं रहा। किसी से कुछ नहीं बतला पाई। बस, सीधे जामनगर के लिए चल दी। रास्ते भर मन में तरह-तरह की आशंकाएँ उमड़ती रहीं। तब पहली बार जाना कि मम्मा मेरे लिए कितनी अहम हैं, कितनी अपनी और कितनी जरूरी। मेरा दिल धड़क रहा था और दिमाग में विचारों के बवंडर उठ रहे थे। बार-बार आँखें बंद करके ईश्वर से प्रार्थना करती कि माँ को कुछ न हो, वे अच्छी हो जायें।

रात के अंधेरे में ही जामनगर पहुँच गयी। पूरी कोठी शांत थी। मंगल सिंह ने बतलाया कि दो दिन हो गए हैं, माँ जी को होश नहीं आया है। डॉक्टरों की समझ में भी कुछ नहीं आ रहा। लेकिन वे सुबह-शाम आते हैं और इंजेक्शन देकर चले जाते हैं। जब उनसे उन्हें अस्पताल में दाखिल करने के लिए कहा जाता है तो वे कह देते हैं, अस्पताल में भी इससे ज्यादा कुछ नहीं किया जा सकेगा। शायद उन्होंने जान लिया था कि माँ जी का अन्त समीप आ गया है।

दूसरे दिन सुबह ही रूपल भी आ गयी। अकेली ही आई। मुझे थोड़ी आश्वस्ति हुई कि मम्मा के पास मैं अकेली नहीं हूँ। रूपल भी है। डॉक्टर मम्मा को इंजेक्शन देकर चले गए थे। रूपल रोती हुई मम्मा के पास आकर बैठ गयी। और उनके एक दम पीले पड़ गए हाथ को सहलाने लगी। कुछ देर बाद मम्मा के शरीर में हरकत हुई। हम दोनों बहनों ने एक दूसरे को देखा। दोनों के मन में कुछ आशा जगी। तभी मम्मा ने धीरे से आह भरते हुए अपनी आँखें खोलीं और हमें पहचानने की कोशिश करने लगी। मैं मम्मा के बालों को सहलाती रही।

कुछ देर बाद मैं बोली—मम्मा.....।'

मम्मा ने आँखों की कोर से मेरी ओर देखा और फिर रूपल को पहचानने की कोशिश करने लगी। कुछ देर बाद बड़ी मुश्किल से उन्होंने अपने हाथ को थोड़ा ऊपर उठाया और मेरा हाथ पकड़कर रूपल के हाथ में दे दिया। मेरी आँखें भर आईं। फिर धीरे-धीरे उन्होंने आँखें बंद कर लीं।

रूपल ने मम्मा की छाती में हाथ रखा और कुछ महसूस करने की कोशिश करने लगी। लेकिन कुछ महसूस नहीं कर पाई। उसने भयभीत होकर मेरी तरफ देखा। मैंने मम्मा की नाड़ी टटोलने की कोशिश की। लेकिन नाड़ी नहीं मिली। कुछ पल यों ही बीत गए। हम दोनों बहनें एक दूसरे को देखतीं और हमारी आँखों में पानी भर आता।

तभी रूपल ने पास खड़ी नर्स से मम्मा की नाड़ी देखने को कहा।

नर्स ने कुछ देर तक मम्मा की कलाई में हाथ रखा और फिर चुपचाप एक ओर को हट गयी। हमने समझ लिया कि सारा खेल खत्म हो गया है। फिर भी मैंने उम्मीद का महीन-सा तार पकड़े हुए डॉक्टर को फोन किया कि वह तुरंत कोठी में चला आए।

थोड़ी ही देर बाद डॉक्टर आ गया। उसने मम्मा के शरीर की जाँच की और फिर बड़े आहत स्वर में बोला—'सॉरी, शी इज नो मोर।'

बड़ी मुश्किल से पापा फोन पर मिल पाये। उन्हें मम्मा के बारे में बलाया तो बोले—मैं शाम तक पहुँच रहा हूँ। तब तक दूसरे इंतजाम पूरे कर लो।'

रात को करीब नौ बजे पापा कोठी पर पहुँच गए। मम्मा के दाह-संस्कार की तैयारियाँ पूरी हो चुकी थीं। उसी दिन रात को उनका दाह-संस्कार कर दिया गया। पापा बिल्कुल स्थिर रहे। किसी से कोई बात नहीं की। किसी से कुछ पूछा नहीं। बस, चुपचाप अपने में सिमटे रहे।

दूसरे दिन पापा अपने कुछ परिचितों के साथ मम्मा के अस्थि-विसर्जन के लिए साबरमती चले आए। प्रथा के विपरीत मैंने भी उनके साथ चलने के लिए कहा। वे कुछ बोले नहीं। बस इतना कहा—जैसा तुम चाहो।' रूपल भी मेरे साथ हो ली।

अस्थि-विसर्जन की प्रक्रिया पूरी हो गयी। पापा बहुत देर चुप रहने के बाद मुझसे बोले—अब?'

मैं उनका चेहरा देखने लगी।

—जामनगर के होटल सौराष्ट्र' के सेल की बात चल रही है। अब तो यह और भी जरूरी हो गया है।'

मैं चुप रही।

—मैं बम्बई में ही रहूँगा। वहाँ भी अपना होटल है। अपनी प्रापर्टी है। अब दोनों तरफ मुझसे नहीं देखा जाएगा। और जामनगर.....वहाँ तुम्हारी मम्मा की आत्मा मुझे चैन से नहीं रहने देगी।'

मैं सर झुकाए पापा को सुनाती रही।

वे और भी बातें करते रहे। सारी बातें उनके व्यवसाय को लेकर थीं। मम्मा के बारे में उन्होंने एक शब्द भी नहीं बोला। मैं आश्चर्य करती रही, पापा इतने निरपेक्ष कैसे हो सकते हैं। मैं यह भी सोचती रही —पापा बड़े व्यवहार कुशल और बुद्धिमान हैं लेकिन उनकी व्यवहार-कुशलता सिर्फ अपने बिजनेस को लेकर थी, अपने परिवार को लेकर नहीं। शायद इसीलिए हमारा यह छोटा-सा परिवार इतना टूटा-बिखरा हुआ रहा है। मैंने कहीं पढ़ा था कि व्यक्ति चाहे जितना भी व्यवहार कुशल और बुद्धिमान क्यों न हो, वह यह नहीं जानता कि उसका कौन-सा कदम उसके लिए शुभ हो सकता है और कौन-सा अशुभ। सच तो यह है कि वह ठीक-ठीक यह भी नहीं जानता कि उसके लिए शुभ क्या है और अशुभ क्या है। पापा के पास बैठे हुए, उनकी बातें सुनते हुए मेरा मस्तिष्क जागा हुआ था जरूर, लेकिन मेरी बोलने की शक्ति समाप्त हो गयी थी। शायद एक-दो बार 'हाँ', 'हूँ' किया होगा और बस।

रूपल मेरे बराबर में ही बैठी हुई थी। लेकिन पापा उससे एक वाक्य भी नहीं बोले। उन्होंने उसकी उपस्थिति को ही नकार दिया था।

पापा ने अपना पाइप जला लिया था। पाइप पीते हुए वे बोले—मैं यहीं से बम्बई चला जाऊँगा। सोनू, तुम तीसरे दिन हवन करा देना। बस। जो चला गया है, वह चला गया है। और औपचारिकता निभाने में मैं विश्वास नहीं करता।'

और सचमुच पापा रात को ही साबरमती से बम्बई के लिए रवाना हो गए। मैं और रूपल वापस जामनगर आ गए। बाद में कुछ थोड़े से लोगों की उपस्थिति में मम्मा के चौथे का आयोजन किया गया। और बस। रूपल अब भी कभी-कभी हिचकियाँ भर कर रोने लगती थी। मुझे एक तरफ उसे सँभालना पड़ता था और दूसरी तरफ कोठी का टूटा-बिखरा काम भी देखना पड़ता था। नर्स तीसरे दिन ही कोठी छोड़कर चली गयी थी।

मैंने परेश की फोटो के बराबर में मम्मा का फोटो टाँग दिया था और दोनों तस्वीरों पर चंदन की नयी माला डाल दी थी। तेरहवीं के बाद रूपल भी बंबई के लिए रवाना हो गयी थी। मैंने उससे बहुत कहा कि कुछ दिन मेरे साथ राजकोट में रह जाये लेकिन वह नहीं मानी। मैंने भी बाद में ज्यादा जोर देना ठीक नहीं समझा। बंबई में सुकांत और उसके बच्चे अकेले थे।

राजकोट।

हफ्ता भर हो गया है यहाँ आए। कॉलेज भी जाने लगी हूँ। सहकर्मी अपनी-अपनी तरह से संवेदना प्रकट करते हैं। एक औपचारिकता मात्रा प्रोफेसर चौधरी भी मिले। कुछ बोले नहीं। लेकिन उनकी आँखों में भरी संवेदना को मैंने जान लिया। उस दिन शाम को स्वयं बंगले पर आए। यहाँ भी बोले कुछ नहीं। मैंने बिंदिया से लॉन पर चाय लगाने के लिए कह दिया।

काफी देर तक हम दोनों चुपचाप बैठे रहे। बिंदिया चाय की ट्रे रख कर चली गयी। चौधरी चाय बनाने लगे। एक प्याली मेरी ओर बढ़ाते हुए बोले—लो, चाय पी लो।' यह मेरे साथ बोला गया उनका पहला वाक्य था। मैंने अनुभव किया कि उनके स्वर में संवेदना के साथ-साथ अपनापन भी घुला हुआ था। मैंने उनके हाथ से प्याली ले ली और मेज़ पर रख दी।

फिर वे कहने लगे—सोनल जी, जिंदगी है तो यह सब भी है। सुख के क्षण हम भोगते हैं तो दुःख कौन भोगेगा। हमीं न।'

मेरी आँखें भर आई थीं। वे बोलते रहे—यदि हम दुखों को भी उसी तरह अपना लें जिस तरह सुखों को अपनाते हैं, तो दुःख दुःख नहीं रहते। हमें दुखों का सामना करना ही पड़ेगा; चाहे हम चाहें या न चाहें।'

मैं उन्हें चुपचाप सुनती रहीं। अब मैं उन्हें कैसे बतलाऊँ कि मम्मा से दूर रहते हुए भी मैं उन पर कितनी निर्भर थी। यहाँ अपने अकेलेपन में वे ही मेरा सहारा थीं। उन्हें, उनकी छाया को मैं अपने मन की गहराई में छिपा कर रखती थी। कई बार सोते हुए मैं महसूस करती थी कि मैं मम्मा की गोद में सोई हुई हूँ। आराम से। निश्चिंत; कि मेरी मम्मा दुनिया की सबसे अच्छी मम्मा है। लेकिन अब वह आश्वस्ति भी नहीं रही; कि मैं बिल्कुल अकेली हो गयी हूँ।

चौधरी ने मुझे आश्वस्त करने की भावना से कहा था—सोनल जी, मैंने आपकी मदर को देखा तो नहीं है, लेकिन मैं अनुभव कर सकता हूँ कि आप दोनों एक-दूसरे के कितने निकट रहे होंगे। ऐसे अपने व्यक्ति का वियोग सचमुच बड़ा पीड़ादायक होता है। लेकिन पीड़ा को पालने से कुछ हासिल नहीं होता। जीवन ऐसे नहीं चलता। न जीवन, न दुनिया। हमें और भी जिम्मेदारियाँ निभानी होती हैं। उनके लिए अपने निजी दर्द को भूलना ही होता है या कह लो, एक तरफ रख देना होता है।'

मुझे आश्वस्त करने के लिए वे बहुत देर तक इसी तरह की बातें करते रहे। मुझे उनकी बातों से कुछ शांति मिली। उनकी संवेदना उनके भीतर से निकल रही थी। उसमें कोई दिखावा या औपचारिकता नहीं थी। मुझे अच्छा लगा। जब शाम गहराने लगी तो वे उठ खड़े हुए। बोले—अच्छा अब चलता हूँ।'

मैं भी उठ खड़ी हुई। बोली—धन्यवाद। आप आए, मुझे अच्छा लगा।' आगे मैं कुछ बोल नहीं पाई। चौधरी ने एक बार मेरी ओर देखा और आगे गेट की तरफ बढ़

गए। मैं उन्हें जाता देखती रही। ऐसे मौकों पर किसी व्यक्ति की सहज, स्वाभाविक संवेदना बड़ा दिलासा देनेवाली होती है। मुझे भी लगा कि मैं कुछ हल्का महसूस कर रही हूँ।

कल रूपल का पत्र आया। एक लम्बा पत्र। लिखा है–दीदी मैं जानती हूँ, मम्मा के जाने का सबसे ज्यादा दुख तुम्हें हुआ है। मैं जानती हूँ कि मम्मा तुमसे कितनी गहराई से जुड़ी थीं। मैं जब भी जामनगर जाती, वे ज्यादातर तुम्हारी बातें ही करती थीं। कहती थीं–रूपा, तू तो सैटिल हो गयी। लेकिन मेरी सोनल बहुत अकेली है। उसके बारे में सोच-सोचकर मैं रातों को सो नहीं पाती। मेरा तो जो होना था, हो गया। लेकिन सोनू–पता नहीं किस प्रेत की छाया उसको लगी है। कौन सा, किसका अभिशाप लगा है उसे। वह भी तेरी तरह कहीं सैटिल हो जाती तो मेरे प्राण शांति से निकलते। मैं सोनल से, जब भी वह यहाँ आती है, एक ही बात कहती हूँ, तू कहीं भी, किसी से भी अपनी गाँठ बाँध ले। अपने पापा के भरोसे मत रहना। वे तेरे लिए कोई राजकुमार नहीं ढूँढ़ पायेंगे क्योंकि वे ढूँढ़ना ही नहीं चाहते। चाहते होते तो अमरीश ढोलकिया के सामने घर जँवाई बनने की शर्त क्यों रखते। कुछ पुरुष बड़े स्वाभिमानी होते हैं। अमरीश भी ऐसा ही था। उसने अच्छा किया। तेरे पापा से दो टूक कह दिया–राय साहब, मानता हूँ, पैसे में बड़ी ताकत होती है। लेकिन पैसा ही सब कुछ नहीं होता। मैं अपने परिवार के लिए काफी कमा सकता हूँ। काफी कमा भी रहा हूँ। आपने यह शर्त रखकर मेरी बेइज्जती की है। और भगवान भी अगर मेरी बेइज्जती करे तो मैं उसे बर्दाश्त नहीं कर सकता।' तेरे पापा के मुँह पर इससे बड़ा थप्पड़ इससे पहले कभी नहीं लगा था। वे उसे देखते रह गए थे।

'दीदी, यहाँ आकर किसी काम में मन नहीं लग रहा। कभी मम्मा आँखों के सामने आ जाती है, कभी तुम्हारा सपाट चेहरा। मम्मा के जाने के बाद तुम मन से भी खाली हो गयी होगी। इतनी दूर होकर भी मैं तुम्हारी पीड़ा को महसूस कर रही हूँ। अब कुछ तो करो दीदी। कुछ भी। मेरी अच्छी दीदी।

'यह सब इसलिए लिख पाई हूँ कि मरते वक्त मम्मा तुम्हारा हाथ मेरे हाथ में पकड़ा गयी थी। मम्मा के जीते जी तो नहीं, अब तो मम्मा की सलाह मान लो। उनकी आत्मा को शांति मिलेगी।

'सुकांत ठीक हैं। अगले रविवार को कोरिया जा रहे हैं। एक फैक्ट्री लगाने का प्लान चल रहा है। तुम सोच-समझकर पत्र का उत्तर देना। तुम कहो तो हम ही यहाँ तुम्हारे लिए किसी सही व्यक्ति को खोजने की कोशिश करेंगे। सुकांत के दोस्तों, परिचितों का दायरा काफी बड़ा है।

बच्चे अपनी मौसी को नमस्कार कहते हैं।

तुम्हारी छोटी बहन

रूपल

मैं रूपल का पत्र बार-बार पढ़ गयी हूँ। कितनी चिंता है उसे मेरी। मम्मा को भी थी। मैं सोचने लगती हूँ—क्या किसी पुरुष के बिना औरत अपनी जिंदगी नहीं जी सकती। और अगर मैं यह मान भी लूँ तो मैं अपना पुरुष कहाँ से लाऊँ। कहाँ खोजूँ उसे।....यह खांडवाला और यह चौधरी। खांडवाला के बारे में सोचना बेकार है। वह सिर्फ शरीर है, मांस भर है। पता नहीं, किस कमजोर क्षण में मैं उसके इतनी पास आ गयी। फिर वह तो शादीशुदा भी है। अब सोचती हूँ कि उसका संसार अलग है—रुपये-पैसे का हिसाब रखने वाला। एक दम वर्ल्डली। उसे बस शरीर की आवश्यकताओं से मतलब है। मन की भी कुछ और जरूरतें होती हैं, वह सोच नहीं सकता। अब चार-पांच सालों बाद मुझे सब बासी-बासी लगता है। मानती हूँ, वह मेरी बहुत चिंता करता है। मुझ से बहुत जुड़ा हुआ है वह। लेकिन ऐसा जुड़ना भी क्या जुड़ना जो आत्मा को शांति न दे सके।

और चौधरी....। वह तो बच्चा लगता है। विचारों में गंभीर लेकिन व्यवहार में शिशुओं जैसा। इधर अब एक नयी शुरुआत करने से भी डर लगता है। उसको लेकर कभी-कभी बड़ा अन्तर्द्वन्द्व होता है। लेकिन मेरे पास और कोई विकल्प भी तो नहीं है। मम्मा के रहते उन्हें कुछ नहीं दे पायी। उन्होंने मुझसे सिर्फ़ एक चीज़ माँगी थी। वह भी मेरी अपनी भलाई के लिए; मेरे अपने भविष्य के लिए। वह भी मुझसे नहीं हो पाया। अब भी कर पाऊँ तो उनकी आत्मा को तो शांति मिलेगी। उधर रूपल भी उसी एक बात को पकड़कर बैठ गयी है। मैं क्या करूँ। मैं और कर भी क्या सकती हूँ। एक कोशिश के सिवा। चलो, और कुछ नहीं तो चौधरी ही सही। हे ईश्वर, मुझे सही राह दिखाना.।

आज जब इस सबके बारे में सोचने लगती हूँ तो जाने-अनजाने पापा भी सामने आ खड़े होते हैं। पापा ने मुझे इतना प्यार दिया। इतना ख्याल रखा मेरा। सैम को उसकी औकात बता दी। उसे अपनी करनी का फल भोगना पड़ा अपनी जान देकर। पापा इससे कम कुछ कर ही नहीं सकते थे। मैं उन्हें जानती हूँ। उनके गुस्से को जानती हूँ। जो भी उनके रास्ते में आया या जिसने भी उनका अपमान करने की सोची, उन्होंने उसे कभी क्षमा नहीं किया। लेकिन मैं....। सैम के साथ अपने संबंधों को लेकर मैं भी तो कम अपराधिनी नहीं हूँ। लेकिन पापा ने मुझे बख्श दिया। आखिर क्यों बख्शा। लेकिन फिर सोचती हूँ कि बख्शा कहाँ है। इतने साल हो गए, बस दिलासा देते रहते हैं।

उन्हें मेरे लायक कोई पुरुष मिलता ही नहीं। जब मम्मा इस बात को लेकर उनसे चर्चा करती थी तो वे टाल देते थे। शायद यह अकेली जिंदगी ही मुझे दण्ड के रूप में मिली है। शायद....शायद......।

यह अनिश्चय से भरी अकेली जिन्दगी अब और नहीं जी जा रही। कभी-कभी मन अपने खालीपन से भर उठता है। बहुत-बहुत रोने को मन करता है। लेकिन फिर धीरे-धीरे सब शमित होता जाता है। और मैं बेचारी बनी शेष रह जाती हूँ। छिः....... क्या जिंदगी जी रही हूँ मैं। लेकिन निराशा और उदासी के इस धुँधलके से एक विचार उभरने लगता है : जिंदगी के इस अभिशप्त क्रम को तोड़ना ही होगा। अपने लिए। अपनी अस्मिता और अपनी जिजीविषा के लिए। देखती हूँ, क्या हो पाता है।

## ग्यारह

# अमर चौधरी

### 23 जनवरी, 1960

जब से सोनल जामनगर से लौटी हैं, तब से कुछ उदास और चुप-चुप सी रहती हैं। ठीक है, उनकी माँ का निधन हो गया। चलो, यह भी मान लिया कि माँ बेटी में बहुत प्यार था। लेकिन मुझे उनमें उस तरह की उदासी नहीं दिखाई देती जो किसी अपने के बिछुड़ने से पैदा होती है। उनका गुमसुम रहना कुछ और ही संकेत देता है। मैं उस संकेत को नहीं पकड़ पा रहा हूँ।

उस दिन लायब्रेरी में मिलीं तो मुझसे बोली—दो दिन हो गए, आप बंगले पर नहीं आए।'

—थोड़ा थीसिस में बिजी हो गया था। बस इसीलिए वक्त नहीं निकल पाया।'

—आज आएँगे?'

—आप कहें और मैं न आऊँ। यह कैसे हो सकता है।' मैं कह गया।

—तो मैं शाम को आपका इंतजार करूँगी। और हाँ, डिनर भी साथ ही ले लेंगे?'

—आप क्यों तकलीफ उठाएँगी। खाने की चिंता मत कीजिए।'

—तकलीफ किस बात की। आप के साथ ज्यादा वक्त तक रहूँगी तो मन बहला रहेगा।' उन्होंने उदास मुस्कराहट के साथ कहा। फिर कुछ रुक कर बोलीं—गाड़ी भेज दूँगी।'

—मैडम, मजाक मत कीजिए। आपका बंगला होस्टल से दूर ही कितना है। टहलता-टहलता आ जाऊँगा।'

—ठीक है। लेकिन आना जरूर।'

—जरूर आऊँगा।'

उन्होंने रैक से कुछ किताबें उठायीं और उन्हें इश्यू करवा कर नीचे उतर गयीं।

शाम को करीब पाँच बजे मैं उनके बंगले पर पहुँच गया। वे लॉन में बैठी चाय पीती हुई कोई मैगजीन पढ़ रही थीं। मैं अभिवादन करते हुए पास की कुर्सी पर बैठ गया।

—आप आ गए। मुझे अच्छा लगा।' वे धीरे-से बोलीं। साथ ही उन्होंने बिंदिया को

आवाज लगाकर एक कप लाने के लिए कह दिया।

चाय पीते-पीते अचानक वे बोलीं—आपकी शादी हो गयी?'

—अजी कहाँ। शादी ऐसे थोड़े ही हो जाती है। उसके लिए पैसा चाहिए।'

—और आपके पास पैसा नहीं है।' वह मुस्करा कर बोलीं।

मैं भी मुस्करा दिया। तुरंत कोई जवाब देते नहीं बना।

—अच्छा अमर, एक बात बतलाइए। क्या शादी करना बहुत जरूरी होता है?'

मैं थोड़ा सोच में पड़ गया। कुछ देर रुक कर मैंने कहा—शादी तो करनी ही चाहिए। उससे इंसान भटकाव और अकेलेपन से बच जाता है। उसकी जिदंगी में.... ।'

—आप कब करेंगे अपनी शादी। जब पैसे होंगे?'

—नहीं, ऐसा कुछ नहीं है। वह तो मैंने मजाक में यों ही कह दिया था। जरा थीसिस पूरी हो जाय तो इसके बारे में सोचूँगा।'

—हाँ, तब आपका भाव भी बढ़ जाएगा।'

—मैं बनिया नहीं हूँ मैडम। शादी का संबंध भावना से होता है, पैसे से नहीं।'

—लेकिन पैसे के बिना कुछ हो पाता है क्या? एक सुखी, संतुष्ट जीवन जिया जा सकता है क्या?'

—सुख और संतोष की भावना आपके मन और आपकी भावना और आपसी समझ से जुड़ी होती है। आप समझती हैं, कि जिनके पास बहुत पैसा, बहुत सुविधा और बहुत रिसोर्सेज हैं, वे सब सुखी जीवन जीते हैं? बड़े-बड़े पैसे वाले रात में नींद की गोलियाँ खाकर सोने की कोशिश करते हैं लेकिन सो नहीं पाते। दिनभर जमा-गुणा करते हैं और अपनी दौलत में इजाफा करने के लिए नए-नए हथकंडे अपनाते हैं। उनका सारा वक्त इसी सब में ज़ाया हो जाता है। प्यार और वैवाहिक जीवन के लिए उनके पास न ज्यादा फुर्सत होती है और न वे इसको इतना महत्व देते हैं। ऐसे लोग सुखी होने का दावा कर सकते हैं, लेकिन भीतर से वे परेशान और चिंतित रहते हैं।'

—लेकिन यह तो एक पक्ष है। आप यह नहीं कह सकते कि जिनके पास पैसा है, उनके पास भावना नहीं है, प्यार नहीं है, वैवाहिक जीवन का सुख-संतोष नहीं है।'

—मैंने यह कब कहा? मैं तो सिर्फ़ यह कहना चाह रहा था कि अनेक बार ऐसा होता है कि सम्पन्न लोगों की इच्छाएँ और अपेक्षाएँ इतनी ज्यादा बढ़ जाती हैं कि सुख—वास्तविक सुख उनसे दूर चला जाता है। दरअसल, अधिक इच्छाएँ और अधिक अपेक्षाएँ छलना और यातना का दूसरा नाम है।

—तो आप यही मानते हैं कि सुख और शांति के लिए और संतोष के लिए व्यक्ति को गरीब ही रहना चाहिए।'

—आप मेरी बातों को समझ नहीं रही हैं या समझना नहीं चाह रही हैं। मैं तो यह कहना चाह रहा हूँ कि सुख का—विशेष रूप से वैवाहिक जीवन के सुख-संतोष का संबंध आपसी सहयोग और आपसी समझ पर निर्भर करता है। थोड़ी आय वाले भी सुखी रह

सकते हैं। बशर्ते उनमें आपसी समझ हो और एक प्रकार की परिपक्वता हो।

—क्या ज्यादा आय वाले परिपक्व नहीं होते?'

उनके इस वाक्य पर मैं मुस्करा पड़ा।

—क्यों क्या हुआ? आपने मेरी बात का जवाब नहीं दिया।'

—आज आप तर्क करने पर तुली हुई हैं। मैडम, तर्क और सत्य में अन्तर होता है। तर्क करके आप सत्य को एक समय के लिए झुठला सकती हैं। लेकिन सचाई यह है कि अन्ततः सत्य के सामने तर्क ठहर नहीं पाता।'

—अच्छा छोड़िए इस बात को। यह बतलाइए कि शरीर का साहचर्य सुख देने वाला होता है या नहीं?'

—होता है। लेकिन कुछ समय के लिए ही। शरीर के साहचर्य से वास्तविक सुख तब मिलता है जब उसके साथ मन का भी साहचर्य हो। शारीरिक सुख एक प्रकार की आसक्ति के कारण होता है। बाहरी रूप-रंग के प्रति आसक्ति के कारण। लेकिन ऐसे अवसरों पर व्यक्ति का विवेक स्थिर नहीं रहता।'

—सच?' उन्होंने थोड़ा मुस्करा कर मेरी ओर देखा। मैं भी उनकी आँखों में आँखें गड़ा कर मुस्करा दिया।

—आपने आसक्ति की बात कही। आप पुरुष हैं। पुरुष की सबसे ज्यादा आसक्ति किस में होती है।'

—निश्चय ही स्त्री में।'

—क्यों? दुनिया इतनी बड़ी है। आसक्ति के लिए उसे और कोई और कुछ और नहीं मिलता?'

—मिलता तो है लेकिन आसक्त होने के लिए नहीं। नारी—सिर्फ़ नारी ही प्रकृति के सौन्दर्य का पुंजीभूत रूप होती है। दूसरी चीजों के लिए पुरुष के मन में आकर्षण होता है, आसक्ति नहीं। आसक्ति और आकर्षण में बहुत अन्तर है।

—अच्छा?' उन्होंने बनावटी आश्चर्य सा जताते हुए कहा।

—आप मुझे बना रही हैं आज।' मैं बोला—फिर भी मुझे अच्छा लगा कि आप के चेहरे पर कुछ रौनक तो आई। नहीं तो इतने दिनों से मैं देख रहा था कि आप बिखरी-बिखरी सी रहती हैं। चलो, मेरी कीमत पर ही सही, आप कुछ सहज तो हुईं।'

अंधेरा बढ़ने लगा था। उनकी नजरें झुकी हुई थीं जैसे कुछ सोच रही हों। फिर यकायक वे बोलीं—चलो, भीतर चलें। डिनर तैयार हो गया होगा।'

हम दोनों उठ खड़े हुए।

ऐसा शायद वर्षों बाद हुआ है कि जनवरी में यहाँ बारिश हुई हो। प्यासी धरती की सौंधी बास एक अजीब तरह का सम्मोहन पैदा कर रही है। वृक्षों की पत्तियाँ

धुली-नहाई सी जीवन्त हो उठी हैं। मुझे बारिश के दिन बहुत भाते हैं। मैंने हॉस्टल के बरामदे में कुर्सी डाल ली है और रिमझिम बरसात का आनंद ले रहा हूँ। हॉस्टल के बच्चे कोई गुजराती लोक-गीत गाते हुए पानी में नाच रहे हैं। एक मादक शोरं मचा हुआ है। मुझे देहरादून की याद आती है जब जाड़ों के दिनों में वहाँ ओले गिरते थे और बरसात होती थी। पूरा शहर गीला-गीला सा हो उठता था। हम चाय की चुसकियों के बीच इस बरसात का आनंद उठाते थे। गरम लबादों से लदे हुए मसूरी के लिए चल देते थे या फिर सहस्रधारा की ओर निकल पड़ते थे। कितने अच्छे, कितने रूमानी दिन थे वे। आज उसी रोमांस को थोड़ा-बहुत यहां महसूस कर रहा हूँ।

कल मिस सोनल से बहुत सी बातें हुईं। वे अब धीरे-धीरे नॉर्मल हो रही हैं। लॉन पर बैठे हुए हम चाय पी रहे थे। बात साहित्य को लेकर चल रही थी। उन्होंने पूछा था—क्या साहित्य से समाज को बदला जा सकता है?'

मैंने कहा—साहित्य समाज को बदलने की प्रेरणा तो दे सकता है, स्वयं समाज को नहीं बदल सकता।'

—कैसे?' उनका प्रश्न था।

—लेखक अपने आसपास के माहौल में जो कुछ देखता, सुनता और अनुभव करता है, उसे ही अपनी मानसिकता के अनुसार अपने लेखन में व्यक्त करता है। सामान्यतः साहित्य समाज के हित से जुड़ा होता है। उसमें व्यक्ति और सामाजिक जीवन की समस्यायें अभिव्यक्ति पाती हैं। कभी-कभी लेखक उन समस्याओं के समाधान भी प्रस्तुत करता चलता है। अब अगर कोई व्यक्ति इन समाधानों के सूत्र पकड़कर इनको व्यक्तिगत या सामाजिक स्तर पर व्यवहार में लाता है तो समाज में परिवर्तन के लक्षण दिखाई पड़ने लगते हैं। वैसे अकेले साहित्य मात्र से कुछ नहीं हो सकता। मेरा मतलब है कि साहित्य के विचारों को व्यवहार में लाने के लिए एक प्रतिबद्ध संस्था होनी चाहिए। अन्यथा....।'

—अन्यथा क्या?'

—अन्यथा साहित्य का महत्व पाठक को कुछ समय के लिए मानसिक संतोष देने तक सीमित हो जाता है।'

—वैसे साहित्य का उद्देश्य क्या होता है? या यूँ कहूँ क्या होना चाहिए।'

—साहित्य या साहित्यकार समाज में अपना प्रभुत्व स्थापित नहीं करना चाहते। साहित्यकार अपने साहित्य के माध्यम से अपना समाज तलाशने की कोशिश करता है।'

—यानी लेखक समाज का वर्णन करता है।'

—हाँ, एक तरह से आप ठीक कह रही हैं। लेकिन लेखक का महत्व किसी वस्तु, चरित्र या घटना के वर्णन से नहीं बनता। उसका महत्व इस बात को लेकर होता है कि वह किस उद्देश्य से, किस दृष्टिकोण से और किस भावना से वस्तु, घटना या व्यक्ति का वर्णन कर रहा है।'

—प्रोफ़ेसर चौधरी, आप बाहर से जितने सहज और भोले लगते हैं, भीतर से उतने ही सीरियस और ऑब्जेक्टिव भी लगते हैं।' उन्होंने मुस्कराते हुए कहा।

—आप जो भी समझ लीजिए।' मैं भी मुस्करा पड़ा।

—इसका मतलब यह हुआ कि आप ईश्वर और भाग्य जैसी चीजों पर विश्वास नहीं करते।

—सोनल जी, भाग्य अपने आप में कोई स्वतंत्र वस्तु नहीं है। हम अपने कार्यों से ही अपना भाग्य बनाते हैं। और रही ईश्वर की बात। उसकी कल्पना तो इंसान ने अपनी स्वार्थपूर्ति के लिए की है।'

—क्या बात करते हैं अमर साब।'' आपका मतलब है कि ईश्वर को इंसान ने बनाया है।

—और क्या। देखिए, इन्सान चाहे जितना भी विकास कर ले, नेचर को चाहे जितना भी जीत ले लेकिन इस सब के बाद भी उसकी शक्ति सीमित है। वह बहुत सी चीजों को लेकर बेबस हो जाता है। लेकिन उसकी अपेक्षाएँ, उसके स्वार्थ और उसकी ऐषणाएँ असीमित हैं। वह उन्हें अपनी सीमित शक्ति से पूरा नहीं कर पाता। इसलिए उसने एक ऐसी कल्पना कर ली कि कोई है जो सर्वशक्तिवान् है, जो सब कुछ कर सकता है और जो सर्वव्यापी है। और उसने उसका नामकरण भगवान, ईश्वर, विधाता आदि के रूप में कर दिया। अब जब भी उसे जरूरत होती है तो वह ईश्वर से कहता है कि देखो भई, मैंने तुम्हें इतना समर्थ, इतना बलशाली और इतना सर्वगुण सम्पन्न बनाया। और अब जब मैं मुसीबत में हूँ तो मेरी सहायता करो।'

—यानी मुसीबत के समय ही हम भगवान को याद करते हैं?' उन्होंने प्रश्न किया।

—जी, बहुत करके मुसीबत के समय ही।'

—लेकिन हर दिन लोग मंदिरों में जाते हैं। मस्ज़िदों में नमाज पढ़ते हैं, चर्चों में जाते हैं....वह सब क्या है। क्या वे सब लोग हमेशा मुसीबत में होते हैं।

—नहीं, हमेशा मुसीबत में नहीं होते। वे मुसीबतों से बचने की प्रार्थना करके वहाँ अपनी उपस्थिति दर्ज कराते रहते हैं।' मैंने हँस कर कहा।

—आपकी बातों से ऐसा लगता है कि आप नास्तिक हैं।'

—नास्तिक सब से बड़ा आस्तिक होता है सोनल जी।'

—कैसे?'

—क्योंकि उसे अपने ऊपर पूरा विश्वास होता है। अपने कर्मों का जिम्मेदार वह खुद को मानता है। वह उन तथाकथित आस्तिकों की तरह नहीं होता जो अपने अहित या दुर्भाग्य का जिम्मा 'ईश्वर की इच्छा' कह कर अपना पल्ला झाड़ लेते हैं।'

—आप बड़े मजेदार व्यक्ति हैं।'

—हाँ, दूसरे लोग भी यही कहते हैं।' कह कर मैं ज़ोर से हंस पड़ा।

चाय खत्म हो गयी थी। सोनल जी ने बिंदिया को बुलाकर दूसरा पॉट लाने के

लिए कह दिया।

अब सोनल जी मेरे सामने भी सिगरेट पी लेती हैं। लेकिन अपनी सिगरेट सुलगाने से पहले वे यह पूछना नहीं भूलती कि आपका पाइप कहाँ है।

मैं हंस कर बात टाल देता हूँ।

उस दिन मैंने उनसे पूछ लिया—आप सिगरेट पीना छोड़ क्यों नहीं देतीं।'

—आपको यकीन नहीं आएगा मिस्टर चौधरी, मैंने कितनी बार संकल्प किया कि मैं कल से सिगरेट नहीं पीऊँगी। एक क्षण के लिए मन मजबूत होता महसूस होता है। लेकिन कुछ देर बाद मैं उदास हो जाती हूँ। रात भर नींद नहीं आती यह सोच-सोच कर कि कल से स्मोकिंग नहीं कर पाऊँगी। लेकिन होता यह है कि दूसरे दिन और ज्यादा सिगरेटें पी जाती हूँ। मैं क्या करूँ। यह लत पीछा ही नहीं छोड़ती।'

—हाँ, होता तो ऐसा ही है। संकल्प करना मुश्किल नहीं होता, लेकिन उस पर बने रहना बड़ा मुश्किल होता है।' मैंने उनकी बात रखने की कोशिश की।

—कभी-कभी मैं किसी बात को लेकर बहुत उत्तेजित हो जाती हूँ। तब मैं सिगरेट के जलते हुए हिस्से को छू कर अपने उत्तेजन को कम करने की कोशिश करती हूँ। इन तरह ध्यान डाइवर्ट हो जाता है।'

मैं उनकी इस बात पर हंस पड़ा।—क्या नायाब तरीका है उत्तेजना कम करने का।' मैंने उनकी ओर देख कर कहा।

वे मुस्करा पड़ीं। फिर बोली—आप संकल्प करते हैं क्या? उसको निभाते भी हैं?'

—मेरी हालत भी कुछ-कुछ आप जैसी ही है। संकल्प करता हूँ। कुछ दिन निभाता हूँ। फिर अपनी हार मान लेता हूँ। लेकिन हाँ, आत्मनिरीक्षण और आत्मविश्लेषण जरूर करता हूँ। उस पर बने रहने की कोशिश भी करता हूँ....।' कुछ रुक कर मैंने कहा—ऐसा है मैडम, व्यक्ति सबसे बड़ी गलती अपनी प्राथमिकताओं को निश्चित करने में करता है। अगर वह अपनी प्रायरिटीज को ठीक से जान ले तो उसे न तो संकल्प करने की आवश्यकता पड़ेगी और न आत्मचिंतन की।'

—आप अच्छा विश्लेषण कर लेते हैं। आपके पास हर बात का जवाब होता है।'

—थैंक यू।'

—आप टीचर क्यों बन गए। आप को तो फिलॉसफर बनना चाहिए था। जे. कृष्णमूर्ति जैसा या रजनीश जैसा।'

—जे. कृष्णमूर्ति से मेरी तुलना करके उनका अपमान मत कीजिए। और रजनीश से तुलना करके मेरा अपमान मत कीजिए। मैं टीचर हूँ। सच्चा टीचर किसी भी सत्ता से ऊँचा और बड़ा होता है। मैं टीचर ही बनना चाहता था। यह तो एक संयोग था जो मुझे कॉलेज में पढ़ाने को मिल गया। अगर मुझे जिंदगी भर किसी प्राइमरी स्कूल में भी पढ़ाना पड़ता तो भी मैं संतुष्ट रहता।'

—प्राइमरी स्कूल में भी संतुष्ट रहते?' उन्होंने आश्चर्य सा जताते हुए पूछा।

—जी, वहाँ भी संतुष्ट रहता क्योंकि मेरी प्राथमिक शिक्षक बनना थी और है।' मैंने थोड़ा जोर देकर कहा।

बिंदिया चाय की ट्रे ले आई थी। मैं चाय बनाने लगा। एक प्याला उनके हाथ में पकड़ाते हुए मैं बोला—लीजिए।'

प्याली पकड़ते हुए उनके हाथ से मेरी उँगलिया छू गयीं।

—अरे, आप की उंगलियाँ कितनी सुंदर है।' वह उन्हें देखती रही। मैंने अपने सारे शरीर में एक अजीब तरह की झनझनाहट महसूस की और उन्हें प्याली पकड़ाकर अपना हाथ खींच लिया। केवल मुस्करा दिया, बोला कुछ नहीं।

—क्यों, शरमा गए क्या?'

—नहीं, शरमाने की क्या बात है। बस, सोच रहा था कि जो महिला सर से पैर तक सुन्दर है, वह भी दूसरे व्यक्ति की उंगलियों को एप्रीशिएट कर सकती है क्या? इट्स ए कॉम्प्लीमेंट। थैंक यू।'

—इसमें थैंक्स की क्या बात है। जो है, सो है।'

—थैंक्स अगेन।'

—थैंक्स फॉर व्हाट।'

—फॉर मोर इनडाइरेक्ट कॉम्प्लीमैंट।'

हम दोनों साथ-साथ हंस पड़े। चाय पीकर मैं मैडम से विदा लेकर हॉस्टल लौट आया। हालाँकि डिनर का टाइम हो चुका था लेकिन उन्होंने उसके लिए पूछा नहीं।

उस रात मैं ठीक से सो नहीं पाया। उनके हाथों के हल्के से स्पर्श की याद इतनी सर्दी में भी मेरे रोंगटे खड़े कर रही थी। कभी उनकी मुलायम बाँहें सामने आ जातीं। कभी नेल पॉलिश किए हुए कलात्मक ढंग से काटे गए नाखून। फिर धीरे-धीरे उनका पूरा व्यक्तित्व मेरे सामने आ खड़ा होता। लम्बे घने बाल। ऊँची भवें। भरे हुए होंठ, प्वाइंटेड नासिका और हल्का गुलाबीपन लिए हुए कपोल। लम्बी ग्रीवा और खूब भरी हुई छातियाँ। भरी हुई उन्नत छातियों के प्रति मेरी अर्ध-चेतना में हमेशा से बड़ा आकर्षण रहा है। मैं सोनल के उन्नत वक्षों पर आकर रुक गया....और उनको अपनी हथेलियों से सहलाते हुए आँखें बंद किए सोता रहा, जागता रहा।

सुबह दरवाजे पर आहट हुई। धीरे-धीरे खटकाने जैसी। मैंने उठ कर दरवाजा खोला। सामने बच्चियाँ खड़ी थीं। रोज की तरह पढ़ने आई थीं। मैंने उनसे कहा—आज मेरी तबियत ठीक नहीं है।'

—क्यों क्या हुआ सर।' एक लड़की बोली—कल रात तक तो आप ठीक थे शायद। मैडम के बंगले से निकलते देखा था आपको।'

—हाँ, तब तक तो ठीक था। खाना खाने के बाद तबियत खराब हो गयी।'

—ओह। सर, अपना ध्यान रखिए।'

मैं उनसे कुछ और कहता, कमला बोली—सर, आज रहने दीजिए। हम सब संडे को आएँगे और ज्यादा देर तक पढ़ लेंगे।' और उसने नाश्ते का टिफन और चाय का थर्मस मेरे आगे बढ़ा दिया।

बच्चियों के जाने के बाद मैं फिर पलंग पर आकर लेट गया।

ऐसा पहली बार हुआ है। सोनल इससे पहले कभी मेरे ख्यालों में आई ही नहीं। एक औरत के रूप में इससे पहले मैंने कभी उनके बारे में सोचा ही नहीं। सोचता कैसे। हम दोनों के बीच कितने अन्तर हैं। उम्र का अन्तर। वर्ग का अन्तर। परिवेश का अन्तर। अन्तर ही अन्तर है। समानता सिर्फ एक है कि हम दोनों अध्यापक हैं।

लेकिन अब और भी समानताएँ खोजने को मन कर रहा है। तो क्या मैं उनके प्रति आकर्षित हो रहा हूँ....। कहीं पढ़ा था कि निरन्तर साहचर्य से आपसी आकर्षण उपजता है। तो क्या सोनल जी भी....। सच तो यह है कि उनका चरित्र बड़ा कठिन है। उन्हें मैं जितना ज्यादा जानने लगता हूँ, उतनी ही वे मेरी समझ से बाहर होती जाती हैं। मैं बहुत असमंजस में पड़ गया हूँ.....। लेकिन इस असमंजस से तो निकलना ही होगा। मैं असमंजस में रहकर कोई काम नहीं कर सकता। यह मेरी कमजोरी है। और आज यह कमजोरी ही मेरी समस्या बन गयी है।

लेकिन समय बड़ा बलवान होता है। समय हर समस्या का कोई न कोई हल निकाल लेता है। एक बार मिस विश्वनाथन ने कहा था—समय को समय दो, थोड़ी सी प्रतीक्षा करो, सब ठीक हो जाएगा। कठिन से कठिन समय की धुंध समय के साथ तिरोहित होती जाती है और इंसान की समस्या का हल निकल आता है। जैसे अँधेरी रात के बाद सूर्य का उगता हुआ प्रकाश।

अब मुझे प्रकाश की प्रतीक्षा करनी है। प्रतीक्षा करनी ही होगी। और कोई विकल्प भी तो नहीं है।

## बारह

# राय बहादुर मेहता

(उम्र 61 वर्ष, मंझोला कद, बड़ी-बड़ी आँखें बाहर को निकली हुई, मोटे काले होंठ)

**26 जनवरी, 1960**

चलो, अच्छा ही हुआ, काजल चल बसी। वैसे भी वह कौन-सी सुखी जिंदगी जी रही थी। वह सोचती थी कि मैंने उसे इग्नोर किया है। मेरी दोनों बेटियाँ भी इसके लिए मुझे ही जिम्मेदार मानती हैं। उनका ऐसा मानना ठीक हो सकता है क्योंकि काजल के साथ मेरे व्यवहार का कारण उन्हें मालूम नहीं है। शादी के बाद काजल मुझे कितने ताने देती रही। क्या पत्नी को यह सब शोभता है। ठीक है, उसके पिता ने मेरी जिंदगी बनाई। लेकिन इसके लिए बार-बार उलाहना देना मैं बर्दाश्त नहीं कर पाया। कोई भी स्वाभिमानी व्यक्ति बर्दाश्त नहीं कर सकता। छोटी-छोटी बातें को लेकर मुझे ताना देती रहती थी कि तुम हो क्या। तुम थे क्या। मेरे पापा के कारण ही तुम वह बन पाये हो, जो हो। वे तुम्हारे-मेरे नाम से इतनी जायदाद, इतना पैसा छोड़ गए। तुम तो एक दर्जी के बेटे थे। मेरे पापा न होते, तुम पर इतना उपकार नहीं करते तो तुम भी कपड़े सीते रहते। जाते-जाते तुम्हें दीवान भी बना गए। लेकिन तुम हो कि मौके-बेमौके उस सब को भूल जाते हो। बड़े कृतघ्न हो तुम।'

एक बार, दो बार तो ठीक है। राजा साहब के इतने अहसानों के बदले इन बातों को सहा जा सकता है लेकिन जब बात-बात में यही बात दोहराई जाय तो इन्सान—मुझ जैसा इन्सान इसे सह नहीं पाता। गरीब था मैं, सामान्य परिवार से आया था मैं। लेकिन मुझ में भी तो कुछ रहा होगा जो राजा साहब ने मेरे लिए इतना कुछ किया। एक तरह से मेरी जिंदगी ही बदल डाली। अब अगर उनकी बेटी मुझे पहले ही तरह हीन और छोटा मानती रहे—पत्नी बनने के बाद भी, तो उसे सहना मेरे लिए संभव नहीं था, नहीं हो सकता था। इसीलिए मैं उससे दूर होता गया। मैं जानता था कि सोनल अपनी माँ को बहुत मानती है। इसीलिए भी मैंने ज्यादा चिंता नहीं की।

सच तो यह है कि मैं अपनी उपेक्षा और अपमान नहीं सह सकता। चाहे वह कोई भी क्यों न हो। बचपन से ही मुझ में अपने आत्मसम्मान की भावना कूट-कूट कर भरी रही है। उसकी कीमत पर मैं भगवान से भी भिड़ सकता हूँ। अगर राजा साहब का स्नेह

मुझे नहीं मिलता तो भी मैं अपनी जिंदगी तो बना ही लेता। दुनिया में हजारों लोग ऐसे हैं जो अपने बलबूते पर ऊपर आए हैं और आ रहे हैं। मैं उनमें से एक हो सकता था। तब एक गर्म दिगाम मैट्रिक पास पत्नी से मुझे यह सब नहीं सुनना-सहना पड़ता जो मुझे बार-बार सुनाया जाता रहा है। चलो, अब तो वह किस्सा ही खतम हो गया।

सोनल तब 23-24 साल की रही होगी, जब उसके साथ वह भयानक हादसा हुआ था। उस हादसे के बाद क्या मैं उसकी शादी की बात सोच सकता था। डॉक्टर ने मुझे सब कुछ साफ़-साफ़ बता दिया था। उसके बाद उसकी शादी करने के लिए मेरे भीतर से कभी कोई पुकार नहीं उठी। यदि कहीं उसे ब्याह भी देता तो मेरा ज़मीर मुझे कभी माफ नहीं करता। यह उसके पति के साथ तो अन्याय होता ही, खुद सोनल भी कैसे सुखी रह पाती। आखिर दम्पत्ति अपने भरे-पूरे परिवार का सपना देखते हैं और मैं जानता हूँ और सोनल भी जानती है कि उनका सपना कभी पूरा नहीं हो पाता। तब ऐसा कठिन रिस्क लेने से क्या फायदा। जामनगर में रहते हुए वह उस कठोर हादसे को कभी नहीं भूल पाती, इसीलिए मैंने उसे राजकोट भेज दिया। जामनगर में अपनी माँ के साथ रहती तो दुःखी ही रहती। मुझे आज इतने सालों के बाद भी अपने निर्णय पर कोई पश्चाताप नहीं है। उसके विवाह में मैंने कोई रुचि नहीं दिखाई, यह सही है। लेकिन उसको सबसे ज्यादा प्यार देकर, उसके नाम इतना पैसा और प्रॉपर्टी लिखकर मैंने अपने व्यवहार की भरपाई करने की कोशिश की है। वह चाहती तो रूपल की तरह किसी से भी बंध सकती थी। मैं क्या कर लेता। लेकिन उसने परिवार की गरिमा और सम्मान को बनाए रखा। उसने मेरे आत्मसम्मान को बनाये रखा। वह मुझसे बहुत ज्यादा जुड़ी हुई है। वह अच्छी तरह जानती है कि रूपल के प्रति मेरे मन में जाने-अनजाने आग भड़क उठती है। वह नहीं चाहती कि मैं उसके बारे में इतनी तीव्र प्रतिक्रिया पालूँ। वह तो बेचारी बछिया है जो मेरे पीछे-पीछे चलने को प्रतिबद्ध है। आज के दिन मुझे यही संतोष है कि सोनल बिटिया मेरे साथ है और साथ रहेगी। वह ऐसा कोई काम नहीं करेगी जिससे मेरा सर नीचा हो। मेरे जैसा व्यक्ति भी उसके लिए बहुत कमजोर और बहुत संवेदनशील हो सकता है।

लेकिन एक बात और है। जब कभी मेरे मन में उसके प्रति घना प्यार उभरता है तो सोचने लगता हूँ कि उसका विवाह करा ही दूँ। आखिर सैक्स भी तो रोटी के समान जरूरी है। सुना है जो लोग अविवाहित रह जाते हैं वे अपने आगे के सालों में कुंठित हो जाते हैं। उनका व्यवहार बड़ा निगेटिव हो जाता है। वे बात-बात पर चिढ़ने लगते हैं। उनमें आत्महत्या की भावना पनपने लगाती है। मैं नहीं चाहता कि मेरी बेटी के साथ ऐसा कुछ भी हो।

और तब मैं अपनी जिंदगी की ओर गौर करता हूँ। मेरी काजल से शुरू से ही नहीं बनी। उसका घमंड, जिसे वह आत्मसम्मान कहती थी, मुझ से नहीं सहा गया। तो क्या मैं ब्रह्मचारी बना रहा? मैंने रियेक्शन में खूब सैक्स भोगा। जहाँ मिला, जिससे मिला, उसे

भोगा। हो सकता है, इसका कारण मेरा सम्पन्न होना रहा हो। जो भी हो, इस भोग से मेरे मन में कभी कुंठा नहीं उपजी, मुझे कभी आत्मग्लानि नहीं हुई। मैंने उन महिलाओं से संबंध रखे जो मुझसे संबंध रखने को लालायित थीं। कारण चाहे मेरा व्यक्तित्व हो, मेरी पोजीशन हो या मेरा पैसा। मैंने कभी किसी के साथ जबर्दस्ती नहीं की। जो आया, मेरे पास आया। अपनी मर्जी से आया। अपनी खुशी से आया। हाँ, रोमांस की पहल मुझे ही करनी पड़ती रही। औरतें सिर्फ़ सजैस्ट करती हैं, अपनी मुँह से कहती नहीं। कहना पुरुष को ही पड़ता है। और मैंने कहा। मैं इसमें कोई बुराई नहीं मानता।

उस दिन रूपल बड़े सवेरे होटल के मेरे कमरे में आ गयी। कमरे में मिसेज सूजी भी थी। उन्होंने गाउन पहन रखा था। मैंने अपने आश्चर्य को मन में छिपाये रखा। कुछ कहने की जरूरत नहीं समझी। तभी होटल का बेयरा हम दोनों का नाश्ता लेकर आ गया। मैंने उसे एक प्लेट और लाने के लिए कह दिया। फिर मिसेज सूजी का परिचय कराते हुए मैंने कहा—ये हैं मिसेज सूजी। उस्मानिया बैंक के फाइनैंशियल डिपार्टमैंट में सीनियर मैनेजर हैं। और मिसेज सूजी, यह मेरी बेटी है, मिसेज रूपल बनर्जी। यहीं बंबई में रहती है।

—गुड मार्निंग। आप से मिल कर खुशी हुई।' मिसेज सूजी ने मुस्कराते हुए कहा।

—गुड मॉर्निंग। सो. एम. आई.।' रूपल ने स्वाभाविक रूप से कहा।

कुछ देर बाद रूपल ही बोली—आप को इससे पहले कभी नहीं देखा।'

अब पापा बोले—देखती कैसे। हम कुछ महीने पहले ही फ्रैंड्स बने हैं। हमने होटल कंस्ट्रक्शन के लिए इन्हीं के बैंक से लोन लिया है। एण्ड शी हैल्प्ड मी ए लॉट। इनके हस्बैंड मिस्टर मुश्ताक सिंगापुर में एक होटल चलाते हैं।'

—अच्छा, आप इनके हस्बैंड को भी जानते हैं पापा?' मेरे स्वर में थोड़ा व्यंग्य आ गया था।

—हाँ, पिछली बार जब मैं सिंगापुर गया था तो मिस्टर मुश्ताक से मिला था। उन्होंने ही बताया कि सूजी उस्मानिया बैंक में है; कि ये मेरी हैल्प कर देंगी।'

कॉफी का आखिरी सिप लेते हुए मैंने पूछा—'तुम इतनी सुबह कैसे आ गयीं?'

—आपसे मिलने। आपको देखने। और क्या।' वह अर्थभरी दृष्टि से मेरी ओर देख कर मुस्कराती हुई बोली।

एक क्षण के लिए तो मन में आया कि उसके गाल पर एक चपत लगा दूँ। लेकिन अपने को जब्त करके बोला—देख लिया न। मिल ली न।'

—अभी कहाँ पापा। काम की बात तो अभी कहनी है।' वह शरारत से बोली। फिर कुछ देर रुक कर बताने लगी—कोरिया से हमारी कुछ मशीनें आई हैं। पिछले चार दिनों से डॉकयार्ड पर रखी हैं। उन्हें रिलीज करवाना है जल्दी।'

—इसके लिए इतनी सुबह आने की जरूरत कहाँ थी?' मैंने वैसे ही कह दिया।

—पापा, दिन में तो आप मिलते नहीं और रात को मैं आपको डिस्टर्ब करना

चाहती नहीं। खैर, जरा देख लीजिए। मैं चलती हूँ। ब्रेकफास्ट के लिए थैंक यू।' कहते हुए वह उठी और दरवाजे की ओर चल दी। एक सैंकंड के लिए दरवाजे पर रुक कर उसने सूजी की तरफ देखा और बोली—मेरे पापा शुरू से ही ऐसे हैं मिसेज सूजी। अपना ख्याल रखना।' और ऐसा कहते हुए वह बाहर निकल गयी।

इस लड़की ने मुझे हमेशा नीचा दिखाने का काम किया है। अपनी माँ पर गयी है यह। इसीलिए मैं इसे ज्यादा मुँह नहीं लगाता। इसका मुँह एक बार खुलता है तो फिर खुलता ही जाता है। बचपन से ही ऐसी है यह।

अपनी शादी के मौके पर भी यह मेरा अपमान करने से नहीं चूकी। बनर्जी से मुझे कोई शिकायत नहीं है। पढ़ा-लिखा है, शालीन है, इज्जतदार है। लेकिन रूपल ने उस बार भी अपने बिहेवियर से मुझे बेइज्जत ही किया। उस बेइज्जती को मैं अभी तक नहीं भूल पाया हूँ।

मैं जामनगर गया हुआ था। रूपल भी वहीं थी। मैंने इससे पूछा था—तुम बनर्जी को कितना जानती हो?'

—जितना मैं जानती हूँ, उतना शादी के लिए काफी है।'

—तुम अभी नादान हो। अपना अच्छा-बुरा तक नहीं समझती। मैं इस तरह तुम्हारी शादी नहीं होने दूँगा।'

—तो कैसे होने देंगे।'

—मैं खुद लड़के के बारे में तहकीकात करूँगा।'

—ठीक है। कर लीजिए। आप क्या करेंगे, मैं ही आपको बतला देती हूँ। बनर्जी के माँ-बाप कलकत्ता के एक मामूली टोले में रहते हैं। उनके पिता किसी प्राइवेट कम्पनी में क्लर्क हैं। एक बड़ी बहिन है जो गूंगी-बहरी है। बस।' वह एक सांस में कह गई—और पूछिए, क्या पूछना है?'

—इस तरह बात करते हुए तुम्हें शरम नहीं आती रूपल। तुम उससे शादी करोगी, जिसकी कोई बैकग्राउंड ही नहीं है....जो किसी तरह....।'

—बस करो पापा। आपका क्या परिवेश था। अगर राजा साहब आप को नहीं संभाल लेते तो आप क्या बनते। आपकी यह जो शान-शौकत है वह आप की कमाई हुई नहीं है। आप को दी हुई है।'

—रूपल।' मेरी आँखों में खून उतर आया था।

—शांत रहिए पापा। बी काम एण्ड क्वाइट। आपको हाई ब्लड प्रेशर की तकलीफ है।' वह बोली थी।

मेरा खून खौल उठा था। मैं सोफे से उठने की कोशिश कर ही रहा था कि वह फिर बोली—मैं मैच्योर हो गयी हूँ पापा। अपना भला-बुरा सब समझती हूँ। मैं वही करूँगी तो मुझे अच्छा लगेगा।' और ऐसा कहते हुए वह बाहर निकल गयी थी।

रात भर मुझे नींद नहीं आई। सुबह उठा तो काजल ने बतलाया कि रूपल बम्बई

चली गयी है।

मैं होनी के बारे में सोचता सर पकड़कर बैठ गया। सोचता रहा—इस लड़की को मेरे ही घर में जन्म लेना था। और तभी मैंने सोच लिया था कि इससे ज्यादा संबंध नहीं रखूँगा।

घर से निकल कर रूपल बंबई में बनर्जी के ही घर में रही थी और एक महीने के बाद उसने कोर्ट मैरिज कर ली थी। उसका इस तरह शादी करना मेरे मुँह पर एक बड़ा तमाचा था।

अब इतने सालों बाद, जब जब मैं रूपल को देखता हूँ तो भीतर एक सुख का अहसास करता हूँ। रूपल ने ठीक ही व्यक्ति चुना है। इन थोड़े से सालों में बनर्जी अपनी लगन और मेहनत से कहाँ का कहाँ पहुँच गया है। कई बार उन दोनों को प्यार करने को मन करता है। लेकिन फिर रुक जाता हूँ। मेरा अहम्, मेरी पोजीशन और मेरा स्वाभिमान आड़े आ जाता है।

रूपल से थोड़ा-थोड़ा डर भी लगता है। आखिर उसमें भी मेरा खून बोलता है। वह मुँह फट है। किसी का लिहाज उसे नहीं है। अगर उसने मुझे समाज में नंगा कर दिया तो। वह कर सकती है। वह कुछ भी कर सकती है। उसे मुझसे बहुत सी शिकायतें हैं। मेरे व्यवहार के बारे में, मम्मा की उपेक्षा के बारे में, सोनल से लाड़ करने के बारे में। वह मेरे प्रति शिकायतों से भरी पड़ी है। ऐसी लड़की को संभालना कितना मुश्किल है, वह मुझे ही पता है।

दो बेटियों के बाद परेश पैदा हुआ था। तब लगा था कि घर खुशियों से भर गया है। उसकी हर इच्छा पूरी की जाती। उसके खाने-पीने का विशेष ध्यान रखा जाता। उसे हर तरह का आराम दिया जाता। मुझे उसमें अपना भविष्य दिखता था। इसलिए अपनी संतानों में वह मेरा सबसे लाडला बन गया। वह अपनी बहनों का भी प्यारा था। सभी उसे हाथों में लिए रहते। जब वह पाँच साल का हुआ तो उसे पढ़ाई के लिए सिंधिया स्कूल भेज दिया गया। ग्वालियर में मेरे एक दोस्त रहते थे। उन्होंने ही मुझे परेश को वहाँ भेजने के लिए कहा। मैं मान गया। संभ्रांत परिवारों के बच्चों के साथ रह कर उसका विकास होगा, ऐसा मैंने सोचा था। मेरा सोचना गलत नहीं निकला। वह पढ़ाई के साथ-साथ खेल-कूद में भी अपने दोस्तों से आगे रहता। मैं उस के भविष्य की ओर से निश्चिंत हो गया था।

उस साल गर्मियों की छुट्टियों में वह घर आया। यहाँ भी उसके कुछ साथी-संगी थे। दिन भर वह दूसरे बच्चों के साथ हुडदंग मचाता। जंगल में शिकार के लिए निकल जाता। सबेरे-सबेरे मेरे साथ अपना घोड़ा दौड़ाता और मुझे पछाड़ देता। गोल्फ भी अच्छी खेल लेता। मैंने अपने बचपन में यह सब कहाँ किया था। मैं उसमें अपने बचपन के अभावों को पूरा होते देख रहा था। इसीलिए मैंने उसे पूरी आजादी दे रखी थी। घर में भी और घर के बाहर भी। रातों को, जब सब सो जाते, वह अपने कमरे को अंधेरा करके

गिटार बजाया करता था। एक से एक अच्छी धुनें निकालता था। सम्मोहित करने वाली धुनें। मैं सोया-जागा हुआ उसके संगीत में खोया रहता। मुझे लगता कि मेरे घर में एक प्रतिभा ने जन्म लिया है। सोच-सोच कर मेरी छाती गर्व से फूल जाती। वे दिन मेरे सबसे अच्छे दिन थे।

लेकिन यह सुख ज्यादा नहीं भोग पाया मैं। एक दिन वह अपने साथियों के साथ पास ही समुद्र में नहाने गया। और वहीं समुद्र की लहरों ने उसे लील लिया। दूसरे दिन उसकी लाश किनारे पर पड़ी मिली। तब मुझे लगा कि परेश की मौत नहीं हुई है, मेरी मौत हो गयी है। मैं अपनी याद में पहली बार उसकी मौत पर रोया—बहुत रोया। फिर अचानक मेरे आँसू सूख गए। विवश आक्रोश का जंगल मेरे भीतर उभर आया। और मैंने घर में सबसे कह दिया कि आज के बाद कोई परेश का नाम नहीं लेगा। परेश का नाम सुनते ही मेरा सारा व्यक्तित्व लड़खड़ाने लगता था। उसकी चिता को आग देते हुए भी मैं महसूस करता रहा था कि जैसे मैं अपनी ही चिता को आग दे रहा हूँ।

तब से मैं परिवार वालों और संबंधियों के साथ सिकुड़कर रह गया हूँ। वे मुझे स्वार्थी और आत्मकेन्द्रित समझते हैं। चरित्र-भ्रष्ट समझते हैं। यह नहीं समझते कि अपनी दुर्बलता से, अपनी असहायता से बचने का यही एक रास्ता है कि तुम अपनी संवेदनाओं से कट जाओ, पत्थर की तरह कठोर बन जाओ अन्यथा जिंदगी रोते-रोते ही गुजरेगी।

लेकिन ऐसा हो पाता है क्या। संवेदना कभी नहीं भरती। संवेदनाएँ संक्रमण करती हैं। एक से मार खाने पर कहीं दूसरी जगह अपना स्थान खोजने लगती हैं। मेरे साथ भी ऐसा ही हुआ है। मेरी संवेदनाएँ, मेरी कल्पनाएँ अब सोनल पर केन्द्रित होने लगी हैं, होने होने क्या लगी हैं, हो गयी हैं। अब इस उतरती हुई उम्र में मुझे उसी के सहारे की जरूरत है। शायद इसीलिए भी मैं सोनल को अपने से अलग करने की कल्पना नहीं कर पाता। शायद अपनी मूल प्रवृत्ति में मैं स्वार्थी ही हूँ। अपनी भावी सुरक्षा के लिए किसी का भी सुख छीन सकता हूँ, किसी को भी विवश कर सकता हूँ। शायद यथार्थ और स्वार्थ के रंगमंच का सफल कलाकार हूँ मैं।

## तेरह

# अमर चौधरी

### 2 फरवरी, 1960

कल रात बड़ा अजीब सपना देखा। मैं एक घने जंगल में भटक रहा हूँ। कहीं कोई रास्ता नहीं दीख रहा। खूब तेज हवा चल रही है। आँधी जैसी। जगह-जगह पेड़ उखड़े पड़े हैं। मैं बार-बार जंगली लताओं में उलझ रहा हूँ। फिर खूब जोर की बारिश होने लगती है। मैं पूरा भीग गया हूँ। इधर-उधर तेज़ी से भागता हुआ मैं एक बर्फ़ की शिला के सामने रुक जाता हूँ। शिला के उस पार से हल्की रोशनी आ रही है। मैं धीरे-धीरे शिला पर चढ़ने लगता हूँ। मेरे ऊपर पहुँचते ही शिला तेजी से पिघलने लगती है। मैं अपने को सँभालने की कोशिश में लड़खड़ता रहता हूँ। तभी सामने से सोनल एक जलती हुई मशाल लिए आती दीखती है। वह धीरे-धीरे मेरी ओर बढ़ रही है। मैं उसकी ओर बढ़ना चाहता हूँ। लेकिन मेरे पैर जड़ हो गए हैं। मुझसे हिला तक नहीं जा रहा। तब तक सोनल मेरे बहुत पास आ जाती है और अपना हाथ बढ़ा कर मेरा हाथ थामना चाहती है। लेकिन बहुत कोशिश करने के बाद भी वह मेरा हाथ थाम नहीं पा रही। शिला तेजी से नीचे धँस जाती है। एक समय वह मेरा हाथ पकड़ने ही वाली होती है कि शिला पूरी की पूरी नीचे धँस जाती है। साथ ही मैं शिला के जल-कुंड में डूब-उतराने लगाता हूँ। सोनल किनारे पर खड़ी मेरा डूबना देख रही है। उसके चेहरे पर हताशा है। मैं जल-समाधि ले लेता हूँ।

मैं अपनी अर्द्ध-चेतना में सोये-सोये इस स्वप्न का विश्लेषण करने की कोशिश करता हूँ। लेकिन किसी निर्णय पर नहीं पहुँच पाता। सुबह उठने के बाद भी मुझे रात का सपना तंग करता रहता है। आज कॉलेज में भी अनमना बना रहा। मिस सोनल स्टॉफ रूम में मिली अवश्य, लेकिन कोई खास बात नहीं हुई। मैं भी अपने विचारों में खोया रहा।

दोपहर को सिंधी होटल में खाना खाने जा रहा था कि पीछे से किसी मोटरवाले ने मेरी साइकिल को टक्कर मारने की कोशिश की। लेकिन मैं बच गया। मोटर आगे बढ़ गयी। जल्दी में देख नहीं पाया कि कौन था। हाँ, गाड़ी खांडवाला जैसी ही थी। खाना खाकर लौटा तो दरवाजे पर कुछ पत्र पड़े थे। उठाकर अंदर ले गया और उन्हें

उलटने-पलटने लगा।

बड़ा आश्चर्य हुआ, एक पत्र देखकर। पत्र ज्योति मलकानी का था। बम्बई की मेरी छात्रा। लिखा था–

–सर, जब से आप गए हैं, हिंदी की क्लासेस एक तरह से ठप्प-सी पड़ी हैं। सुना था, भावनगर से कोई देशपांडे आनेवाले हैं। अभी तक नहीं आए हैं। पता नहीं, हमारा क्या होगा। क्लास के सभी स्टुडैंट्स आप को बहुत याद करते हैं। वैतरणा डैम की वह पिकनिक हमें याद है बरसात के दिनों की। याद करके हम बहुत हँसते हैं। पिंटो की गाड़ी तारों की बाड़ को तोड़कर खेत में जाकर दो पहियों पर खड़ी हो गयी थी। वह तो अच्छा हुआ, किसी को कोई चोट नहीं आई। आप पिछली गाड़ी में थे। कितना डर गए थे आप। आप के इस डरे चेहरे को सोच-सोच कर आज भी हँसी आती है।

आप को राजकोट कैसा लगा। वहाँ के कलीग्ज़, वहाँ के स्टुडैंट्स कैसे हैं?

यहाँ सब ठीक है। कभी-कभी आपकी बातें चल निकलती हैं तो मजा आ जाता है। लेकिन मैं उदास हो जाती हूँ। आपने मुझमें हिंदी के प्रति दिलचस्पी पैदा करवा दी। इसके लिए शुक्रिया।

हो सकता है, कॉमर्स डिपार्टमेंट के प्रोफेसर पाटील रिजाइन कर दें। अँधेरी में नया कॉलेज खुल रहा है अगले साल से। उन्हें प्रिंसिपलशिप की ऑफर मिली है। प्रोफेसर गोपीचंद ने भी इस्तीफा देकर रिज़र्व बैंक ज्वाइन कर लिया है। पिंटो, हरलालका, सैक्सरिया और भारती सब आपको बहुत याद करते हैं।

नए साल की शुभकामनाएँ भेजना चाह रही थी, बस यों ही देर हो गयी। नाउ प्लीज एक्सैप्ट माई बिलेटेड बेस्ट विशेज।' आप पत्र लिखेंगे तो मुझे बड़ी खुशी होगी।

आपकी छात्रा
ज्योति

पत्र पढ़कर बड़ी खुशी हुई। रात के सपने का सम्मोहन भूल गया।

दूसरा पत्र बिजनौर से आया है। बाबू जी का। और दिनों जैसा ही है। कुशल-क्षेम के बाद लिखा है–अमर, इस बार 20-25 रु. ज्यादा भेज देता तो मैं अपना कुर्ता-पायजामा बनवा लेता। तेरी माँ भी धोतियों में थेकली लगाते-लगाते थक गयी है। हाँ, एक खास यह है कि कुछ दिन पहले हमारे यहाँ एक पंडित जी आए थे। वे बतला रहे थे कि दिल्ली में कोई वैद्य है जो मिन्नी जैसे बच्चों का इलाज करता है। बड़ा नाम है उसका। कहाँ-कहाँ से लोग आते हैं। तू खर्चे पानी के लिए कुछ कर सकता तो तेरी बहिन की जिंदगी बन जाती। बाकी सब ठीक है। अपनी कुशलता का पत्र लिखना। नया शहर और नया कॉलेज कैसा है–सब लिखना। तेरी माँ तुझे आशीर्वाद कहती है।

पत्र पढ़कर मन खट्टा हो गया। ज्योति का पत्र पाकर जो खुशी हुई थी, बाबू जी

का पत्र पढ़कर वह सब काफूर हो गयी। बार-बार वे वही घिसी-पिटी बातें लिखते हैं। फिर भी बाबूजी को उत्तर तो देना ही पड़ेगा। लेकिन क्या लिखूँ, कुछ समझ नहीं आ रहा। दो पत्र और थे देहरादून के दोस्तों के। उन्हें बिना पढ़े ही मेज पर रख दिया और चारपाई पर आकर लेट गया। लेकिन चैन नहीं आया। बड़ी देर तक इधर से उधर होता रहा। फिर उठकर कपड़े बदले और कमरे से बाहर निकल आया ताकि ध्यान कुछ बँट सके।

हॉस्टल से बाहर निकल कर कुछ दूर ही गया था कि सामने से श्रीनाथ चौबे जी आते दीखे। पास आने पर बोले—प्रोफ़ेसर साहब, आप बहुत दिनों से दीखे नहीं। शायद हम स्कूल—टीचरों से बात करना पसंद नहीं करते।'

—'क्या बात करते हैं श्रीनाथ जी।' मैं बोला—आप ने यह कैसे मान लिया? मैंने तो इस तरह कभी सोचा ही नहीं।'

—आप ने कहा था कि आप मेरे घर आएँगे। इतने दिन हो गए, आप का कुछ पता ही नहीं चला।'

—माफ करना श्रीनाथ जी। बस दिमाग से बात निकल गयी।'

—माफ-वाफ कुछ नहीं प्रोफेसर साब', आज तो आपको मेरी कुटिया पवित्र करनी ही होगी।'

—आज? आज तो....।' मैंने कहा ही था कि श्रीनाथ जी बोले—आप ही तो अपनी तरफ के हैं। हम लोग भी आपस में न मिलें तो यहाँ परदेश में कैसे चलेगा।'

श्रीनाथ चौबे ने बात इतनी निरीहता से कही थी कि मैं मना नहीं कर पाया। यह भी सोचा मैंने कि भीतर जो बेचैनी बढ़ती जा रही थी, वह चौबे जी के साथ रहकर कुछ तो कम होगी।

—ठीक है। आज आप के परिवार से मिल लेता हूँ। उनसे मिलकर खुशी ही होगी।'

चौबे जी प्रसन्न हो गए। हम साथ-साथ चलने लगे।

साथ-साथ चलते हुए चौबे जी बतलाने लगे—हाई-स्कूल करके पिताजी ने मुझे मुरादाबाद भेज दिया अपनी बहिन के पास। बी. ए. करने तक वहीं रहा, फिर सूरत आ गया। यहाँ मेरे मामा एक हैंडलूम फैक्ट्री में सुपरवाइजर थे। उसी साल मैंने सूरत के जेठाजी कॉलेज में एम. ए. में एडमीशन ले लिया....।

—अच्छा आपने इधर से ही एम. ए. किया है।'

—जी, बस संयोग ही ऐसा बन गया?'

—और क्या हुआ संयोग से।' मैंने उनकी ओर देखकर मुस्कराते हुए कहा।

—और क्या होता।' वे मेरी ओर देखने लगे।

—और कुछ नहीं हो सकता था।'? मुझे अब मजाक सूझ रहा था। हॉस्टेल के कमरे का तनाव अब कुछ कम होने लगा था।

—अब आपसे क्या छिपाऊँ चौधरी साब।' वहीं सूरत में एक लड़की से मेरा काँटा भिड़ गया। सुजाता नाम था उसका। वहीं पड़ौस में रहती थी। कुछ वक्त बहुत अच्छा बीता। दिन में भी सपने देखने लगा था। रातों को उठ-उठ कर कविताएँ करता था। अजीब-अजीब कल्पनाओं में खोया रहता था। लेकिन सभी कुछ देखते-देखते मिट्टी में मिल गया।'

—क्या हुआ?'

—उसके घरवालों को पता लग गया।'

—फिर।'

—फिर क्या। उन्होंने उसका घर से बाहर निकलना बंद कर दिया। और महीने भर में उसकी शादी कर दी यहाँ राजकोट में।'

—और इसीलिए आप राजकोट चले आए।'

—नहीं, भाई साहब, ऐसा कुछ नहीं हुआ।'

—तो फिर....।'

—हुआ यह कि गर्मियों की छुट्टियों में अपने परिवारवालों से मिलने ऋषिकेश गया। वहाँ माँ ने एक लड़की तय कर रखी थी मेरे लिए। मेरे लाख मना करने और विरोध करने पर भी सत्यवती से मेरी शादी कर दी गयी। कोई 15-20 दिन बाद सूरत से मामा की चिट्ठी आई कि राजकोट के प्रिंस कॉलेज में हिंदी टीचर की पोस्ट निकली है। मैनेजमैंट को कोई हिंदी भाषी टीचर चाहिए। तुम यहाँ आकर एप्लाई कर दो। बाद में कोई सिला भिड़ाने की कोशिश करूँगा।'

चौबेजी कुछ देर चुप रहे। मैं भी उनके बोलने की प्रतीक्षा करता रहा। बोला कुछ नहीं।

—वैसे भाई साहब, स्कूल में लगने में कोई ज्यादा मुश्किल नहीं पड़ी। कैंडीडेट तो काफी आए थे लेकिन हिंदी भाषी दो ही थे। एक मैं था और एक बंबई से था। सो, मेरा हो गया। तब से यही पड़ा हूँ.....बारह साल हो गए।'

—अपनी प्रेमिका से मिले कभी।' मैंने हंसते हुए कहा।

—हाँ, शुरू-शुरू में एक-दो बार देखा था। कोई खास बात नहीं हुई। एक बार सब्जी मंडी में मिला। अकेली थी। बोली—हम दोनों एक शहर में है। यह क्या कम है। तुम्हारे साथ बिताए गए दिन मुझे हमेशा याद रहेंगे।'

—तो आपने क्या कहा।'

—मैं क्या कहता भाई साहब। न जाने कैसे यकायक मेरी रुलाई फूट गयी।'

—फिर....।' मैंने पूछा। मुझे चौबे जी की बातों में मजा आ रहा था।

—वह मुझसे बोली—जब मैंने सह लिया है तो क्या तुम नहीं रह सकते। अपनी पत्नी में मुझे देखो। तुम्हारा दर्द, तुम्हारी उदासी कम हो जाएगी।' कहकर वह आगे बढ़ गयी।—और भाई साहब, सच मानिए, मैं तब से यही करता रहा हूँ। तीन बच्चे हो गए

हैं। लेकिन मेरा सत्यवती में सुजाता को देखना अभी तक जारी है।'

चौबे जी की आँखें नम हो आईं। उनमें जैसे कोई सपना झूलने लगता है। एक खंडहर हुआ सपना। मैं सोचने लगता हूँ—प्यार आदमी को कितना निर्मल बना देता है।'

चौबेजी कहते जा रहे हैं—वहाँ सूरत में मौका मिलने पर हम अमराई में घूमते रहते थे। बातें करते थे। छोटी-छोटी बातें। ऐसी बातें जिनका कोई मतलब नहीं होता था। तो भी मन में एक अजीब तरह की गुदगुदी होती रहती थी। अब यहाँ अमराई नहीं है। अमलतास के घने वृक्ष हैं सड़क के दोनों किनारे। कॉलेज रोड से लेकर ए. आई. आर. तक। जब भी समय मिलता है, इन्हीं अमलतासों की छाया में घूमता हूँ। लगता है, सुजाता साथ चल रही है। अपना ही कोई गीत, या गीत की कोई पंक्ति गुनगुनाता चलता हूँ। साथ-साथ चलने का सुख महसूस करता हूँ। सोचता हूँ, ये सड़कें बिछुड़ गयीं तो वह साथ भी बिछुड़ जाएगा....मैं तो बस, अब इन्हीं सड़कों का, इन्हीं अमलतास की पंक्तियों का होकर रह गया हूँ...।'

हम दोनों साथ-साथ चल रहे हैं। हमारे बीच में अब एक खामोशी फैल गयी है। दुःख की और असफलताओं की खामोशी। चलते-चलते बाजार में आ गए हैं।....कितनी चहल-पहल है। राजकोट कितना बड़ा शहर है। मैं इतने दिन अपने कमरे में बंद कैसे रह गया। मुझे खुद आश्चर्य होता है।

चौबेजी का घर आ गया है। वे दरवाजे की घंटी बजाते हैं। दरवाजा खुलता है। चौबाइन ने दरवाजा खोला है। मैं उनकी ओर देखता हूँ। वे सर पर पल्ला डाल लेती हैं।

—अरे, इनसे क्या पल्ला करना। अपने भाई साहब है चौधरी साहब। मैंने तुम्हें इनके बारे में बतलाया तो था।' चौबेजी कहते-कहते अंदर आ जाते हैं। मैं भी उनके पीछे-पीछे आगे बढ़ता हूँ। सत्यवती ने किवाड़ भेड़ दिए हैं। वह मेरे पीछे-पीछे आ रही हैं।

हम बरामदे का पार करके ड्राइंग रूम में आ जाते हैं। ड्राइंग रूम बहुत साधारण चीजों से लेकिन सलीके के साथ सजाया हुआ है। मुझे अच्छा लगता है। चौबे जी अपने बच्चों से मिलवाते हैं। यह बड़ा बेटा है—मिलिंद, पांचवी में पढ़ता है। यह उससे छोटा है विश्वास। इस साल तीसरी में है। और यह है हमारी छुटकी—मोना।' अगले साल इसे के. जी. में डाल देंगे।

तीनों बच्चे प्रार्थना करने की पोजीशन में एक कतार में खड़े हैं और तीनों एक साथ कहते हैं—नमस्ते, चाचा जी।' मैं उनके सिर पर हाथ रखता हूँ। आशीर्वाद देने की मुद्रा में।'

खाना हो गया है। मैं चलने लगता हूँ। दरवाजे पर आकर सत्यवती कहती है—आप आते रहिए। ये आपकी बातें करते रहते हैं।'

—अच्छा, क्या बातें करते हैं ये। मैं तो इनसे आज दूसरी बार ही मिला हूँ।' हँसते हुए मैं कहता हूँ।

—चौधरी साहब, आपके कॉलेज के कुछ स्टुडैंट्स की मैं ट्यूशन लेता हूँ। वे आपके बारे में बहुत अच्छी-अच्छी बातें बतलाते हैं। आपके कलीग्ज भी आपकी तारीफ करते हैं।'

—ओह, तो ये बात है।' मैं बाहर निकलता हुआ कहता हूँ।

चौबे जी जिद करके मुझे चौराहे तक छोड़ने आते हैं। वहाँ उनसे विदा लेकर मैं अपने हॉस्टल का रास्ता पकड़ लेता हूँ

मैं हॉस्टल की सीढ़ियाँ चढ़ ही रहा था कि रंजीत ने आकर मुझे एक लिफाफा पकड़ा दिया और बोला—सर, मैडम का ड्राइवर आपके लिए यह लैटर दे गया है। कहता था, अर्जेंट है, सर के आते ही उन्हें दे देना।'

मैं उसे धन्यवाद देकर ऊपर आया। कमरा खोला और लाइट जला दी। कमरा उजास से भर गया। उस उजास में मुझे अपनी लोहे की चारपाई, मेज पर रखी किताबें—फाइलें और वैंटीलेटर के पास चिड़ियों के घोंसलें साफ-साफ दीखने लगे। मैं एक क्षण कुछ सोचता खड़ा रह गया। फिर चारपाई पर बैठ कर मैंने लिफाफा खोला और पढ़ने लगा। लिखा था—

—मिस्टर चौधरी, आप कल नहीं आए। आज भी मैं आपकी 'वेट' करती रही। नाराज हो क्या? कल हम पीरियड्स के बाद बंगले पर आएँगे और आप मेरे साथ लंच लेंगे।

—सोनल

मैं वैसे ही बाहर के कपड़े पहने खाट पर लधर गया। कुछ सोचते नहीं बन रहा था। बार-बार चौबेजी का परिवार आँखों के सामने झूल जाता था। एक मध्यवर्गीय सीधी-सादी पत्नी। अनुशासित बच्चे। सामान्य सा लेकिन सुव्यवस्थित घर। मेरे मन में भी अपने परिवार की ऐसी ही कल्पना है। ऐसे परिवारों में आत्मीयता, परस्पर सहयोग और एक दूसरे की चिंता भरपूर मात्रा में होती है। व्यक्तित्व का कोई टकराव नहीं होता। चौबे भाग्यशाली है। पता नहीं मेरे भाग्य में क्या बदा है। चौबे के परिवार को सोचते-सोचते मैं सोनल के बारे में सोचने लगता हूँ। वे दिन-ब-दिन मेरे निकट आती जा रही हैं। पता नहीं, उनके मन में क्या है। कुछ तो जरूर होगा। अन्यथा वे मेरे प्रति इतना अपनापा नहीं जतातीं। एक सम्भ्रांत महिला। सब तरह से भरी-पूरी लेकिन अकेली। शायद वे मुझे अपने अकेलेपन से निपटने का माध्यम समझने लगी है। ठीक है, समझे। लेकिन मैं उन्हें क्या दे सकता हूँ। अब तक वे ही तो मुझे देती आई हैं। उनके रूप में यहाँ इस अनजाने शहर में मुझे भी एक अच्छी मित्र मिल गयी। नहीं तो मैं सारा दिन अपने रिसर्च की एकरसता में उलझा रहता।

मेरे बंबई के एक सहयोगी ने मुझसे एक बार कहा था कि अगर किसी महिला को

कोई पुरुष पसंद का आ जाये तो वह उसे पाकर ही रहती है। मैं सोचता हूँ कि सोनल जी को मैं उस रूप में तो पसंद नहीं आया होऊँगा। वे मुझसे कितनी बड़ी हैं। वे इस तरह की बात कैसे सोच सकती हैं। एक दिन बातों बातों में उन्होंने मुझे बतलाया था कि खांडवाला से उनकी इन्टीमेट फ्रैंडशिप है। खांडवाला को उनके बंगले पर जिस तरह मैंने व्यवहार करते देखा है, उस से भी सोनल जी की बात प्रूव हो जाती है। फिर....फिर मुझसे इतना अपनापा? शायद मुझसे उनकी बौद्धिक प्यास बुझती हो....!

इस प्रसंग को लेकर मैं बहुत उलझन में पड़ गया हूँ। कभी-कभी अपने हल्के क्षणों में लगता है कि अगर वे मुझे अपने पुरुष के रूप में भी देखती है तो क्या बुरा है। प्यार में उम्र का बंधन नहीं होता। लेकिन ऐसे प्यार की परिणति क्या होगी—यही सोच-सोच कर मैं संभ्रमित हो जाता हूँ।

मैं धीरे-से उठता हूँ। अपना ट्रंक खोलता हूँ। देखता हूँ कि एक इस्त्री की हुई पैंट और बुशशर्ट रखी है। कल इन्हें ही पहन कर सोनल मैडम के घर जाऊँगा।

ट्रंक को बंद करके मैं फिर अपनी खाट पर आ बैठता हूँ। आँखें बंद करके कुछ सोचना चाहता हूँ। लेकिन कुछ भी सोच नहीं पा रहा। पस्त होकर मैं खाट पर लुढ़क जाता हूँ। अपने में इतनी ताकत भी नहीं जुटा पाता कि उठ कर बत्ती बुझा दूँ। बत्ती जलती रहती है और मैं सोने की कोशिश में जागता रहता हूँ।

चौदह

# सोनल मेहता

**13 फरवरी, 1960**

कभी-कभी मुझे लगता है कि मेरा संकोच और दूसरों के साधारण से देय के प्रति मेरी कृतज्ञता ही मेरी कमजोरी बन जाती है। यह कमजोरी कब मेरी शत्रु बन जाती है, यह मुझे समय निकल जाने पर ही ही पता लगता है। मैं किसी को 'हर्ट' नहीं करना चाहती। मैं चाहती हूँ कि सभी लोग, जिनके सम्पर्क में मैं आती हूँ, मुझसे जुड़े रहें ताकि मुझे मेरा अकेलापन कम महसूस हो। लेकिन प्रैक्टिकल लाइफ में ऐसा नहीं होता, यह बात मेरी समझ में बहुत बाद में आती है। और तब तक बहुत देर हो चुकी होती है।

खांडवाला के उस दिन के थोड़े से कंसीड्रेशन ने मुझे आज इतना उद्विग्न और मायूस बना दिया है। पिछले वर्षों में तब मैं उसे लेकर एक ठहरा हुआ जल-कुंड बन गयी थी। अपने वर्तमान में जी रही थी। उसमें जो कुछ और जितने कुछ का अभाव था, उसे यह सोच कर टाल जाती थी कि सब को सब कुछ तो नहीं मिलता। कभी-कभी समझौता भी करना पड़ता है और मैंने इन चार-पाँच सालों में समझौता कर भी लिया था। लेकिन....

लेकिन चौधरी ने आकर उस ठहरे हुए जलकुंड में एक छोटी-सी कंकड़ उछाल दी। फिर से वृत बनने लगे और फिर छोटी-छोटी और कंकड़ियाँ। वृत बढ़ते गए। इतने वृत बन गए कि उसमें खांडवाला का चेहरा ही क्या, उसका पूरा का पूरा व्यक्तित्व धूमिल होने लगा है। उसे देखते ही एक ओर उसकी उपस्थिति से मुझे चिड़चिड़ाहट होने लगती है और दूसरी ओर मेरा पूरा व्यक्तित्व आत्मग्लानि से भर उठता है। मैं उस क्षण को कोसने लगती हूँ जब उससे मेरा परिचय हुआ था और उस क्षण को भी जब मेरा जन्म हुआ था। मैं उस क्षण को भी कोसने लगती हूँ जब मैं चौधरी से पहली बार कॉलेज के स्टाफ रूम में मिली थी। लेकिन उसकी बात अलग है। उसका व्यक्तित्व ही ऐसा है जो बरबस सबको अपनी ओर आकर्षित कर लेता है। मैंने देखा है कि कॉलेज की लड़कियाँ तक उसे देखकर आपस में फुसफसाने लगती हैं। लेकिन चौधरी कॉलेज में इतना गंभीर और शालीन रहता है कि कोई भी लड़की उसके पास आने का साहस नहीं कर पाती। बस, एक मैं ही हूँ जो उसके शिशु-मन को जान पायी हूँ। इतना भोला और सहज कि

उसे पकड़कर चूमते रहने को मन करता है। लेकिन इसी भोले बालक ने मेरे भीतर ज्वार पैदा कर दिया है। जो रोके नहीं रुक पा रहा। मैं नियति को मानती हूँ। अब नियति जो कुछ भी करवा दे।

खांडवाला को मेरे और चौधरी के बीच पनप रही निकटता का आभास हो चला है शायद। इसीलिए तो वह जब भी आता है, उसका पहला प्रश्न यही होता है—तुम्हारे प्रोफ़ेसर साहब नहीं आए आज?' उसके उस व्यंग्य को सुनते-सुनते मेरे कान पक गए हैं।

आज जब उसने यही प्रश्न दोहराया तो मैं खीज उठी। उसी खीज़ में मैंने पूछा—क्यों, आजकल प्रोफ़ेसर चौधरी में बड़ा इन्टरैस्ट दिखा रहे हो। बात क्या है?'

—बात तो तुम्हें पता होनी चाहिए।'

—अच्छा।' मैंने उसकी ओर आँखें तरेरते हुए कहा।

—सोनल, तुम ठीक नहीं कर रही हो।'

—तुम कहना क्या चाहते हो?'

—आखिर उसे लिफ्ट देने का क्या मतलब होता है। आए दिन, मैं देखता हूँ कि वह यहीं पड़ा रहता है।'

—अब तुम्हें इस सब की सफाई देनी होगी मुझे।'

—मेरा तुम पर कुछ अधिकार नहीं है क्या।'

—जितना है, उसी की हद में रहोगे तो अच्छा होगा।

—अच्छा, अब मेरे लिए हद भी तय हो रही है।'

—तय तुम करवा रहे हो। अपना छोटापन दिखला कर। देखो दिलशाद, हमारे जो भी रिलेशंस हों, तुम्हें मेरी आजादी पर कोई सवाल पूछने का कोई हक नहीं है। इस बात को तुम अच्छी तरह समझ लो।'

—अच्छी तरह समझ रहा हूँ। मेरी जिंदगी, मेरा घर-बार उजाड़ कर अब तुम मुझ पर गुर्राने लगी हो। शायद मुझसे मन भर गया तुम्हारा। शायद मैं बासी हो गया तुम्हारे लिए। इसीलिए इस बार एक लड़के को पकड़ लिया है।'

—शट अप। बकवास बन्द करो। तुम कोई बच्चे नहीं थे जो मैंने तुम्हें बहका लिया। तुम्हें यह देखना चाहिए था कि मेरे साथ संबंध रखने से तुम्हारे घरवालों पर उसका क्या असर होगा। और अगर तुम समझते हो कि मैं गिल्टी हूँ तो, मुझ से ज्यादा तुम गिल्टी हो।' मैं गुस्से और आवेश में हाँफने लगी थी।

—लगता है, तुम में बड़ा साहस भर दिया है उस छोकरे ने। मैं भी देखता हूँ, वह इस शहर में कैसे रह पाता है।' उसने भी ताव में आकर कहा।

—दिलशाद, अगर प्रोफेसर चौधरी के साथ तुमने कुछ भी किया तो समझ लो, तुम भी सलामत नहीं रहोगे।'

—बस....बस....। मैं यही देखना चाहता था कि तुम उससे कितने गहरे से जुड़ी

हो। अब मुझे मालूम हो गया है....मुझे सब मालूम हो गया है।'

—मालूम हो गया है तो गो टू हैल। यू जस्ट गैट आउट एण्ड डोंट शो मी योर फेस अगेन....।' मैं हाँफती हुई कुर्सी से उठ खड़ी हुई थी।

—ठीक है, आई एम गोइंग। लेकिन तुम पछताओगी। बहुत पछताओगी....। आई विल कर्स यू....।' दिलशाद भी उठ कर दरवाजे की ओर पलट गया था।

उसके जाने के बाद मैंने दरवाजा बंद कर दिया था। और बेडरूम में जाकर फफक उठी थी।

सारी रात यों ही कट गयी। अपने अकेलेपन को लिए या तो चुप-चुप आँसू बहाती रही या सिगरेट पर सिगरेट फूँकती रही। सोचती रही, कभी-कभी बड़े, साधन-सम्पन्न लोग भी कितने दयनीय हो जाते हैं। बीच-बीच में अपने को दिलासा भी देती रही कि किसी भी तरह का कोई समय स्थायी नहीं होता। मेरा यह मानसिक संघर्ष भी एक दिन समाप्त हो जाएगा। लेकिन ऐसा सोचने के बाद भी ज्यादा आश्वस्त नहीं हो पायी। कई बार दिलशाद के साथ बिताए सुन्दर, भावनापूर्ण क्षण याद आते और कभी उसका यह संशयी बिहेवियर। नारी में सूँघने की शक्ति बड़ी तीव्र होती है, लेकिन ऐसे संबंधों को लेकर पुरुष की घ्राण-शक्ति भी कम नहीं होती। दिलशाद के मन की शंका ठीक ही तो है। पिछले दिनों में जाने-अनजाने मैंने उसे इग्नोर किया है, यह सही है। चौधरी का मेरे पास रहना भी अधिक होता गया है। ऐसे में दिलशाद पीड़ित हो उठा हो तो उसका क्या दोष। दोषी तो मैं हूँ। मैंने ही तो उसे बढ़ावा दिया था। नहीं तो, उसका अपना संसार था। अपनी पत्नी थी। अपने बच्चे थे। और अब यही मैं चौधरी के साथ कर रही हूँ। औरत अगर स्थिर हो, संयमित रहे तो कोई पुरुष उसे छूने की हिम्मत नहीं कर सकता।

सच, मैं दिलशाद से बड़ी बुरी तरह पेश आई। उसका बहुत अपमान किया। क्या वह उसे भूल पायेगा। हमारे बीच एक दरार दीखने लगी थी। कल वह तड़क गयी। यह तड़कना बहुत तकलीफ देता है। मुझे भी क्या हो जाता है कभी-कभी। अगर उसे काटना ही था तो उसके लिए दूसरे विकल्प भी तो थे। खैर, अब जो हो गया, सो हो गया।

मैंने अभी तक चौधरी का मन नहीं जाना है। फिर भी एक तरह से दिलशाद को अपने से काट दिया। आज रविवार है। चौधरी हर रविवार की तरह आज दोपहर को आएगा ही। अब उसके साथ एक नया अध्याय शुरू करना है।

दोपहर।

हम दोनों लंच कर रहे हैं और बातें भी—

—चिकन कैसा बना। पसंद आया कि नहीं।'

—बहुत बढ़िया। तभी तो इतना खा रहा हूँ।'

—मैंने खुद बनाया है।'

—सच। आप प्रोफ़ेसर ही नहीं, अच्छी कुक भी हैं। मैं तो चाय बनाना भी बड़ी मुश्किल से सीख पाया।'

—आज का क्या प्रोग्राम है?' कुछ खास नहीं। हॉस्टल में जाकर जरा किताबों से नोट्स लूंगा। काम जल्दी पूरा करना है।'

—क्यों, क्या शादी करने की जल्दी है। उस दिन तुम कह रहे थे कि रिसर्च पूरी करने के बाद शादी के बारे में सोचूँगा।'

—वह तो यों ही कह दिया था मैडम।'

वह मुस्कराने, शरमाने लगता है।

—आपकी गुलाबी अंगुली में यह अंगूठी सुन्दर लगती है।'

—लगेगी ही, सुंदर अंगुली में हर अंगूठी सुन्दर लगती है।' मैंने उसकी आँखों में झाँकते हुए कहा।

—सो तो है। डायमंड की है क्या?'

—हाँ, पापा ने मेरे पिछले बर्थ-डे पर गिफ़्ट की थी।'

—आप के पापा आप को बहुत प्यार करते हैं न?'

—मेरे पापा लाखों में एक हैं।'

—इसीलिए तो आपके पापा हैं।' कहते हुए वह हंस पड़ा था। मैं भी थोड़ा-सा मुस्करा दी थी।

—लेकिन मुझे ऐसे लोगों से डर लगता है।'

—तुम्हें कैसे लोग पसंद हैं।'

—ऐसे लोग, जिन पर विश्वास किया जा सके; जो खुले मन के हों। स्पष्ट और दो टूक।

—मेरे बारे में तुम्हारी क्या राय है। हैव आई गॉट दीज क्वालिटीज?'

—आप तो आप हैं, सोनल जी। बहुत ईमानदार, बहुत संवेदनशील, बहुत प्रिय और....।'

—बस, ज्यादा तारीफ मत करो। मैं फूल जाऊँगी।'

—सचमुच तुम फूल ही तो हो। कोई कितना भी अशांत हो, दुखी हो; तुम्हें देखकर अपना दुख भूल जाता है।'

—सब की नहीं, अपनी बात कहो।'

—आपके पास आकर मुझे ऐसा लगता है कि जैसे मैं कोहरे से निकल कर खुली धूप में आकर बैठ गया हूँ।

—अब तुम मुझे चढ़ा रहे हो।'

—अपनी कसम। बिल्कुल सच कह रहा हूँ।'

—सच?'

—बिल्कुल सच।'

मंगल वार।

दोपहर है। धूप खिली है। हम बंगले के लॉन पर बैठे चाय पी रहे हैं।

—इस बार ठंड कुछ ज्यादा ही है।'

—मेरा तो यह पहला मौका है। देहरादून में इससे ज्यादा ठंड पड़ती है।'

—वह तो पहाड़ी इलाका है। वहाँ तो पड़ेगी ही। बर्फ़ भी पड़ती है क्या?'

—नहीं, देहरादून में तो नहीं, ऊपर मसूरी में पड़ती है।'

—तुमने तो मसूरी देखी होगी।'

—कई बार। जब बर्फ़ गिरती थी तो हम पांच-छह दोस्त पैदल मसूरी के लिए चल देते थे।'

—'इतनी पास है मसूरी?'

—वैसे तो 20-22 किलोमीटर है रोड से। लेकिन पैदल का रास्ता शॉर्ट कट वाला है। दो-ढाई घंटे में पहुँच जाते हैं।'

—देहरादून में कॉलेज के दिनों में कोई दोस्त बनी।' मैंने बात को बदलने हुए पूछ लिया।

—अरे कहाँ, सोनल जी। वहाँ तो रोटी-पानी के जुगाड़ में सारा वक्त बीत जाता था। प्यार-व्यार तो भरे पेट के चोंचले हैं।

—क्या गरीब लोग प्यार नहीं करते। उनके दिल नहीं होता?'

—दिल तो होता है लेकिन उसे दबा कर रखना होता है।' वह मुस्करा दिया।

—और अगर दबाने की मजबूरी न हो तो?'

—तो दिल प्यार करने को मजबूर हो सकता है।' फिर कुछ रुक कर वह बोला—'वैसे नहीं भी हो सकता।;

—क्या मतलब।'

—हर व्यक्ति के अपने संस्कार होते हैं, अपना परिवेश होता है, अपने अनुभव होते हैं। इन सब का उसके बिहेवियर पर असर तो पड़ता ही है। लोगों के बारे में कोई एक निश्चित सिद्धांत नहीं बनाया जा सकता।'

—हाँ, यह तो है।' उसकी साफ-सीधी बात सुनकर मैं थोड़ी गम्भीर हो गयी। फिर कुछ रुक कर मैं बोली—लेकिन यह भी तो है कि समाज में परम्परा जैसी एक चीज़ भी होती है। अक्सर लोग उसका पालन करते हैं।

—करते होंगे मैडम। लेकिन परम्परा भी कोई भगवान का विधान नहीं है। यह व्यक्ति पर निर्भर करता है कि वह उसे स्वीकार करे या न करे। व्यक्ति उसका परिष्कार

भी कर सकता है और अगर उसमें योग्यता है तो अपनी तरह से एक नयी परम्परा की शुरुआत भी कर सकता है।' वह बोला।

मेरे होंठों पर हल्की सी मुस्कराहट फैल गयी। मुस्कराते हुए ही मैं बोली—'उस दिन मैंने ठीक ही कहा था।'

—क्या कहा था।'

—यही कि तुम्हें फिलॉसफर होना चाहिए था। लिट्रेचर का टीचर किसने बना दिया।'

—मेरी क्वालिफिकेशन लिट्रेचर के अध्यापक के लायक ही थी।' कहते हुए यह मुस्करा दिया।

बिंदिया चाय की दूसरी ट्रे ले आई थी।

चाय का घूंट भरते हुए मैं बोली—'अच्छा चौधरी, यह बतलाओ कि तुम अपने लिए कैसी पत्नी चाहोगे?'

—क्यों, कोई ढूँढ़ रखी है क्या?

—ढूँढ़ने में कोई वक्त लगता है क्या।'

चौधरी कुछ कहना चाहता था लेकिन बात जैसे उसके होठों पर आकर रह गयी थी। मैंने ऐसा महसूस किया।

—तुम चुप क्यों हो गए? बोलो न।'

—ऐसा है सोनल जी, पुरुष को पहले तो पत्नी ही अच्छी लगती है, चाहे वह जैसी भी हो। लेकिन बाद में वह उससे नीरस होने लगता है। फिर वह पत्नी की नहीं, रमणी की चाहना करने लगता है।'

—क्या तुम भी ऐसा ही करोगे?'

—मैं भविष्य वक्ता तो हूँ नहीं सोनल जी। वैसे ऐसे मौकों पर अपना विश्वास और व्यवहार ही साथ देता है। और अपने संस्कार भी। इंसान या कह लो पुरुष अपेक्षा करता है कि उसकी पत्नी उसके लिए हमेशा ताजी बनी रहे। तब वह उसे अंतिम समय तक निभा ले जा सकता है।'

—लेकिन चौधरी, तुम यह नहीं मानते कि कई मौकों पर इच्छाएँ, अपेक्षाएँ और शर्तें अनुचित होती हैं।'

—हाँ, हो सकती हैं। लेकिन यदि इनको विवेक की छोंक दे दी जाय तो बाद में ज्यादा समस्या खड़ी नहीं होती। अगर आपको अपने पार्टनर के प्रति विश्वास है और अगर आप में विवेक है तो प्रेम या विवाह में सामान्यतः कोई समस्या खड़ी नहीं होती। इस दिशा में बहुत सोच-समझकर कदम बढ़ाना चाहिए।'

—मैं कुछ समझी नहीं।' मैंने चाय का कप नीचे रखते हुए कहा।

—आप मुझे बनाइए मत सोनल जी। आप सब समझती हैं। आप मुझसे बड़ी हैं और आपके अनुभव मुझसे ज्यादा हैं। आपको यह सब समझाना मैं जरूरी नहीं

समझता।'

मुझे चौधरी की बातों में रस आ रहा था। मैं बोली—सच चौधरी, मैं ठीक से समझी नहीं, सच।

—सोनल जी, बार-बार किसी बात को समझाना अपना मतलब खो देना है। अच्छा मैं चलूँ। नहीं तो आप मुझे यों ही लटकाए रखेंगी।' वह उठ खड़ा हुआ था। मैंने भी सोचा—आज के लिए इतना ही काफी है।

वह उठ कर भीतर बाथरूम में गया और थोड़ी देर में बाहर आकर बोला—आज आपसे काफी बातें हो लीं। अच्छा लगा। अच्छा, तो अब चलूँ।'

मैंने उसे जाने दिया। वह चला गया।

उसके जाने के बाद मैं बड़ी देर तक उसके बारे में सोचती रही। बहुत भोला है वह, मैंने मन ही मन कहा। शायद उसके मन में कुछ नहीं है। शायद है जिसे वह कहना नहीं चाहता या कह नहीं पा रहा। मैं बड़ी देर तक असमंजस में बनी रही। उसकी बातों से आदर्श की गंध आती है। एक निश्चित तरह के संस्कारों में पला-बढ़ा है शायद। अगर उसने कभी मेरा मन जान लिया तो उसकी क्या प्रतिक्रिया होगी। मैं सोचती रही लेकिन किसी निर्णय पर नहीं पहुँच पायी। अन्त में मैंने सब कुछ भविष्य और भाग्य पर छोड़ दिया। एक समय के बाद तब सब कुछ स्पष्ट होने लगता है, मैंने सोचा।

अगला दिन।

मैं कॉलेज से पैदल ही लौट रही थी। गाड़ी गैरेज में दे रखी थी। तभी पीछे से चौधरी की आवाज सुनाई दी—सोनल जी, आज चाय पीने के लिए इन्वाइट नहीं करेंगी।'

—तुम्हें भी इन्वाइट करने की जरूरत है क्या?' मैंने मुड़कर कहा।

—हाँ, इन्वाइट करने के दिन तो पीछे छूट गए। मैं भी कितना बेवकूफ हूँ।' उसने पास आकर धीरे से कहा और मेरे साथ हो लिया। मुझे अच्छा लगा।

—आज तीन पीरियड थे लगातार। बहुत थका हुआ महसूस कर रहा हूँ। इसीलिए....।'

—अरे, एक्स्प्लेनेशन क्यों दे रहे हो। चलो न, मुझे भी कॉलेज की चाय अच्छी नहीं लगती।'

—धन्यवाद।' वह बोला।

—इसमें धन्यवाद की क्या बात है।'

—ऐसा है सोनल जी, लोग गलत और बुरी चीजों के बारे में ज्यादा बोलते हैं। सही और अच्छी चीजों के बारे में कम। आपने अच्छी बात कह कर मुझे खुश कर दिया, इसीलिए धन्यवाद दे दिया। अच्छी बातों को एप्रीशिएट करना चाहिए न। और धन्यवाद तो ऐसा शब्द है जो हमेशा अपने पक्ष में जाता है।'

—यानी तुम मुझे अपने पक्ष में करना चाह रहे हो।'

—जी नहीं, मैं आपके पक्ष में होना चाह रहा हूँ।'

—यू आर वैरी नॉटी?'

—'थैंक्स।' वह खिलखिला कर हँस पड़ा था। आसपास जाते विद्यार्थी हमें देखने लगे थे। मुझे थोड़ा संकोच हुआ। चौधरी ने मेरे संकोच को भाँप लिया। वह धीरे-से बोला—छोड़िए भी संकोच को मैडम। बम्बई में कोई ऐसी सामान्य बातों पर ध्यान ही नहीं देता।

—लेकिन चौधरी, यह बम्बई नहीं, सौराष्ट्र है। लोग एक दूसरे की जासूसी करते रहते हैं।'

—करने दो जासूसी। अंत में उन्हीं को निराश होना पड़ेगा।'

—तुम में बड़ी हिम्मत आ गयी है।'

—आप की दुआ है।' वह फिर जोर से हँस पड़ा।

चौधरी कैसे भी हँसे, मुझे अच्छा लगता है। इन दिनों वह कुछ ज्यादा ही अच्छा लगने लगा है और आकर्षक भी।

बातें करते-करते हम बंगले पर आ गए थे। ड्राइंग रूम में ही चाय मँगवा ली थी।

—और बोलो, क्या चल रहा है।' मैंने बात शुरू करने के लिए पूछा।

—मैडम, आप जैसे चला रही हैं, वैसे ही चल रहा है।' आज वह कुछ ज्यादा लाइट मूड में था।

मैं चुपचाप उसके चेहरे को देखती रही। तभी चाय की घूँट लेते हुए वह बोला—मैडम एक बात पूछूँ।'

—पूछो न। यह भी कोई पूछने की बात है।'

—आप इतनी अच्छी क्यों हैं?'

—मैं और अच्छी! क्या कह रहे हो तुम?'

—मेरा मतलब कि तुम इतनी सुंदर क्यों हो।'

मैं उसके इस प्रश्न पर हँस पड़ी। थोड़ा संजीदा होकर मैं बोली—'सुंदरता तो देखनेवाले की आँखों और मन में होती है चौधरी।'

—हो सकता है, आप ठीक कहती हों। लेकिन आप सचमुच सुंदर हैं।'

—अच्छा लगा तुम्हारे मुँह से यह सुनकर।'

—अच्छा मैडम, सुन्दरता और प्यार में कोई संबंध होता है क्या।'

सुनकर मुझे रोमांच हो आया। उस रोमांच को छिपाने के लिए मैंने अपना कप मुँह पर लगा लिया और एकटक उसको देखती रही, जाँचती रही, सोचती रही। फिर कुछ रुक कर बोली—हाँ होता तो है। सुन्दर व्यक्ति से प्यार हो सकता है। लेकिन सुंदरता की अपनी व्याख्या है मेरी। कुरूप व्यक्ति भी किसी को सुन्दर लग सकता है। आखिर दिल ही तो है। एक बात और है। साधारण से साधारण व्यक्ति भी अपने साहचर्य में आने

से सुन्दर लगने लगता है। प्यार के मामले में मैं सुन्दरता से ज्यादा महत्व साहचर्य को देती हूँ।'

—वाह, क्या ऐनेलेसिस है आपकी। मान गये आपको।' वह हँसने लगा।

—क्यों, मैंने कुछ गलत कहा।'

उसने कोई उत्तर नहीं दिया। मैंने अपनी बात को आगे बढ़ाते हुए कहा—तो पूछो अपने आप से। अगर तुम्हें मैं सुन्दर लगती हूँ तो पूछो अपने दिल से कि मैं तुम्हें भाती भी हूँ या नहीं। यानी अच्छी लगती हूँ क्या?'

—सोनल जी, आप मुझे भाती भी हैं और अच्छी भी लगती हैं।' उसने आँखें नीची करके कह दिया। कह कर वह काफी देर तक उसी तरह निश्चेष्ट होकर बैठा रहा।

—अरे चौधरी साहब, आपने ऐसी कौन सी बात कह दी जो आप इतना सिकुड़ कर बैठ गए हैं।' मैंने उसे प्रोत्साहित करने के मतलब से कहा।

उसने धीरे-धीरे अपना सर उठा कर मेरी तरफ देखा और रुक-रुक कर बोलने लगा—सोनल जी, मुझे मालूम नहीं, मुझे आपसे यह सब इस तरह कहना चाहिए था या नहीं। वैसे मैं आपके बारे में काफी पहले से सोचता रहा हूँ। कभी-कभी तो पूरी रात आपसे बातें करते हुए बीत जाती है। सुबह उठता हूँ तो बहुत परेशान हो जाता हूँ। क्योंकि आपका और मेरा परिवेश दो ध्रुवों पर टिका है। मैं यही सोच कर....।'

—'बस, बस, अमर। बहुत हो गया। मैं सब समझती हूँ। मैं भी कभी-कभी पूरी रात जगी रहती हूँ तुम्हें लेकर। तुमसे बहुत से प्रश्न करती हूँ। तुमसे तुम्हारे बारे में पूछती हूँ। तुम्हें अपनी जिंदगी के बारे में बतलाती हूँ और रोती रहती हूँ।'

—'सोनल जी, रोता तो मैं भी हूँ....।' उसने धीरे से मेज पर रखी हुई मेरी हथेली पर अपना हाथ रख दिया। मैं रोमांचित हो उठी। और बरबस ही मेरी आँखों से आँसू बहने लगे। वह उठा। मेरे पास आया और उसने रूमाल से मेरे आँसू पोंछ दिए। और रूमाल को जेब में रखने से पहले उसे धीरे-से चूम लिया।

मैं निढाल, चुपचाप चाय की प्याली को अपने नाखूनों से कुरेदती रही। हमारे बीच एक लम्बा मौन समा गया था।

कुछ देर बाद मैं नॉर्मल हुई और मैंने उससे धीरे से कहा—वक्त हो गया है। अब तुम लंच लेकर जाना।'

—हुँ....।' वह मेरे बहते हुए आँसुओं को देखता रहा। मैंने देखा, उसकी आँखें भी डबडबा आई थीं।

लंच करने के बाद वह चला गया। मैं संज्ञा-शून्य सी अपने बेड-रूम में आकर बिस्तर पर गिर पड़ी।

कुछ ही पलों में इतना सब कुछ हो गया। वक्त आने पर समय सब कुछ कह देता है। वक्त ने मुझसे भी मन की बात कहला दी। सामने वाले का विश्वास पाने के लिए यह जरूरी होता है कि उससे खुले मन से बात की जाय। लेकिन....। नहीं, मैं 'लेकिन'

के बारे में कुछ नहीं सोचूँगी। यह ऐसा शब्द है जो विकल्प के द्वार खोल देता है। कहीं पढ़ा था कि विकल्प का द्वार खुलने पर संकल्प स्थिर नहीं रह पाते। अपने उद्देश्य पर दृढ़ रहने के लिए विकल्पों के द्वार बंद कर देने चाहिए।

मैंने भी संकल्प कर लिया है कि अब किसी भी प्रकार के विकल्प को अपने जीवन में प्रवेश नहीं करने दूँगी।

पन्द्रह

# अमर चौधरी

**24 फरवरी, 1960**

अब ठंड कम हो गयी है।

मौसम मजेदार है। अपने कमरे की बड़ी खिड़की से रात के आसमान का एक हिस्सा भीतर प्रवेश करता हुआ। चाँदनी का प्रकाश। तारों की झिलमिल और रुका हुआ ठंडा-ठंडा पवन। मैं अपनी चारपाई पर बैठा उस ओर निहार रहा हूँ। मन में एक अजीब तरह की शांति है। शांति भी और कुछ-कुछ उल्लास भी।

उल्लास। संशय। असमंजस। सभी बारी-बारी से आते हैं और मेरी धमनियों में कुछ अलग-अलग रंग घोल जाते हैं। लेकिन उल्लास का रंग गहरा है। उमड़ता हुआ उल्लास कहता है—अमर, यह जो हो रहा है, उसे होने दो। इन क्षणों का सुख लो। तुम भले ही नियति और भाग्य पर विश्वास नहीं करते लेकिन इनका अस्तित्व तो है ही। अस्तित्व है, तभी तो ये 'शब्द' हैं। यह तुम्हारा पहला रूमानी अनुभव है। इसे गहराने दो। फिर जो हो, वह हो।

सचमुच मैं सोनल के काफी निकट आ गया हूँ इन दिनों। अब उसकी देह-यष्टि मेरे सम्मुख साकार होने लगती है। उसकी अनुपस्थिति में भी। मैं उसे अपने में बाँध लेना चाहता हूँ। लेकिन सोनल—इसे वह स्वीकार कर पायेगी क्या?'

सोनल! तुम मेरे लिए मधु का प्रवाह बन गयी हो। प्रवाह नहीं, प्रशांत सागर। एक लहराता हुआ शांत सागर। जो मेरे पूरे व्यक्तित्व में समाता जा रहा है। मैं आँखें बंद किए उसका आनंद ले रहा हूँ। मेरा व्यक्तित्व फैलने लगा है। उसका फैलाव तुम्हारे व्यक्तित्व का स्पर्श करने लगा है। मेरा वर्तमान भविष्य के राग अलापने लगा है। बाहरी प्रभावों से अछूता मैं अब तुम्हीं को लेकर जीना चाहता हूँ। अब दिन में भी आँखों में नींद भर आती है। नींद में मैं तुम्हारे सपने लेता हूँ। तुम्हारे सौंदर्य के, तुम्हारे भविष्य के और तुम्हारे प्यार के सपने। मैं सचमुच स्वप्निल होता जा रहा हूँ। ऐसा पहले कभी नहीं हुआ था। यह मेरा पहला अनुभव है। तुम मेरा पहला प्यार हो।

शीतकाल बीत रहा है जैसे। वसंत आने को है। आँखों की बूँदें मोती बनने को हैं। सब कुछ है। लेकिन संशय भी अपनी जगह पर कायम है। फिर भी....फिर भी।

इन दिनों रोज ही सोनल के बंगले पर जाना हो जाता है। फिर चाय की प्यालियाँ। बातें और बातें। लेकिन अन्य-पुरुष में। बौद्धिक स्तर पर बातों का आदान-प्रदान। ये बातें प्रथम-पुरुष पर कब आएँगी। बहुत गहरे से आवाज आती है कि मेरे अतीत का लम्बा कठिन समय अब समाप्त होने को है। अपने वर्तमान में भविष्य का सुनहला इतिहास रचूँगा मैं। फिर जैसे कोई स्फुट स्वर में कह जाता है—'यह तुम्हार अतिविश्वास है। यथार्थ के बिन्दु पर रुक कर सोचो कि जो कुछ तुम सोच रहे हो, वह संभव भी है या नहीं। शायद संभव हो, शायद न हो। तुम दोनों स्थितियों के लिए अपने को तैयार रखो अमर।

शायद ठीक कहता है मेरा मन। एक छोटी सी बात, एक सामान्य-सा प्रसंग इतने हालात बदल देता है। मुझे पहले पता नहीं था। वहाँ पहले का सोचा हुआ ताश के पत्तों के समान ढेर हो जाता है और उस ढेर से जैसे एक निर्मम सच्चाई झाँकने लगती है। यथार्थ की सच्चाई जो हमारे सोच से, हमारे सपनों से बिल्कुल उलट होती है। क्या मेरे साथ भी ऐसा होगा। मैं सोच नहीं पाता कि रात के अंधेरे के बाद सूरज उगता है या सूरज के अस्त होने पर रात आती है। जीवन में सुख-दुख का आना-जाना भी ऐसा ही होता है शायद।

इन दिनों पढ़ने-लिखने में मन नहीं लग रहा। सोनल! तुमने कुछ न कहकर भी मेरे जीवन की दिशा बदल दी है। कॉलेज के बाद तुम्हारे पास आने को मन हुमकने लगता है। अब तो यह रोज-रोज की बात हो गयी है। कल भी आऊँगा। आऊँगा और तुम्हारा मन जानने की कोशिश करूँगा।

हम बंगले के लॉन पर बैठे हैं। बिंदिया छुट्टी लेकर अपने गाँव गई है। सोनल चाय बनाने के लिए उठ गयी है। मैं बंगले की प्रकृति को देखने लगता हूँ।

बाउन्डरी वॉल पर गुलमोहर खिल रहा है। दायीं ओर खड़े अमलतास की पंक्तियों में अभी फूल नहीं फूटे। गुलाब की क्यारियाँ अपना यौवन बिखेर रही हैं। पास ही मनीप्लांट गुच्छों में विकसित हो रहा है। और बीच में यह लॉन है। छोटी और चौड़ी पत्तियों वाली घास। पूरा दृश्य सम्मोहक है। मैं एकाग्र हो, इसका सुख ले रहा हूँ। भीने-भीने आनंद का सुख।

तभी सोनल चाय की ट्रे लेकर आ जाती है। मुस्कराती हुई। ट्रे को टी-पॉय पर रखती हुई वह कहती है—आज मेरे हाथ की चाय पीनी पड़ेगी।'

—मेरी चाय में शक्कर मत डालना प्लीज।' मैं मुस्कराते हुए कहता हूँ।

—क्यों? तुम तो दो पूरे भरे हुए चम्मच लेते हो।'

—आज तुम बनाकर लाई हो न, इसलिए।'

—यू, चापलूस कहीं के।'

—सच मानो सोनल जी, मैंने आज तक किसी की चापलूसी नहीं की। चापलूसी और प्रशंसा में फर्क होता है।'

—ठीक है, ठीक है। कल रात क्या किया? रिसर्च कितनी बाकी है?'

—कहाँ की रिसर्च सोनल जी। आप पढ़ने ही नहीं देतीं। जैसे ही किताब हाथ में लेता हूँ, तुम सामने आकर खड़ी हो जाती हो और मेरे हाथ से किताब लेकर मेज पर रख देती हो।'

सोनल मुझे घूरने लगती है। मालूम नहीं पड़ता, उनकी आँखों में प्यास है या संदेह या मेरे प्रति प्रशंसा।

मैं अपनी निगाहें नीची कर लेता हूँ।

चाय का प्याला मेरी ओर बढ़ाती हुई सोनल पूछती है—एक बात पूछूँ अमर?'

मैं अपना सर उठाता हूँ। उन्हें देखता हूँ। और देखता रहता हूँ।

—तुम्हें मैं कैसी लगती हूँ?'

मैं कुछ नहीं कहता।

—तुम्हें क्या लगता है कि मैं तुम्हारी लाइफ में फिट होती हूँ या नहीं?'

मैं उसे देखे जा रहा हूँ। दिल की धड़कन बढ़ गयी है। मुझे लगता है, निर्णय का समय आ गया है।

—देखो, अमर मैं सिर्फ़ मैं हूँ। मेरे पास किसी तरह की कोई दौलत, कोई जायदाद नहीं है।....पापा के पैसे से मेरा कोई सरोकार नहीं है। तुम समझ रहे हो न।'

अब मैंने बोलना ही ठीक समझा। बोला—सोनल, मैंने कभी आपके पैसे से या आप की दौलत से प्यार नहीं किया। मेरे लिए वह कभी कोई कंसीड्रेशन नहीं रहा।'

—तो तुम क्या चाहते हो। मेरे साथ चल सकोगे।'

—आपने इतना कह दिया है तो....'

—क्या मुझे आप कहना जरूरी है, 'तुम' नहीं कह सकते। 'तुम' नहीं कहोगे तो तुममें एक काम्प्लैक्स हमेशा बना रहेगा।'

—ठीक है, अब मैं 'तुम' कहने की कोशिश करूँगा....हाँ तो मैं कह रहा था कि आपने, सॉरी, तुमने इतना कह दिया है तो मेरे कहने के लिए क्या बचा है।'

सोनल ने धीरे से अपनी हथेली मेरे हाथ पर रख दी। उसकी आँखें डबडबा आई थीं।

—मुझसे विवाह करोगे न।'

और मैं सहसा इस प्रश्न का कोई उत्तर नहीं दे पाया। मेरे सामने मेरा सारा परिवेश घूम गया। अपनी स्थितियाँ घूम गयीं।

—क्या सोच रहे हो अमर।'

—कुछ नहीं। कुछ भी तो नहीं।'

—फिर भी?'

—सोनल, तुम मेरा परिवेश जानती हो। मेरी स्थिति का भी तुम अंदाजा लगा सकती हो। कहीं ऐसा न हो कि....।'

—मैंने सब सोच-विचार करके ही तुमसे अपने मन की बात कही है। मैं तुम्हें न अपने परिवार वालों से तोड़ना चाहती हूँ और न तुम्हारे परिवेश से। मैं बहुत अकेली और बहुत असुरक्षित महसूस करती हूँ अमर। तुम मुझे पहली ही नजर में अच्छे लग गए थे। फिर धीरे-धीरे तुम्हारे निकट आने पर मैंने महसूस किया कि जैसे मैं तुम्हारी ही प्रतीक्षा कर रही थी।'

सोनल सुबकने लगी थी।

मेरी हालत लड़खड़ाते व्यक्ति जैसी हो गयी।

—यह क्या पागलपन है सोनल। इन क्षणों में यह रोना किसलिए?'

—आँसू दुख के ही नहीं, सुख के भी होते हैं अमर।'

—सोनल!' मेरी साँसें 'सोनू-सोनू' उच्चारने लगीं।

मैंने उठकर उसके कंधे पकड़ लिए। उसने अपने हाथ मेरे हाथों पर रख दिया.. ..और उन्हें जैसे कस कर दबा दिया।

—यह संन्ध्या साक्षी है सोनल! यह आकाश, यह डूबता हुआ सूरज। सब साक्षी हैं। तुम मेरी हो। सिर्फ मेरी। मेरे शब्दों पर विश्वास करना।'

—मुझे तुम पर विश्वास है, इसीलिए तो....।' वह फिर सुबकने लगी थी।

—ऐसा पागलपन नहीं करते सोनल। चलो, भीतर ड्राइंग रूम में चलते हैं।'

वह उठी और निर्जीव सी ड्राइंग रूम की ओर चल दी। मैंने उसे सहारा दिया और भीतर आकर उसके सामने खड़ा हो गया। अपलक उसे निहारता रहा।

वह दो कदम आगे बढ़ी और उसने मुझे अपनी बाँहों में जकड़ लिया। पहले धीरे-से, फिर कस कर। और आँखें बंद कर लीं।

मेरी धमनियों के रक्त का प्रवाह तेज हो गया था। मैंने उसको अपनी बाँहों में लपेट लिया। वह मेरे बिल्कुल पास खिंच आई। उसने अपनी आँखें बंद कर लीं। मैंने धीरे-से उसके होंठों पर अपना चुम्बन रख दिया। और बड़ी देर तक रखे रखा।

सोनल लड़खड़ाने लगी थी। उसका चेहरा बर्फ बन गया था। पूरे शरीर में जैसे थकान भर गयी थी। मैंने उसे संभाल कर सोफे पर बिठा दिया और स्वयं उसकी बगल में बैठ गया। मेरी अंगुलियाँ उसकी गरदन को सहलाने लगी थीं।

रात काफी बीत चुकी है लेकिन नींद नहीं आ रही। सीलिंग पर घूमता हुआ पंखा है। पंखा धीरे-धीरे घूम रहा है। और मेरा वजूद भी। सोच में कहीं संतुलन नहीं रह गया है। आत्मा का संघर्ष। विचारों का संघर्ष। लक्ष्यहीनता का संघर्ष। पहले जैसा उल्लास और उन्माद ढीला पड़ गया है। ठंडा और जड़ हो गया है। ऐसे रूमानी हालात में तो

इंसान आकाश में तैरने लगता है, सितारों को निचोड़ने की बात सोचने लगता है। धरती को नाप लेना चाहता है। लेकिन मेरे साथ ऐसा कुछ भी नहीं हो रहा है। एक ओर रोमांच है और दूसरी ओर भयाक्रांत मन। भावी का भय भीतर तक रोम-रोम में समा गया है। क्या होगा। कैसे होगा। कैसे हम दोनों के बीच संगति बैठेगी। विवाह के बाद यह संबंध चल पायेगा क्या। हमारे अपने-अपने परिवेश हैं। अपना अपना आकाश है। अपने-अपने संस्कार हैं। कौन करेगा पहल। अपने आकाश को, अपनी धरती को छोड़ने की; अपने संस्कारों से मुक्त होने की। क्या यह सब करना आसान है। क्या ऐसा किया जा सकता है?

करना ही पड़ेगा अमर। तुम्हें ही करना पड़ेगा। तुम्हें ही पहल करनी होगी। तुम्हें ही समझौते करने पड़ेंगे। वैसे भी सोनल तुमसे बड़ी है। काफी बड़ी है। संपन्न है। काफी सम्पन्न है। उससे इस सब की अपेक्षा करना दरिंदगी होगी। तुम्हें ही आपसी संबंधों के धुँधलके में सूरज लाना होगा। तुम्हें ही धूप का इतिहास रचना होगा।

अनिश्चय। भ्रांति। कसमकस। मैं जैसे इन शब्दों की बाड़ में घिर कर रह गया हूँ। लेकिन मैं अनिश्चय में नहीं जी सकता। मुझे कोई न कोई निश्चय करना ही पड़ेगा। कोई न कोई निर्णय लेना ही पड़ेगा। मैं दीवारों के शून्य में कोई निदान खोजने की कोशिश कर रहा हूँ। ऊपर छत पर नजरें टिकाता हूँ। शायद कोई उत्तर टंगा हुआ मिल जाये। लेकिन नहीं। वहाँ कुछ नहीं है। बस, एक खामोशी है। जड़ खामोशी। कोई आहट नहीं है। कोई उत्तर नहीं है। बेजान दीवारें। प्राणहीन छत। बस पंखें की घर्र-घर्र है। और कहीं कुछ नहीं है।

मैं सोनल के इतने निकट आ गया हूँ। अब उससे टूटने का प्रश्न ही नहीं उठता। मैंने उसके शरीर का स्पर्श किया है। उसके अधरों के मधु को चखा है मैंने। अब कोई प्रपंच नहीं चलेगा। चाहे मुझे कितने ही झंझावातों के बीच जीना पड़े। चाहे कितने भी अन्तर्द्वन्द्व में रहना पड़े, चाहे अपनी अस्मिता को तिल-तिल गला देना पड़े, मुझे संबंधों का निर्वाह करना ही होगा। मैं ऐसा ही हूँ। मेरे संस्कार ही ऐसे हैं।

शायद आधी रात बीत गयी है। कहीं पास में कोई कुत्ता भोंकने लगा है। मुझे लगता है कि मैं स्थिर हो रहा हूँ। अब मैं दूसरी संभावनाओं के बारे में सोचने लगता हूँ।

सोनल भले ही इंकार करे लेकिन वह सम्पन्न है। अभिजात्य है। विदुषी है और संवेदनशील है। वह चीजों को समझती है। उसे तथ्यों से परहेज नहीं है। वह जरूर-जरूर मेरी स्थिति समझेगी। वह मुझे अपना खिलौना नहीं बनाएगी। वह निष्कपट है। वह मुझे संतुष्ट रखेगी और मैं भी कोशिश करूँगा। व्यावहारिक स्तर पर मेरा निर्णय सही है। सोनल को मैं बहुत प्यार दूँगा। मेरे पास और है ही क्या? मैं और दे ही क्या सकता हूँ।

लेकिन ऐसा सोचते हुए मैं दुविधाग्रस्त हो उठता हूँ। मेरे मस्तिष्क की शिराएँ फटने-फटने-सी लगती हैं। लेकिन साथ ही यह भी लगता है कि मेरे लिए अब कहीं कुछ नहीं है। जो कुछ है सोनल में है। उसके संग-साथ, उसके प्रणय और उसकी बाहों में है।

अब सोनल का घर मेरा घर है। इस घर के बाहर जो कुछ भी है, वह बस छाया है, एक भुलावा है, भ्रम है। सोनल ही सत्य है, सोनल ही सुख है और वही तृप्ति भी है। वही मेरा वर्तमान है और भविष्य भी। और मेरे जैसा व्यक्ति भविष्य को आशा की उज्ज्वल आँखों से देखता है। विश्वास मन में लिए उसकी प्रतीक्षा करता है और उसकी प्रतीक्षा में अपना सर्वस्व बिछा देता है। अब सोनल ही मेरी मंजिल है और यह मंजिल ही मेरा उद्देश्य। मेरे लिए और कहीं कुछ नहीं है। वही लॉन है और वही चाय की प्यालियाँ।

अगला दिन।

—तुम विश्वास नहीं करोगे अमर। दिलशाद के साथ मेरा होना एक अनहोनी था।'

—सोनल, सच-सच बतलाओ, तुमने उसे कभी प्यार नहीं किया।'

—जो किया अमर, उसे प्यार तो नहीं कहा जा सकता। प्यार में लेन-देन नहीं होता। जो होता है स्वेच्छा से होता है। कैलकुलेशन प्यार को जूठा कर देता है। मैंने बताया था न, मैं छोटी-छोटी बातों से प्रभावित हो जाती हूँ। बस, इसी कमजोरी के चलते वह मेरे पास और पास आता चला गया।'

—उसका तो अपना परिवार है?'

—है। लेकिन वहाँ शायद पारिवारिकता नहीं थी।'

सोनल की आँखों में उदासी घिर आई थी।

—मैं उससे मुक्त होना चाहती हूँ अमर।'

—अब इतने सालों बाद?'

—इट इज नेवर टू लेट।'

—पर ऐसा क्या हो गया?'

—मैं किसी की प्रॉपर्टी नहीं बन सकती।'

—लेकिन उसकी जिंदगी तो बेकार हो गयी।'

—मेरी ही कौन-सी जिंदगी बन सकी है उसके साथ। हमेशा एक गिल्ट का भाव लिए जी रही हूँ मैं।'

—कल अगर ऐसा ही मेरे बारे में भी सोचने लगो तो....।' मैंने मुस्कुराते हुए कहा।

—डोन्ट बी सिली अमर। हम शादी कर रहे हैं। क्या तुम्हें मुझ पर विश्वास नहीं है।' वह रुआंसी हो उठती है।

—मैं तो मजाक कर रहा था सोनल।'

—ऐसे मजाक मुझे भीतर तक कचोट जाते हैं।.... एक बात कहूँ अमर। इस बात को आगे फिर कभी मत उठाना। मैं अपने को बहुत छोटा महसूस करने लगती हूँ।'

—सॉरी, सोनल। अब आगे तुम्हें मुझसे कोई शिकायत नहीं होगी।'

सोनल अपनी नाक पोंछ लेती है।—एक कप और लोगे।' वह केतली से प्याले में चाय डालने लगती है।

मैं प्याले में ढलती चाय को देखे जा रहा हूँ।

दूसरा दिन।

वही बंगला। वही लॉन। हरी-हरी दूब। कटी-छटी-सिंचित। दो कुर्सियाँ। बीच में वही टेबल। चाय की केतली। टी कोजी। प्याले। दूध। चीनी। चम्मच। चीनी का घोला जाना। हल्की सी खनखनाहट। नन्हीं-नन्हीं चांदी की घंटियों-सी आवाज।

चाय की सिप। एक सिप। दूसरी सिप। खामोशी।

—तो तुमने सोच लिया है फाइनली।'

—नहीं सोचा होता तो कल वैसा क्यों कहता।'

—जानते हो मेरी उम्र क्या है?'

—प्यार उम्र नहीं देखता। मैं उम्र की बात नहीं कर रहा।'

—शादी की तो कर रहे हो।'

—हाँ।'

—तो क्या शादी के साथ उम्र की बात नहीं चलती। नो कंसीड्रेशन फॉर एज?'

सोनल के होंठों पर हल्की मीठी सी मुस्कराहट फैल गयी है। पर आँखों में करुणा भरी है। शायद मेरे प्रति। शायद अपने प्रति।

सोनल मेरी ओर देखे जा रही है।

—इस तरह क्या देख रही हो?'

—देख रही हूँ, मेरे पति बनकर तुम कैसे लगोगे।' चेहरे पर एक उदास हँसी। हंसी में बात को उड़ाने की कोशिश।

सोनल एकटक मुझे देखती हुई सोचती हुई।

—क्यों क्या बात है? क्या सोच रही हो?'

—सोच रही हूँ, तुम अपने को फंसा हुआ तो फील नहीं कर रहे।'

—पागल हो तुम सोनल।'

—सो तो हूँ ही।'

—क्या मतलब?'

—यही कि लोग कहेंगे कि पैंतीस की होकर भी किस से शादी की।'

इतना बुरा तो मैं नहीं हूँ सोनल।

—तुम बुरे कहाँ हो। बुरी तो मैं हूँ। बहुत बुरी।' सोनल सिसकने लगती है। अनवरत सिसकियाँ और खामोश बहते हुए आँसू।

मैं सोचता रह गया हूँ, कभी-कभी प्रतिमाएँ भी रोती हैं।

अगला दिन।

—तुम्हारे होंठ कितने सुंदर हैं अमर।

—और तुम्हारे? तुम्हारी तो पूरी देह ही सुन्दर है।'

—पुरुष घूम फिर कर देह पर क्यों आ जाता है।'

—शायद इससे अपनी बात कहने में आसानी होती हो।'

—प्यार देह से होता है क्या?'

—जरूरी नहीं, पर शुरू जरूर देह से होता है।'

—फिर, उसके बाद?'

—फिर सब डिपेन्ड करता है। देह से मन तक। रग-रंग में पैठता-फैलता हुआ। या फिर देह तक ही। और फिर उदासीनता, शिथिलता....उपेक्षा।'

—तुम तो मेरी उपेक्षा नहीं करोगे?'

—मैं पहली कैटेगरी में आता हूँ सोनल।' मैं मुस्ककराने लगता हूँ।

सोनल भी मुस्कराती है। और मुझे प्यार से देखने लगती है।

—मैं कानों में कुछ नहीं पहनती। तुम्हें कैसा लगता है।'

—इस पर मैंने सोचा ही नहीं।'

—मेरे ब्लाउज का कट तुम्हें कैसा लगता है।'

—बेमतलब की बात कर रही हो सोनल। यू नॉटी गर्ल।'

—गर्ल...?'

—और क्या। वुमन तो शादी के बाद बनोगी।'

मैं हँस पड़ता हूँ। सोनल उदास हो जाती है।

—क्या सोच रही हो।'

—सोच रही हूँ, इन थोड़े से दिनों में कितना कुछ बदल गया है।'

—हाँ सोनल, बदल तो गया है।'

मेरे हाथों में सोनल का हाथ है। कितना मुलायम। कितना गुलाबी। कितना अभिजात्य। हाथ और हाथों के डिजाइन खानों में बंटे हुए हैं। यहाँ भी वर्गीकरण। दो वर्ग। अनेक वर्ग। ये वर्ग आपस में मिल सकते हैं क्या। और मिलाने का माध्यम।.... प्यार। एकमात्र प्यार। प्यार ही वह राग है जो हृदय से हृदय जोड़ता है। जुड़े हुए हृदय। जुड़े हुए हाथ। एक दूसरे की गरमाहट महसूस करते हुए। हाथों की सुन्दरता। सोनल की अंगुलियां कितनी नरम हैं। कितनी सुडौल। कितनी पतली। जैसे किसी चित्रकार ने रच दी हों। ये नाखून कितने साफ हैं। कितने रक्तिम।

—मुझे प्यार करते रहना अमर।'

—हाँ सोनल। करता रहूँगा। हमेशा करता रहूँगा।'

सोनल की आँखों में आँसू भर आए हैं। मैं उठकर उसकी पीठ थपथपाने लगता हूँ।....

—मैं तुम्हारा हूँ सोनल।....बिल्कुल तुम्हारा।'

—मैं बिल्कुल अकेली हूँ अमर। भीड़ में अकेली और खोई हुई।'

—अब तुम अकेली नहीं हो सोनल।'

—मुझे अपने से बड़ा मोह है अमर। मौत से बहुत डरती हूँ मैं। मौत के क्षण से भी। इसीलिए अपने अकेलेपन से भी। चाहती हूँ, मरते समय अकेली न होऊँ। कोई मेरी मिट्टी को प्यार से ठिकाने लगाने वाला हो। मैं अपने अकेलेपन में घुट कर नहीं मरना चाहती। बस, इसीलिए.... ।'

सोनल की आँखों से आँसू बहते जा रहे हैं। कैसी भी उत्तेजना को आँसू शांत कर देते हैं। शायद इसीलिए....।

सोनल पर बहुत प्यार आ रहा है। कैसी बच्ची-सी लग रही है इस समय सोनल।

मैं मन ही मन प्रार्थना करने लगता हूँ। मेरी सोनल हमेशा ऐसी ही बच्ची-सी बनी रहे।

## सोलह

# सोनल मेहता

**13 मार्च 1960**

मेरे जीवन के ये निर्णायक क्षण। नहीं जानती, यह निर्णय सही है या गलत। और निर्णय अंतिम बिंदु तक पहुँच भी पायेगा या नहीं। बस, अपने भीतर भावनाओं का उद्वेग महसूस करती रहती हूँ। उन क्षणों में या तो बिजली-सी आशा दमक उठती है या सावन के गहरे बदलों सा अंधियारा छा जाता है। अमर की ओर से मुझे अब कोई दुविधा नहीं रह गयी है। जो भी अन्तर्संघर्ष है, मेरा है। मैं आश्वस्त होना चाहती हूँ अपने प्रति। अपने निर्णय के प्रति। बाद में अपने दायित्वों, अपने भावी जीवन और अपने संकल्पों के प्रति। और इतना आगे बढ़ने के बाद भी वही नहीं हो पा रहा है।

अमर जैसे पुरुष का संसर्ग। कितना मादक और कितना शांतिदायी। लेकिन लोग-बाग। समाज। समाज के व्यंग्य। समाज की निंदा। उस सब को झेल पाऊँगी क्या? न न। यहाँ राजकोट में रह कर तो यह नहीं हो पायेगा। यहाँ के लोगों की संकीर्ण मानसिकता। तरह-तरह की बातें उठने लगेंगी। तरह-तरह के लांछन। सही-गलत लांछन। तो फिर...।'

बार-बार सोचने की कोशिश करती हूँ, अमर के प्रति यह मेरी क्षणिक आसक्ति है या प्यार। आसक्ति की स्थिति में विवेक स्थिर नहीं रहता। मैंने बार-बार अपने से यह प्रश्न पूछा है। लेकिन मुझे कोई उत्तर नहीं मिलता। फिर भी मैं प्रतिपल अमर की ओर बढ़ रही हूँ क्योंकि उस पर मुझे विश्वास है। उसकी निश्चल आँखें। आँखों से मेरे प्रति झरता हुआ प्यार। मेरे प्रति उसकी चिंता। बातचीत में खुलापन। शालीन व्यवहार। कोई व्यक्ति लम्बे समय तक इस सब का नाटक तो नहीं कर सकता न। उसको लेकर मैं आश्वस्त हूँ। बस, मुझे अपने को लेकर आश्वस्त होना है।

हम ड्राइंग रूम में बैठे हैं। अमर आज कुछ ज्यादा ही आकर्षक लग रहा है। अमर ने दोनों प्यालियों में चाय डाल दी है। सहसा मैं कहती हूँ—

—हम दोनों बंबई चले जाएँगे। वहीं सैटिल हो जाएंगे।'

—बम्बई क्यों?'

—यहाँ मुश्किल है अमर। यहाँ के लोग। यहाँ के लोगों की सोच....।'

—ठीक है, जैसा तुम कहो।'

—हमारे लिए यही ठीक होगा। बम्बई में कोई किसी की चिंता नहीं करता। लोग सालों तक अपने पड़ौसी तक को नहीं पहचानते।'

—हाँ, फिर हम तो स्पेशल 'कपल' होंगे।' वह हँस पड़ता है।

—हँसने की बात नहीं हैं अमर! मैं सीरियसली कह रही हूँ।'

—मैं भी सीरियसली सुन रहा हूँ। और क्या-क्या प्रोग्राम बनाया है।'

—हम वहीं जाकर कोर्ट मैरिज कर लेंगे।'

—वहाँ रहेंगे कहाँ। राजकोट में रहकर तुम बंबई के खर्चों का अनुमान नहीं लगा सकती।'

—उसकी चिंता तुम मत करो। वह सब मैं संभाल लूंगी। पहले कुछ दिन हम रूपल के यहाँ रह सकते हैं। फिर अपना फ्लैट खरीद लेंगे।'

—तुम्हारी सर्विस का क्या होगा। ट्रांसफर हो पायेगा क्या?'

—मेरी सर्विस की बात छोड़ो। मैं जहाँ खड़ी होऊँगी, वहीं सर्विस मिल जायेगी। तुम अपनी सोचो। कुछ दिन खाली भी रहोगे तो भी कोई बात नहीं। मैं संभाल लूंगी।'

—अब शायद मुझे भी कोई मुश्किल नहीं पड़ेगी। इतना एक्सपीरियंस हो गया है। हाँ, तुम्हारी तरह खड़ा होकर तो नहीं मिलेगी नौकरी। थोड़ी कोशिश करनी होगी। वैसे बंबई में मेरा 'कलीग' एक नए कॉलेज में प्रिंसिपल बनने वाला है। वह जरूर मेरी 'हैल्प' करेगा।'

—तुम्हारी चाय ठंडी हो रही है। पी लो। फिर बाज़ार चलेंगे। कुछ साड़ियाँ खरीदनी है; तुम्हारी पसंद की।' मैं कहती हूँ।

—मेरे लिए कुछ नहीं खरीदोगी।'

—तुम्हारे लिए क्या खरीदूँ। तुमने तो मुझे ही खरीद लिया है।'

—तुम ऐसा समझती हो सोनल।'

—मैं मजाक कर रही थी। नाउ गैट अप।'

शाम

—मैं बहुत थक गयी हूँ अमर। आज चाय तुम बनाओ....।'

—अच्छा, अभी से बावर्ची बनाना शुरू कर दिया।'

—साड़ियां अच्छी हैं न। और ब्लाउज पीस।'

—तुम भी क्या हो। सब कुछ अपनी पसंद से लिया और अब घर आकर मुझ से पूछ रही हो।' किचन की ओर जाते-जाते वह कहता है। मुझे उसका रूठना अच्छा लगता है। कुछ लोग जीवन्त मोह होते हैं। मेरे लिए अमर भी ऐसा हो गया है।

................................

................................

................................

................................

—तुम्हारे गालों पर सुर्खी आ गयी है सोनल।' वह मुस्कराता हुआ चाय की ट्रे नीचे रखते हुए कहता है।

—सब तुम्हारा दिया है।'

—हाँ, यह तो है।'

—यू रास्कल। अपनी बड़ाई सुनने में बड़ा मजा आता है।'

—सब को आता है।'

—तुम से बातों में कोई नहीं जीत सकता।'

—सो तो है।' वह खिलखिला कर हंस पड़ता है। मेरे अंग-अंग में फूल खिल उठते हैं। रोमांच के, उल्लास के, खुशी के फूल। कितनो सालों बाद ये दिन लौटे हैं।

—तुमने मुझसे कभी एक सवाल किया था सोनल।' चाय की सिप लेता हुआ वह कहता है।

—कौन सा सवाल।'

—यही कि मैंने इससे पहले किसी से प्यार किया है?'

—तो?'

—आज मैं पूछना चाह रहा हूँ क्या तुमने इससे पहले किसी से प्यार किया है।'

—दिलशाद खांडवाला की बात दिमाग में घूम रही है?'

—उसे छोड़ो। तुमने मुझे उसके बारे में सब कुछ बतला दिया था। वह तुम्हारी बचकानी हरकत थी। मेरा मतलब है, उसके अलावा?'

मेरा उल्लास, मेरी हंसी, मेरी खुशी काफूर हो गयी हैं। क्या सैम के बारे में बतलाना ठीक होगा। अपने अल्हड़पन में मैंने उसका साथ खूब जिया था। मैं उससे प्यार करने लगी थी या नहीं—मैं आज तक नहीं जानती। हाँ उसका साथ मुझे रोमांचित कर देता था। क्या उसके बारे में सब कुछ बतला दूँ। फिर दूसरे ही क्षण मैं सोच बैठी कि उसके साथ के संबंधों को प्यार तो नहीं कहा जा सकता। वह एक भावावेश था, शायद पुरुष का साथ पाने के अहसास की उत्सुकता थी या फिर उभरती जवानी का पागलपन—कुछ भी हो, वह प्यार तो नहीं ही था।

—क्यों, सोच रही हो, बताऊँ या न बताऊँ। यही न?'

—नहीं, ऐसी कोई बात नहीं है।' मैं गंभीर हो गयी थी।

—मत बताओ। मैं जान गया हूँ।'

—क्या जान गए हो।'

—यही कि तुम्हारे किसी से कुछ संबंध जरूर रहे हैं। नहीं तो बतलाने में इतनी देर

क्यों लगाती। मैंने तो चट से जवाब दे दिया था।'

मुझे लगा कि मैं उस प्रसंग को नहीं छिपा पाऊँगी। बोली—'हाँ, कभी-कभी कुछ ऐसा हो जाता है। लेकिन उसे प्यार तो नहीं कहा सकता।'

—कौन था वह खुशनसीब।' वह मेरी तरफ देखता हुआ मुस्कराकर पूछता है।

—था एक। पापा का यंग फ्रैंड। सैम नाम था उसका।'

—फिर क्या हुआ उस बेचारे का।'

—वह मर चुका है।'

—ओह, सॉरी। कैसे क्या हुआ उसे।'

—गाड़ी के नीचे कुचल कर मर गया।'

—कुचल गया या कुचल दिया गया।'

—यह मैं नहीं जानती। मैं पापा के साथ बंबई गयी हुई थी।'

—ऐसा हो जाता है सोनल। तुम्हारे हिस्से में मैं लिखा था तो वह कैसे जिंदा रहता।' मैं चुप हो जाती हूँ। हम चुपचाप अपनी चाय सुड़कने लगते हैं।

एक और दिन

यह सुबह की शुरुआत है। आज मैंने छुट्टी ली है। अखबार वाला अखबार डाल गया है। मैं लॉन में खाली बैठी हूँ। अखबार उठाने को भी मन नहीं कर रहा।

सामने सड़क पर एक कुत्ता बहुत व्यस्त हो गया है। इधर-उधर ठीक ठौर खोज रहा है शायद। वह खानाबदोश लड़की कितनी तेज़ी से जा रही है। रात का आलस्य कहाँ है उसकी चाल में। पीली साइकिल—दोनों तरफ दूध के हंडे लटके हुए। वह चुपचाप धीरे-धीरे पैडल मार रहा है। कुछ बूढ़े मॉर्निंग वॉक कर रहे हैं। और वह भिखारिन लड़की फुटपाथ पर चूल्हा जला रही है। गोद में छोटा बच्चा है। बच्चा रोये जा रहा है। वह उसे हिला-हिला कर चुप कराने की कोशिश कर रही है। एक अधेड़ औरत बंगले की चारदीवारी पर फैली बेल से फूल तोड़ने की कोशिश करती है। सहसा उसकी आँखें मुझे देख लेती हैं। वह आगे बढ़ जाती है।

छोटी बच्चियों का समूह गेट के सामने से निकल रहा है। नीली निक्कर। वह लड़का कितनी तन्मयता से पढ़ता हुआ चल रहा है।

मैं उठकर ड्राइंग रूम में आ जाती हूँ। सेंटर टेबल पर गुलाब का मुरझाया फूल रखा है। कल अमर ने इसे मेरे बालों में खोंस दिया था। मैं उसे वहाँ से उठाकर एक किताब के बीच में रख देती हूँ। अपना ऐसा करना मुझे अच्छा लगता है। मैं फिर अपनी नयी दुनिया में खो जाती हूँ।

—प्यार भी क्या चीज है सोनल।' उसने कहा था—वह न उम्र का मोहताज होता है, न जाति का, न और किसी बंधन का। वह स्वतंत्र, स्वच्छंद होता है। तुम कहाँ की,

मैं कहाँ का। दोनों की भिन्न संस्कृति, भिन्न परिवेश और भिन्न सोच। लेकिन प्यार के सामने इन बातों का कोई मतलब नहीं होता। दो अलग-अलग आत्माओं को कैसे जोड़ देता है प्यार। तुम्हें मालूम है, अंबेडकर ने एक बार क्या कहा था?'

—क्या कहा था?'

—उन्होंने कहा था कि इंसान को सिर्फ़ दो चीज़ें जोड़ सकती हैं। एक अन्तर्विवाह और दूसरा अन्तर्भोज। यदि ऐसा हो पाता है तो तब सारी विषमताएं धीरे-धीरे दूर हो जाती हैं। दुनिया रहने लायक बन जाती है।'

—तुमने अंबेडकर को पढ़ा है?'

—हाँ, थोड़ा-बहुत। गाँधी और विनोबा को भी।'

—तभी तो....।'

—तभी तो क्या?'

—तभी तो तुम इतने सुलझे हुए हो।'

—लेकिन अब तो उलझ गया हूँ।'

—क्या मतलब?'

—यानी तुम्हारे आकर्षण में और तुम्हारे प्यार में। हालाँकि यह उलझन भी अच्छी लगती है।'

—तुम बातें अच्छी बना लेते हो।'

—क्योंकि मैं बेसिकली अच्छा हूँ।'

—अपने मुँह मिया-मिट्ठू?'

—जब कोई अपनी तारीफ नहीं करता तो खुद ही यह काम भी कर लेना पड़ता है। मजबूरी है।' वह हंसने लगा था।

मैं निरुत्तर हो गयी थी। आँखों में उसके प्रति बहुत प्यार छलक आया था।

अगली शाम।

—सोनल, सैम के बारे में और कुछ बताओ?' वह पूछता है। मैं सहसा गंभीर हो जाती हूँ। सोचने लगती हूँ, इससे मैंने सैम का जिक्र क्यों किया। उस प्रसंग को मैं छिपा भी सकती थी। जामनगर में ही तो वह सब कुछ हुआ था। यहाँ इसे क्या पता चलता। फिर इस हादसे को हुए इतने साल बीत चुके हैं। मैं सोच रही थी कि इसे और क्या बताऊँ.....क्या वह सब—उसके मेरे इंटीमेट रिलेशन। मेरा गर्भवती होना। पापा का मुझे लेकर बंबई जाना और फिर आप्रेशन। आप्रेशन के बाद पेट में भयानक दर्द। तेज ब्लीडिंग। खून का चढ़ाया जाना....फिर तीन दिन बाद वापस जामनगर। रास्ते में पापा की हिदायत। डॉक्टर की कुछ दिनों तक बैड रैस्ट लेने की सलाह। क्या वह सब कह दूँ? क्या यह सब कहने लायक है? नहीं। इतना तो छिपाना ही पड़ेगा।' मैं एक ही क्षण में सब सोच गयी।

—और क्या बतलाऊँ। जो कुछ था, तुम्हें बतला दिया।'

—चलो तुम्हारी बात मान लेता हूँ।' वह फिर मुस्करा रहा था—'कि और कुछ नहीं हुआ।'

तभी एक और बात मेरे दिमाग में आई। मैं बोली—

—अच्छा एक बात बतलाओ अमर। शादी के बाद तुम मुझ से क्या चाहोगे।'

—तुम्हारी कम्पनी। तुम्हारी चाहत और क्या।'

—मैं मजाक नहीं कर रही। सीरियसली पूछ रही हूँ।'

—शादी के बाद पति पत्नी से क्या चाहता है। पत्नी का प्यार और विश्वास।'

—और?'

—और क्या। अपना छोटा-सा घर परिवार और दो-चार सुन्दर से बच्चे।'

—व्हॉट....? बच्चे?' मैं जैसे चीख पड़ी। मेरी आँखों से आँसू ढुलकने लगे। मैंने हथेलियों से अपना मुँह छिपा लिया। अनवरत आँसू। हिचकियाँ। सुबकते जाना। मुझे लगा कि रेत पर एक महल बनाया था। वह भरभरा कर गिरने लगा है।

—क्यों क्या हुआ।' वह घबड़ा गया था—सोनल बताओ तो क्या हुआ।'

—कुछ नहीं। अमर, तुम चले जाओ। इस वक्त तुम चले जाओ प्लीज।' मैंने सुबकते-सुबकते कहा।

वह कुर्सी से उठ गया और धीरे-धीरे फाटक की तरफ बढ़ने लगा।

रात को बहुत देर बाद कुछ आश्वस्त हुई तो अमर के साथ अपने संबंधों पर विचार करने लगी। क्या मैं इसके साथ सुखी रह सकूँगी। क्या इसे सुखी रख पाऊँगी। यह व्यक्ति असामान्य नहीं है। बहुत सामान्य है। सामान्य प्रवृत्तियों वाला। बहुत सीधा है। बहुत सच्चा है। इसकी अपनी अपेक्षाएं हैं। क्या मैं उन पर पूरी उतर सकूंगी। शायद नहीं। तो फिर उसके बाद। उसके बाद उपेक्षा और उदासीनता का दौर शुरू हो जाएगा। आपस में कडुवाहट बढ़ेगी। एक दूसरे के बीच अलगाव की दीवार खींच जाएगी। दिलों के शीशे तड़क जायेंगे....तब....। तब....।

मम्मा! मैं क्या करूं? उलझ कर रह गयी हूँ मम्मा। बताओ, मैं क्या करूँ?

## सत्रह

# अमर चौधरी,

**23 मार्च, 1960**

हॉस्टल का अपना कमरा।

कितनी घुटन भर गयी है इसमें। कितनी ऊब।....जिंदगी ठहर गयी है। और समय भी। यह क्या हो गया। बरबस यह क्या हो गया। रोशनदान पर लटका हुआ अधूरा घोंसला।

घोंसले बनते हैं और बनते-बनते छितर जाते हैं।

—और?'

—और क्या? अपना छोटा-सा घर-परिवार और दो-चार सुंदर से बच्चे।'

बच्चे की कामना....चींख। ....अनवरत आँसू। हिचकियाँ....। अमर....तुम चले जाओ।....तुम चले जाओ प्लीज।'....

यह क्या हो गया। यह क्या हो गया सोनल को। मैं सोचते-सोचते पगला उठा हूँ। कुछ समझ नहीं आ रहा। अमर...यह सब तुम्हारे साथ ही होना था। शायद। शायद इसलिए कि तुम में विवेक नहीं है। अधूरा दिमाग है। अधूरी अनुभूतियां। अधूरे शंकालु निश्चय। तुम्हारा सब कुछ अधूरा है। अचरज है, तुम इतना आगे कैसे बढ़ गए।

अपने वर्ग को पहचानो अमर। अपने संस्कारों को। तुम जहां भी जाओगे, अपने संस्कारों को लिए जाओगे। तुम उनसे बच नहीं सकते। बचना चाह कर भी नहीं बच सकते।

सोनल, मैंने तुम्हें अपने अन्तर ही गहराई से और सच्चाई से चाहा है। इन दिनों की पूरी-पूरी रात और सारे-सांरे दिन तुम मेरे साथ रही हो। मेरी खामोशियों में। मेरे अन्तर की हलचलों में। मेरी हर अवस्था में तुम मेरे साथ रही हो....तुम्हें कैसे भूल जाऊँ मैं। भूलना आसान होता है क्या? बोलो सोनल, कुछ तो बोलो। तुम्हारी पलाश बनी आँखें। अनवरत हिचकियाँ। आखिर ऐसा क्या हो गया। कुछ तो बताओ सोनल! मेरी प्राण! मेरी सब कुछ सोनल। कुछ तो बोलो।

दरवाजे पर किसी ने थाप दी है।

मैं उठकर दरवाजा खोलता हूँ। सामने सोनल खड़ी है।

—आप, मिस सोनल।'

—मैं जानती थी, आप नहीं आएंगे। मैं इतने दिन तुम्हारा इंतजार करती रही।'

—अंदर आओ सोनल।'

सोनल भारी कदमों से अंदर आती है। पास पड़ी कुर्सी पर धीरे-से बैठ जाती है।

—..........।'

—..........।'

—अब तबियत कैसी है?'

—मैंने आपको बहुत दुःख दिया। मैं शायद दूसरों को दुःख देने के लिए ही पैदा हुई हूँ।'

—ऐसा नहीं कहते सोनल।'

—मैं आपसे माफी मांगने के लिए आई हूँ। आप वह सब भूल जाइए।'

—क्या भूल जाऊँ? उस दिन की घटना?'

—नहीं, उससे पहले का भी सब कुछ।'

—तुम यह क्या कह रही हो सोनल?'

—ठीक कह रही हूँ। मेरे भाग्य में न पत्नी बनना बदा है और न....।'

—सोनल।'

मैं उसके भीतर चलता क्रंदन देखता रह गया हूँ। वह आँखें झुकाए सुबकती जा रही है। फिर धीरे से सर उठाकर वह मेरी तरफ देखती है। कहती है—तुम्हारी रिसर्च कैसी चल रही है?'

—तुम बात बदल रही हो।'

—पिछली बातें पिछली बातें हो गयीं अमर। अब उनमें कुछ नहीं रखा है।'

—............।'

—मेरी एक बात मानोगे अमर।'

—तुम कहो तो.....।'

—तुम राजकोट छोड़कर चले जाओ। कहीं भी चले जाओ। तुम्हारे यहाँ रहते मैं जी नहीं पाऊँगी।'

फिर सुबकियाँ। गालों पर ढुलके हुए आँसू। अनवरत। कुछ रुक कर वह बोली—

—तुम्हें अपने बच्चों के लिए जीना है अमर।'

—सोनल।'

—प्लीज! मेरा इतना कहना मान लो।'

—............।'

—हो सके तो कल शाम को घर आ जाना।

शाम।

वही बंगला। वही लॉन। दूब मुरझा गयी है। आम का पेड़ ठिठका खड़ा है। अमलतास भी चुप है।

—यह हमारी आखिरी शाम है अमर।'

—.......... ।'

—तुम बोलते क्यों नहीं। नाराज हो?'

—.......... ।'

—बोलो अमर, बोलते क्यों नहीं।'

—........ ।'

—बोलो अमर, कुछ तो बोलो।'

—क्या बोलूं....।'

—अमर, मैं तुम्हारे लायक नहीं हूँ।'

—........ ।'

—तुम घर परिवार, बच्चों के बारे में जो कुछ सोचते हो, मैं उसमें फिट नहीं बैठती।' सुबकियां। खामोश आंखों में छलछलाते हुए आंसू।

—तुमने मुझे एक बात नहीं बतलाई सोनल।'

—क्या?'

—बच्चे की बात को लेकर तुम इतनी डिस्टर्ब...... ।'

वह दो क्षण जैसे किसी अतीत में खोयी रही। फिर जैसे सायास उससे उबरती हुई बोली—कुछ बातें इतनी पर्सनल होती है अमर कि उन्हें अपने आप से कहते भी डर लगता है। आई रिक्वेस्ट यू। डोंट प्रैस मी फॉर देट।'

—फिर भी।'

—फिर भी कुछ नहीं अमर।'

और कहते-कहते वह बिखर-सी गयी। उसकी अनुनय भरी आँखें मेरी ओर उठी हुई थीं।

—क्यों....। आखिर बात क्या है।'

—तुम....तुम्हें....तुम्हें कैसे बतलाऊँ अमर?'

फिर कुछ पल के लिए वह दूसरी दुनिया में खो गयी।

मैंने उठकर उसे कंधे से हिलाया तो बहुत धीमे से उसके काँपते स्वर फूटे—तुम बहुत अच्छे हो अमर। बहुत सच्चे। बहुत घरेलू। बट आई डोन्ट फिट इन योर स्कीम ऑफ थिंग्स।'

—........... ।'

—मैं ठीक ही कह रही हूँ अमर। मैं तुम्हें प्यार करती हूँ। तुम्हारी बहुत इज्जत करती हूँ।'

—तो फिर मुश्किल क्या है सोनल।

—यही मुश्किल है। यही मुश्किल है कि मैं तुम्हें अपने प्राणों से ज्यादा प्यार करने लगी हूँ। मैं तुम्हें दुखी नहीं देख सकती।'

—पहेलियां मत बुझाओ। साफ-साफ कहो न?'

—अमर, तुम्हें अपना भविष्य जीना है और मुझे अपना अतीत ढोना है।'

—मैं समझा नहीं?'

—अमर, तुम बहुत पारिवारिक हो। एक भरे-पूरे परिवार का सपना है तुम्हारा। और मैं....।'

—मैं' क्या?

—मैं न तुम्हारी कल्पना की पत्नी बन सकती हूँ, न तुम्हारे बच्चों की माँ।'

—क्या कह रही हो तुम। क्या कहना चाह रही हो।'

—यही सच है अमर। मैं ऐसी ही हूँ। मैं शुरू से ही ऐसी हूँ। विवेक नहीं है मुझमें। बस, एक तरह का भावावेश है। मैं अपना भला-बुरा तक नहीं समझ पाती। समझ पाती तो तुम जैसे इन्सान को पाकर खोने की बात क्यों कहती।'

—.......।'

—लेकिन मेरा विश्वास करो अमर। मैं तुमसे बहुत प्यार करती हूँ और अंतिम सांस तक करती रहूँगी। मैं तुम्हें खुश और सुखी देखना चाहती हूँ मेरे प्यार। इसीलिए. ...इसीलिए....तुम्हें पाकर भी खो रही हूँ।'

—..........।'

—.........।'

—.........।'

—...........।'

सिसकियाँ। अनवरत सिसकियाँ।

सिसकते-सिसकते वह कहे जाती है, जैसे अपने आप से कह रही हो—इन थोड़े से दिनों की यादों से हम बंधे रहेंगे।'

—..........।'

—और यों ही कभी आमने-सामने हो गए तो एक-दूसरे को पहचान लेंगे।

—...........

—और शायद कहीं बैठ कर चाय पी लेंगे।'

उसकी आँखें भीगी हुई थीं। पर कंठ पर स्वर अब स्थिर था। कुछ क्षण रुक कर बोली ।

—एक बात कहूँ, बुरा तो नहीं मानोगे?'

—सोनल!' मेरा गला भरभरा आया था।

—कभी पैसे की चिंता मत करना। मेरे पास कुछ हैं। जब भी जरूरत पड़े.....।'

—'स्टॉप इट सोनल, प्लीज।'

—'ठीक है। लेकिन इसे तुम मना करना।'

वह भीतर जाती है। अपना एक बैग उठा कर लाती है। सामने बैठ कर उसे खोलती है। और एक डिब्बा निकाल कर मेरे हाथ में दे देती है।

—क्या है इसमें?'

—एक प्रेजेंट है बस।'

—कैसा प्रेजेंट?'

—मेरी मम्मा ने मुझे दिया था कभी।'

—मैं इसका क्या करूँगा सोनल।'

—तुम इसे अपनी दुल्हन को दे देना। मेरी तरफ से। प्लीज। इसे मना मत करना। नहीं तो मैं टूट जाऊँगी।' वह मेरे हाथ में डिब्बा पकड़ा देती है। मैं धीरे से उसे खोलता हूँ। उसे खोलते ही मेरी आँखें जैसे फटी रह जाती हैं। डिब्बे में एक बड़ा सा हीरे का हार चमचमाने लगता है।

—..........।'

—.........।

—मुझे याद करते रहना।'

—तुम्हें क्या लगता है।'

—यही कि याद करना चाहिए।'

—क्यों?'

—इसलिए कि इतनी पागल और इतनी बुरी औरत तुम्हारी जिंदगी में कोई और नहीं आएगी।'

—सोनल, तुम सचमुच पागल हो।'

—वह तो मैं हूँ ही।....लेकिन तुम्हें बहुत प्यार करती हूँ। यह भी पागलपन ही तो है।'

सिसकियाँ.....खामोशी में डूबी हुई सिसकियाँ।

मेरी अंजुली में उसका हाथ समा गया है। मेरी आँखें भर आई हैं। बिछोह की कातर बेला निकट आ रही है। मेरा हृदय धड़कने लगा है। एक प्रकार की अवशता मुझे घेरे जा रही है।

अब मैं वहाँ से उठना चाह रहा हूँ। भाग जाना चाह रहा हूँ वहाँ से। लेकिन जड़ बनकर रह गया हूँ।

हॉस्टल का यह कमरा।

यह कमरा भी अब सूना और पराया लगने लगा है। कॉलेज बंद हो चुका है।

सोनल के लिए ही यहाँ रुका रहा था। अब कल दोपहर की गाड़ी से यहाँ से निकल जाऊँगा। हमेशा के लिए। मेरे लिए अब यहाँ क्या रखा है। इतने दिनों में जो कुछ यहाँ पाया था, उसे यहीं छोड़े जा रहा हूँ।

खाली हाथ, खाली मन। मेरे लिए यह दुनिया ही खाली हो गयी है।

सोनल ने कहा था कि उसमें विवेक नहीं है।

मुझमें ही कौन-सा विवेक बचा रहा। मैं भी तो भावनाओं में बह गया। बहना हमेशा नीचे की ओर जाना होता है। फिर भी....।

फिर भी सोनल, तुग चाहे कुछ भी हो, कैसी भी हो, मैंने तुम्हें प्यार किया है। तुमने मुझे जताया है कि प्यार क्या होता है, प्यार की तड़प क्या होती है। और सच्चे प्यार के लिए बलिदान करना क्या होता है।.....मेरे संसार में तुम्हारे प्यार की छाया हमेशा बनी रहेगी। बरसों बाद भी। सच, तुम चाहे कहीं भी रहो, मैं चाहे कहीं भी रहूँ, तुम मेरे पास ही बनी रहोगी।

तुमने मुझे जताया है प्यार क्या होता है।

यह आकाश साक्षी है। यह संन्ध्या साक्षी है। ये अमलतास, ये आमवृक्ष साक्षी हैं। तुम्हारी चाय की प्यालियाँ, तुम्हारा संग-साथ सब साक्षी है सोनल। यह पूरा परिवेश और यह कातर बेला। सब कुछ।

तुमने मुझे जताया है, प्यार क्या होता है। प्यार की तड़प क्या होती है। और... .और....प्यार में बलिदान क्या होता है। सिर्फ तुमने, सिर्फ तुमने मेरी सोनल।

●●●